Pôle fiction

Du même auteur
chez Gallimard Jeunesse:

Quatre filles et un jean :

1. Quatre filles et un jean
3. Le troisième été
4. Le dernier été

Toi et moi à jamais
Trois amies pour la vie

Ann Brashares

Quatre filles et un jean

Le deuxième été

*Traduit de l'américain
par Vanessa Rubio*

GALLIMARD JEUNESSE

"Sisterhood of the Travelling Pants" est une marque déposée US de 360 Youth, LLC dba Alloy Entertainment. Tous droits réservés.

Cette traduction est publiée avec l'autorisation de Random House Children's Books, une filiale de Random House, Inc.

Copyright © 2003 by 17th Street Productions,
an Alloy company and Ann Brashares
© Gallimard Jeunesse, 2003, pour la traduction française
© Gallimard Jeunesse, 2010, pour la présente édition

*Pour ma mère,
Jane Easton Brashares,
avec tout mon amour*

Remerciements

Je voudrais témoigner de ma reconnaissance
sans bornes envers Jodi Anderson.
Je salue également, avec toute mon admiration
et mes plus chaleureux remerciements, Wendy Loggia,
Beverly Horowitz, Channing Saltonstall,
Leslie Morgenstein et Jennifer Rudolph Walsh.

Je remercie du fond du cœur mon mari, Jacob Collins,
et les trois plus grandes joies de ma vie,
Sam, Nathaniel et Susannah.
Je remercie mon père, William Brashares,
qui a été mon modèle.
Je remercie Linda et Arthur Collins
qui nous ont accueillis cette année
pour que je puisse écrire mon livre.
Je remercie mes frères, Beau,
Justin et Ben Brashares,
de m'avoir donné
la plus haute opinion des garçons.

*Rien n'est trop beau
pour être vrai.*

Michael Faraday

Prologue

Il était une fois quatre filles... et un jean. Ces filles étaient on ne peut plus différentes, en taille et en poids, et pourtant le jean leur allait parfaitement.

Ce n'est pas une légende urbaine, je vous assure. Je le sais parce que je suis l'une d'elles, j'ai signé le pacte du jean magique.

Nous avons découvert son pouvoir l'été dernier, par le plus grand des hasards, alors que nous étions sur le point de nous séparer pour la première fois de notre vie. Carmen avait déniché ce jean dans une friperie et l'avait acheté sans même l'essayer. Elle allait le jeter à la poubelle mais, heureusement, Tibby l'en a empêchée. C'est elle qui l'a essayé en premier ; ensuite moi, Lena ; puis Bridget ; et enfin Carmen.

Là, nous avons compris que nous étions en train d'assister à quelque chose d'extraordinaire. Si le même jean pouvait aller – et vraiment bien, en plus – à chacune d'entre nous, c'est qu'il était magique. Il a quelque chose de surnaturel, au-delà de ce qu'on peut voir ou toucher. Ma sœur, Effie, prétend que je ne crois pas à la magie et à tous ces trucs… peut-être pas, à l'époque. Mais maintenant, après ce premier été du jean magique, je vous assure que j'y crois.

Non seulement c'est le plus beau jean qui ait jamais existé, mais il est aussi rassurant, réconfortant et plein de sagesse. Et il vous fait une silhouette géniale.

Nous, signataires du pacte du jean magique, nous étions amies bien avant. Nous nous connaissions même avant de naître, car nos mères suivaient le même cours d'aérobic pour femmes enceintes. Je crois que ça explique que nous soyons si proches. Toutes les quatre, nous avons le même problème : nous avons été trop secouées dans le ventre de nos mères.

Nous sommes toutes nées à dix-sept jours d'intervalle maximum. Vous savez, on demande toujours aux jumeaux lequel est né le premier. Eh bien, pour nous, c'est pareil. L'ordre compte énormément : moi, je suis l'aînée – la plus mûre, la plus maternelle – alors que Carmen, la petite dernière, est notre bébé.

Au début, nos mères étaient vraiment proches. Avant d'entrer à l'école maternelle, on se retrouvait au moins trois fois par semaine, c'était comme une sorte de mini-crèche. Nos mères s'installaient dans le jardin de l'une ou de l'autre à boire du thé glacé en grignotant des tomates cerises… et pendant ce temps, nous, on jouait, on jouait, on jouait… et, parfois, on se disputait. Je revois encore ma mère rire avec les mères de mes amies, je m'en souviens comme si c'était hier.

Nous, les filles, nous repensons souvent à cette époque, c'était le bon temps. Car petit à petit, au fil des années, leur relation s'est effilochée. Et puis la mère de Bee est morte. Ça a laissé un grand vide qu'aucune d'elles ne savait comment combler. Ou peut-être n'en avaient-elles pas le courage.

Enfin, bref. Pour nous, c'est exactement l'inverse qui s'est produit. Le mot « amie » ne suffit pas à décrire ce que nous sommes l'une pour l'autre. Nous sommes tellement proches qu'il est difficile de dire où commence l'une et où finit l'autre. Quand Tibby est assise à côté de moi au cinéma, elle me donne des coups de talon dans les tibias dès qu'il y a un passage drôle ou qui fait peur. Et moi, je ne m'en rends compte que le lendemain, quand je découvre ma jambe pleine de bleus. En cours d'histoire, quand on s'ennuie, Carmen s'amuse à pincer la peau de mes coudes, là où c'est tout lâche et fripé. Bee pose son menton sur mon épaule lorsque j'essaie de lui montrer quelque chose sur mon ordinateur et aïe ! ça fait claquer sa mâchoire quand je me tourne pour lui expliquer un truc. Et puis, surtout, on n'arrête pas de se marcher sur les pieds (d'accord, les miens sont particulièrement grands, je l'avoue).

Avant d'avoir le jean magique, nous ne savions pas que nous pouvions rester ensemble même en étant séparées. Nous n'avions pas conscience que notre amitié était plus forte que le temps et la distance. Nous l'avons découvert l'été dernier.

Et tout au long de l'année, nous nous sommes demandé ce que nous réservait le jean pour son deuxième été parmi nous. Nous avons appris à conduire. Nous nous sommes efforcées de nous intéresser à nos cours et à nos exams. Effie est tombée amoureuse (plusieurs fois) tandis que j'essayais de ne plus l'être. À force de passer son temps chez Tibby, Brian a fini par faire partie des meubles. Carmen et le fils de sa belle-mère, Paul, se sont apprivoisés, on peut même dire qu'ils sont devenus amis. Nous gardions un œil inquiet et tendre sur Bee.

Pendant ce temps, le jean se reposait sur la dernière étagère du placard de Carmen. Il s'agissait d'un jean d'été, nous étions toutes d'accord là-dessus. Dans nos vies, l'été avait toujours été une période-clé. Et puis, si on voulait respecter la règle n° 1 (il est interdit de le laver), on avait intérêt à l'économiser. Mais, automne, hiver, printemps, pas un jour n'a passé sans que je pense au jean, qui attendait, tranquillement plié dans le placard de Carmen, prenant des forces pour le jour où nous en aurions besoin.

Cet été n'a pas démarré comme le précédent. Mis à part Tibby qui allait faire un stage de cinéma sur un campus de Virginie, nous ne devions pas quitter Bethesda. Et nous avions hâte de voir comment le jean se comportait quand on restait à la maison.

Mais il faut toujours que Bee change ses plans au dernier moment, sinon ce ne serait pas Bee. Alors, dès le départ, notre été ne s'est pas du tout déroulé comme nous l'avions imaginé…

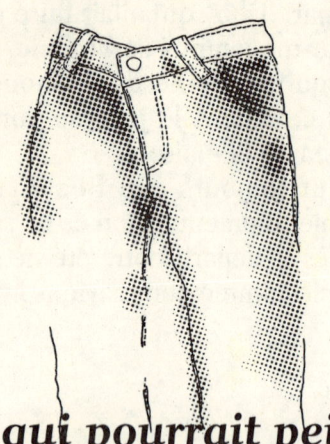

*Oh qui pourrait peindre
nos émotions…
excepté celui dont le cœur
les a éprouvées*

Lord Byron

Bridget était assise par terre, au beau milieu de sa chambre, le cœur battant. Elle avait étalé sur la moquette quatre enveloppes, toutes adressées à Bridget et Perry Vreeland et postées en Alabama. Elles avaient été envoyées par une certaine Greta Randolph, la mère de sa mère.

La première lettre remontait à cinq ans et leur demandait d'assister au service funéraire en l'honneur de Marlene Randolph Vreeland qui aurait lieu à l'église méthodiste de Burgess, Alabama. La deuxième datait de quatre ans et informait Bridget et Perry du décès de leur grand-père. L'enveloppe contenait également deux chèques de cent dollars, legs de leur grand-père. La troisième avait deux ans et consistait en un arbre généalogique détaillé des familles Marven et Randolph. Tout en haut, Greta avait écrit : « Vos racines ». La quatrième était de l'année dernière et invitait Bridget et son frère à venir quand ils le souhaitaient.

Bridget ne les avait jamais lues ni même vues jusqu'à ce jour.

Elle les avait trouvées dans le bureau de son père, rangées avec son acte de naissance, ses bulletins scolaires et son carnet de santé, comme si elles lui appartenaient, comme s'il les lui avait montrées avant de les classer.

Quand elle alla le trouver dans sa chambre, ses mains tremblaient. Il venait de rentrer du travail et s'était assis sur son lit pour retirer ses chaussures et ses chaussettes noires, comme chaque soir. Lorsqu'elle était toute petite, c'était elle qui le faisait et il prétendait que c'était le meilleur moment de sa journée. Même à l'époque, elle se disait qu'il ne devait vraiment pas beaucoup s'amuser, alors, et ça l'inquiétait déjà.

— Pourquoi tu ne me les as jamais données ? cria-t-elle. Hein, pourquoi ?

Elle s'approcha pour qu'il puisse voir ce qu'elle avait à la main.

— Elles nous sont adressées, à Perry et à moi.

Son père la dévisageait comme s'il entendait à peine ce qu'elle disait. Elle pouvait hurler, il la regardait toujours comme ça. Il secoua la tête.

Visiblement, il avait mis un certain temps à comprendre ce qu'elle agitait sous son nez.

— Je suis fâché avec Greta. Je lui ai demandé

de ne pas chercher à vous contacter, déclara-t-il finalement d'un ton très calme, comme s'il n'y avait vraiment pas de quoi en faire toute une histoire.

— Mais c'était à moi! rugit-elle.

Si, il y avait vraiment de quoi en faire toute une histoire. Pour elle, c'était important, très important.

Il était fatigué. Retiré tout au fond de lui-même. Les messages mettaient longtemps à lui parvenir puis à ressortir.

— Tu es mineure. Et je suis ton père.

— Mais… tu n'as pas pensé que je pouvais avoir envie de les lire? rétorqua-t-elle.

Lentement, il étudia son visage furieux.

Mais elle n'avait pas envie d'attendre qu'il daigne lui répondre. Elle ne voulait pas le laisser mener la conversation.

— Je pars! lui lança-t-elle sans même penser à ce qu'elle disait. Elle m'a invitée, j'y vais.

Il se frotta les yeux.

— En Alabama?

Elle hocha la tête d'un air de défi.

Il finit de retirer ses chaussures et ses chaussettes. Ses pieds nus paraissaient tout petits.

— Et comment vas-tu faire?

— C'est l'été. Et j'ai un peu d'argent.

Il réfléchit un moment sans parvenir à trouver une raison pour la contredire.

— Je n'apprécie pas ta grand-mère et je ne lui

fais pas confiance, déclara-t-il enfin. Mais je ne vais pas t'interdire d'y aller.
— Parfait, répliqua-t-elle.

Elle retourna dans sa chambre, laissant derrière elle son ancien été pour découvrir le nouveau qui s'annonçait. Elle partait. Et elle était heureuse de se dire qu'elle allait quelque part.

— Hé, devine quoi ?

Bee avait prononcé la phrase magique. Lena se redressa et demanda :
— Quoi ?
— Je pars. Dès demain.
— Tu pars demain ? répéta-t-elle bêtement.
— En Alabama.
— C'est une blague ? fit-elle juste pour dire quelque chose.

Elle savait très bien que Bee ne plaisantait pas.
— Je vais voir ma grand-mère. Elle m'a écrit.
— Quand ça ?
— Euh... il y a cinq ans. Enfin, la première lettre date d'il y a cinq ans.

Lena n'en revenait pas.
— Je viens de les retrouver. Mon père ne me les avait jamais données.

Bee n'avait pas l'air en colère. Elle annonçait ça calmement, comme une simple constatation.
— Et pourquoi ?

— Il en veut à ma grand-mère. Je ne sais pas trop pourquoi. En tout cas, il lui a dit de ne pas chercher à nous contacter. Et il était furieux qu'elle essaie quand même.

Lena avait une si piètre opinion du père de Bee que ça ne l'étonnait pas outre mesure.

— Tu penses rester là-bas combien de temps ?
— Je ne sais pas. Un mois. Peut-être deux.

Bee s'interrompit.

— J'ai proposé à Perry de venir avec moi. Il a lu les lettres, mais il a dit non.

Ça non plus, ce n'était pas surprenant. Perry était mignon petit, mais en grandissant, il était devenu une sorte d'ermite.

Ce brusque changement de plan perturbait un peu Lena. Elles étaient censées chercher un petit boulot toutes les deux. Et passer l'été ensemble. Mais, en même temps, le sursaut d'impulsivité de son amie la rassurait. C'était tout à fait le genre de chose que l'ancienne Bee aurait fait.

— Tu vas me manquer.

La voix de Lena tremblait un peu. C'était bizarre, elle avait très envie de pleurer. Normal, Bee allait lui manquer. Mais d'habitude, Lena réagissait dans l'ordre inverse : elle constatait que quelque chose était triste avant de ressentir de la tristesse. Là, c'était le contraire. Elle ne s'y attendait pas.

— Tu vas me manquer aussi, Lenny, répondit

Bee tendrement, aussi surprise que son amie par l'émotion dans sa voix.

Bee avait radicalement changé au cours de l'année, mais c'était toujours Bee. Face à une vague d'émotion incontrôlée, la plupart des gens ont tendance à vouloir se protéger, comme Lena. Pas Bee.

Bee fonçait au-devant de l'émotion. Droit devant. Et Lena lui en était reconnaissante.

Tibby devait partir le lendemain et elle n'avait pas fini ses bagages ni commencé les courses pour leur célébration bisannuelle chez Gilda. Elle était en pleine crise, noyée sous des piles d'affaires, quand Bridget fit son apparition.

Bee s'assit sur le bureau et regarda Tibby renverser tout le contenu de son tiroir par terre. Elle ne retrouvait plus son câble d'imprimante.

– Regarde dans le placard.

– Non, il n'y est pas, grommela Tibby.

En fait, elle n'osait pas ouvrir le placard parce qu'elle y avait entassé tous les vieux trucs qu'elle n'avait pas eu le courage de jeter (comme la cage de Mimi, son cochon d'Inde, par exemple). Si elle entrouvrait la porte ne serait-ce que d'un millimètre, tout risquait de s'écrouler et elle se retrouverait ensevelie sous une avalanche de vieilleries.

– Je parie que c'est Nicky qui l'a pris, murmura-t-elle.

C'était l'activité favorite de son petit frère de trois ans : lui chiper ses affaires et les casser, généralement juste au moment où elle en avait le plus besoin.

Bee ne répondit rien. Elle était étrangement silencieuse. Tibby se tourna vers elle.

Quelqu'un qui ne l'aurait pas vue depuis l'année dernière ne l'aurait jamais reconnue. Elle n'était plus blonde, ni mince et elle restait immobile pendant des heures. Elle avait voulu se foncer les cheveux, mais son fameux blond si lumineux perçait encore sous la teinture noire. Elle était d'une nature si fine et musclée que les sept ou huit kilos qu'elle avait pris durant l'hiver pesaient lourdement sur ses bras, ses jambes, son buste. Comme si son corps refusait d'absorber la graisse superflue. Il la laissait là, à la surface, espérant s'en débarrasser au plus vite. On aurait dit que le corps et l'esprit de Bee étaient en conflit, qu'ils voulaient deux choses radicalement opposées.

— Je crois que je l'ai perdue, déclara-t-elle solennellement.

— Quoi ? fit Tibby en levant la tête de ses bagages.

— Moi. Je crois que j'ai perdu l'ancienne Bee.

Tibby se releva, abandonnant aussitôt son bazar. Elle s'assit avec précaution sur son lit sans quitter son amie des yeux. C'était une occasion à ne pas rater. Un instant rare et précieux. Depuis des mois, Carmen s'efforçait par les moyens les plus subtils d'amener Bee à se confier, mais en vain. Lena avait essayé la douceur, la chaleur, son côté le plus maternel, mais elle refusait toujours de parler. Ce qui allait venir était important, Tibby le savait.

Elle avait beau être la moins «tactile» du groupe, elle aurait aimé que Bee soit assise à côté d'elle. Mais elle sentait que, si elle s'était installée sur le bureau, il y avait une raison, elle voulait sans doute rester à distance, trop loin pour être prise dans les bras. Tibby se doutait aussi que si Bee l'avait choisie, elle, pour lui parler, c'était parce qu'elle l'écouterait sans l'étouffer sous ses paroles consolantes.

– Comment ça ? demanda-t-elle.
– Quand je repense à la fille que j'étais, elle me semble tellement loin... Elle marchait toujours vite, moi, je traîne les pieds. Elle se couchait tard et se levait tôt, je passe mon temps à dormir. J'ai l'impression que, si elle continue à s'éloigner, je ne pourrai plus jamais la retrouver.

Pour résister à l'envie de se rapprocher d'elle, Tibby dut enfoncer ses coudes dans ses cuisses. Bee restait immobile, les bras croisés, comme pour se protéger.

– Et... tu as envie de la retrouver ?

Tibby parlait lentement, doucement, pour laisser le temps à chaque mot de faire son chemin.

Cette année, Bee avait tout fait pour changer radicalement. Et Tibby avait une petite idée sur ses motivations. Faute de pouvoir fuir ses problèmes, Bee avait mis en place un système de protection ultra perfectionné. Tibby savait ce que c'était de perdre quelqu'un qu'on aimait. Elle savait aussi à quel point il était tentant d'abandonner cette partie de soi qui faisait souffrir, de se débarrasser de sa tristesse, de son bonheur dévasté comme d'un vieux pull trop petit.

– Si j'en ai envie ?

Bee soupesait chaque mot avec attention.

– Oui, je crois.

Les larmes inondèrent ses yeux, collant en paquets ses cils blonds. Tibby sentit sa vue s'embrumer.

– Alors il faut que tu la retrouves, déclara-t-elle, la gorge serrée.

Bee déplia l'un de ses bras et le laissa là, ouvert, la paume tournée vers le plafond. Sans même réfléchir, Tibby se leva pour lui prendre la main. Alors son amie posa sa tête sur son épaule et elle sentit ses cheveux et ses larmes lui chatouiller la clavicule.

– C'est pour ça que je pars, avoua Bee.

Plus tard, quand Tibby se retrouva seule, elle se compara à elle. Elle n'était pas aussi destructrice, ni aussi radicale. Les grands mélodrames, ce n'était pas son truc. Elle préférait fuir ses fantômes, sans bruit et sans éclats.

Carmen était allongée sur son lit, parfaitement heureuse. Elle venait de rentrer de chez Tibby où elle avait retrouvé Bee et Lena. Elles s'étaient donné rendez-vous ce soir chez Gilda pour la deuxième cérémonie du jean magique. Finalement, Carmen n'était pas triste de rester là cet été. Les séparations qu'elle appréhendait tant se révélaient souvent bien plus faciles que prévu. Son secret, c'était d'anticiper : elle se faisait tellement de mauvais sang à l'avance que, sur le coup, ça passait tout seul. Et puis elle était contente pour Bee : enfin, elle avait un projet, elle se bougeait ! C'est sûr, Bridget allait lui manquer, mais elle sentait qu'elle était repartie du bon pied.

L'été ne s'annonçait donc pas si mal. Elles avaient tiré à la courte paille pour savoir dans quel ordre elles se passeraient le jean. C'était elle, Carmen, qui l'aurait en premier. Et, justement, demain soir, elle sortait avec l'un des plus beaux mecs de sa classe. C'était un signe, non ?

Tout l'hiver, elle avait essayé d'imaginer ce que le jean pourrait lui apporter cette fois... eh bien, voilà ! C'était parti pour un été très, très chaud !

Un bip strident la tira de ses pensées. Elle venait de recevoir un message de Bee sur son PC.

Bibi3 : Je suis en train de faire mon sac : c'est toi qui as mes chaussettes violettes avec un petit cœur sur la cheville ?
Carmabelle : Non, qu'est-ce que je fabriquerais avec tes chaussettes ?

Carmen baissa les yeux… et découvrit à sa grande honte que ses chaussettes n'étaient pas exactement du même violet. Elle tourna la jambe pour examiner sa cheville.

Carmabelle : Hum, hum. Je crois que je les ai retrouvées.

C'est sûr, la serrure de chez Gilda était ridiculement facile à forcer… mais lorsque l'odeur caractéristique de sueur et de poussière lui piqua les narines, Carmen se demanda pourquoi elles avaient choisi ce club de gym pour se réunir.

Elles commencèrent aussitôt la cérémonie. Il était déjà tard. Bee prenait le car pour l'Alabama à cinq heures et demie le lendemain matin. Et Tibby devait être à la fac de Williamston en début d'après-midi.

Comme le voulait la tradition, Lena alluma les bougies, Tibby sortit les crocodiles, les trucs apéritifs au fromage et le jus de fruits. Bridget glissa un CD dans le lecteur, mais elle ne le mit pas en marche.

Tous les yeux étaient fixés sur Carmen. Ou plus précisément sur son sac. À la fin de l'été, chacune avait raconté ses vacances sur le jean magique, puis elles l'avaient rangé soigneusement et ne l'avaient pas ressorti depuis.

Sans un mot, Carmen ouvrit le sac. Elle prit son temps, consciente de son privilège. C'était elle qui avait trouvé le jean… même si elle avait voulu le jeter à la poubelle. Elle laissa le sac plastique tomber par terre tandis que le jean se déployait dans les airs, comme au ralenti, libérant les souvenirs de l'été dernier.

Dans un silence religieux, Carmen l'étendit sur le sol et les filles s'installèrent en cercle tout autour. Lena déplia le pacte et le posa dessus. Mais elles n'avaient pas besoin de le relire, elles connaissaient parfaitement les dix règles.

Elles se prirent la main.

– Alors nous y voilà, souffla Carmen.

D'une seule voix, elles répétèrent leur serment :

– Nous promettons de respecter le pacte en l'honneur du jean magique et de notre amitié. Et de cet instant. De cet été. Du reste de nos vies, qu'on soit ensemble ou séparées.

Il était minuit. Un nouvel été commençait…

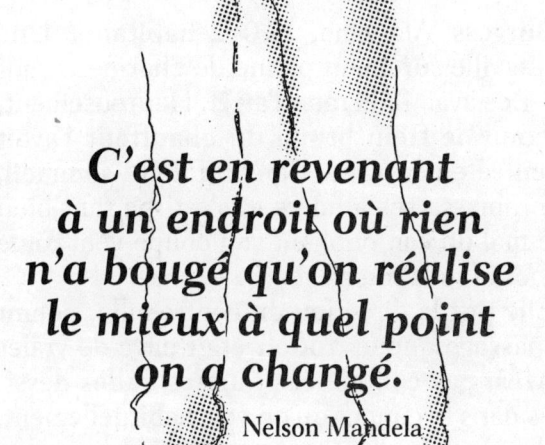

**C'est en revenant
à un endroit où rien
n'a bougé qu'on réalise
le mieux à quel point
on a changé.**

Nelson Mandela

Burgess, Alabama, 12 042 habitants. Une petite ville sûrement pleine de charme... sauf que Bee avait failli rater l'arrêt. Heureusement, le coup de frein brutal du chauffeur l'avait réveillée en sursaut. Dans un demi-sommeil, elle ramassa ses affaires et s'extirpa tant bien que mal du car, oubliant son coupe-vent roulé en boule sous son siège.

Elle prit la direction du centre-ville, notant au passage que le trottoir était pavé de vraies pierres, pas comme ces fausses dalles dessinées dans le ciment qu'on voit habituellement. À chaque pas, elle s'appliquait à bien poser son pied sur les petites lignes entre les pavés, d'un air de défi. Le soleil lui chauffait le dos et elle se sentait pleine d'énergie. Finalement, elle faisait quelque chose. Elle ne savait pas exactement quoi mais elle avait toujours préféré l'action à l'attente.

Elle fit un rapide tour de la ville, repérant deux églises, une quincaillerie, une pharmacie, une laverie automatique, un glacier avec quelques tables en terrasse et un bâtiment administratif, sans doute un tribunal. Un peu plus loin, sur Market Street, il y avait bien un joli petit *Bed and Breakfast* mais qui était sûrement au-dessus de ses moyens. C'est en tournant dans Royal Street qu'elle aperçut une maison victorienne, beaucoup moins bien tenue, qui portait l'enseigne *Royal Street B&B* avec, en dessous, un petit panneau : « Chambres à louer ».

Elle grimpa le perron et sonna à la porte. Une femme d'une cinquantaine d'années vint lui ouvrir.

— Bonjour, je cherche une chambre à louer pour deux semaines.

Ou deux mois.

La femme hocha la tête, tout en la dévisageant attentivement. Ce devait être sa maison. Elle était immense mais elle avait visiblement connu des jours meilleurs.

Elles firent les présentations puis la femme, Mme Bennett, lui montra une chambre au deuxième étage. Elle n'était pas vraiment luxueuse mais très claire, équipée d'un ventilateur de plafond, d'une plaque chauffante et d'un petit réfrigérateur.

— La salle de bains est sur le palier. C'est

soixante-quinze dollars la semaine, commenta-t-elle.

— Parfait, répondit Bridget.

Pour éviter trop de questions sur son âge, elle dut laisser une caution énorme. Heureusement, elle avait emporté quatre cent cinquante dollars et elle espérait trouver rapidement un petit boulot.

Mme Bennett énuméra les règles de la maison. Bridget paya. C'était aussi simple que ça.

Elle était à Burgess depuis moins d'une heure et elle était déjà installée. La vie de nomade était décidément beaucoup plus simple qu'on ne se l'imaginait.

Bee déposa ses affaires dans sa chambre. Puis elle alla passer un coup de fil de la cabine qu'elle avait repérée dans le couloir. Elle laissa un message chez elle pour prévenir Perry et son père qu'elle était bien arrivée.

Revenue dans sa chambre, elle tira la corde du ventilateur avant de s'étendre sur son lit. Mais, très vite, elle s'aperçut qu'elle donnait de petits coups de pieds impatients dans le cadre en métal blanc : elle se demandait comment elle allait se présenter à Greta. Elle avait si souvent essayé d'imaginer cet instant… mais elle n'y arrivait pas. Non, elle ne pouvait pas. Et ça l'embêtait bien. Elle ne savait pas ce qu'elle était venue chercher et, pourtant, elle se doutait que toutes ses attentes finiraient immanquablement écrabouillées dès que Greta la serrerait dans ses bras, en bonne grand-mère. Elles ne se connaissaient pas encore mais il y avait déjà un tel passif entre elles! Malgré elle, Bee avait peur de cette femme et de toutes les informations qu'elle détenait. Elle avait envie de savoir... et pas envie en même temps. En fait, elle voulait tout découvrir par elle-même.

Bee sentit ses jambes fourmiller. C'était cette bonne vieille énergie qui revenait, comme avant.

Elle se leva d'un bond et se regarda dans le miroir. Dans un nouveau miroir, on peut parfois voir de nouvelles choses.

Au premier coup d'œil, elle ne vit que le désastre habituel. Tout avait commencé lorsqu'elle avait arrêté le foot. Non, en fait, tout avait commencé bien avant, à la fin de l'été. Quand elle était tombée amoureuse d'Eric, un entraîneur de foot plus âgé qu'elle. Elle était tellement amoureuse qu'elle avait été plus loin qu'elle ne le voulait avec lui. Bee aimait la vitesse, le risque, le danger. Mais, après les dernières vacances, elle avait voulu faire une petite pause et, là, tout ce qu'elle avait enfoui au plus profond d'elle-même, tous ses souvenirs les plus douloureux étaient remontés à la surface. En novembre, elle avait laissé tomber le foot alors que les recruteurs des universités commençaient à s'intéresser à elle. À Noël, tandis que le monde entier célébrait une naissance, c'était la mort qui l'avait rattrapée. Elle avait camouflé ses cheveux blonds sous une couche de Noir de cendres n° 3. Arrivée en février, elle passait son temps affalée sur son lit à regarder la télé tout en augmentant sa masse corporelle grâce à des tonnes de beignets et des paquets entiers de céréales. La seule chose qui la rattachait encore au monde, c'était ses amies. L'attention constante de Carmen, Lena et Tibby. Elles ne lui avaient pas laissé un instant de répit et elle leur en était reconnaissante.

Mais, en regardant plus attentivement dans le miroir, Bridget découvrit autre chose. Une armure protectrice. Une douillette épaisseur de graisse sur tout le corps. Une teinture qui formait comme un casque sur sa tête. Une parfaite tenue de camouflage.

Elle ne ressemblait plus à Bridget Vreeland. Alors pourquoi ne pas devenir une autre ?

— C'est un peu comme une répétition avant le grand saut, hein ? remarqua la mère de Tibby, tout excitée, alors que son mari se garait sur le parking de l'université.

Tibby serra les dents. Cela ne l'aurait probablement pas tant énervée si ça avait été la première fois qu'elle le disait.

Alice Rollins avait l'air absolument ravie de se débarrasser de sa fille en l'envoyant à la fac. Elle aurait peut-être pu cacher un peu sa joie, non ?

Maintenant, elle pourrait exhiber la famille parfaite sans traîner son ado râleuse comme un boulet.

En principe, les enfants étaient contents de quitter la maison et les parents tristes. Pas le contraire. Avec sa joie bruyante et démonstrative, sa mère avait inversé les rôles, et c'était Tibby qui déprimait. « On pourrait être heureuses toutes les deux, pourtant », pensa-t-elle un bref instant, mais son esprit de contradiction la fit taire.

Elle rangea soigneusement son nouvel iBook dans sa housse. C'était le cadeau d'anniversaire que ses parents lui avaient offert, un peu en avance, pour le stage de cinéma qu'elle allait faire sur le campus de l'université. Encore une tentative pour l'acheter. Au début, Tibby culpabilisait un peu : la télé, la ligne de téléphone perso, l'ordinateur, la caméra numérique... Puis elle s'était dit qu'elle avait le choix : elle pouvait être simplement délaissée par ses parents ou bien délaissée et pourrie gâtée. Elle avait vite tranché.

Le campus de Williamston : décor classique d'université américaine – pelouses vertes et grasses, petits bâtiments de brique couverts de lierre. La seule erreur de casting, c'était ces élèves qui erraient un peu partout, comme des figurants qui ignoreraient leur rôle. Ils étaient encore au lycée et devaient, comme Tibby, avoir l'impression que leur place n'était pas dans cette fac. Ils lui faisaient penser à son petit frère Nicky qui lui empruntait son gros sac de cours pour crapahuter dans toute la maison comme une tortue géante.

À l'entrée de l'ascenseur, on avait affiché la liste d'attribution des chambres. Tibby la parcourut nerveusement. « Pourvu que j'aie une chambre pour moi toute seule ! » Ah, voilà. Numéro 6B4. Visiblement, il n'y avait personne avec elle. Elle appuya sur le bouton de l'ascenseur. Tout s'annonçait plutôt bien.

— Tu te rends compte que, dans un peu plus d'un an, ce sera pour de bon ? C'est dingue ! s'exclama sa mère.

— Complètement dingue, confirma son père.

— Ouais, fit Tibby en levant les yeux au ciel.

Comment pouvaient-ils être si sûrs qu'elle irait à la fac ? Et si elle décidait de rester habiter chez eux et de prendre un boulot chez Wallman, hein ? Duncan Howe lui avait promis que, dans quelques années, elle pourrait devenir assistante-manager comme lui, si elle laissait tomber ses airs rebelles et son piercing dans le nez.

La porte de la chambre 6B4 était ouverte et la clé punaisée sur le tableau de liège, au-dessus du bureau. On y avait laissé en évidence une liasse de papiers lui souhaitant la bienvenue et blablabla. À part ça, il y avait un lit une personne et une vieille table de nuit en bois. Le sol était recouvert de lino marron parsemé de taches blanchâtres.

– Oh, c'est… parfait ! s'exclama sa mère. Regarde la vue que tu as d'ici !

Cinq ans d'expérience en agence immobilière : quand une pièce n'a absolument aucun charme, diriger l'attention du client vers la fenêtre.

Son père posa ses bagages sur le lit.

– Bonjour… euh, Tabitha, c'est ça ?

Ils se retournèrent d'un seul mouvement tous les trois.

– On m'appelle Tibby, corrigea-t-elle.

La fille qui venait d'entrer dans sa chambre portait un sweat de l'université. De petits cheveux frisottés s'échappaient de sa queue-de-cheval, encadrant son visage criblé de grains de beauté. Machinalement, Tibby se mit à les compter.

– Moi, je m'appelle Vanessa, annonça la fille en leur adressant un grand sourire. En tant que déléguée des étudiants, je suis chargée d'accueillir les nouveaux. Si tu as le moindre problème, je suis là pour t'aider. Voici ta clé.

Elle montrait le panneau du doigt.

– Et voici ta casquette.

Tibby retint une grimace en découvrant la casquette jaune pendue au coin de sa table de nuit.

– Tu trouveras un livret d'accueil sur ton bureau et le mode d'emploi de ta ligne téléphonique dans le tiroir de la table de nuit. Et surtout, si tu as une question, n'hésite pas !

Elle avait débité son petit discours à toute vitesse, comme une serveuse qui récite la liste des plats du jour.

– Merci, Vanessa, répondit le père de Tibby.

Bizarre, depuis qu'il avait passé la quarantaine, il s'était mis à répéter le prénom des gens à tout bout de champ.

– Parrrfait ! s'exclama sa mère.

Et, à ce moment précis, son portable se mit à sonner. Enfin, sonner, pas vraiment : il égrena les notes électroniques d'un menuet de Mozart. Chaque fois qu'elle l'entendait, Tibby avait envie de disparaître sous terre. En plus, c'était le dernier morceau qu'elle avait lamentablement essayé d'apprendre avant que son prof de piano déclare forfait, quand elle avait dix ans.

– Oh, non..., fit sa mère au bout d'un moment.

Elle consulta sa montre en grommelant.

– Dans la piscine !... Oh, non... Bon, d'accord.

Elle raccrocha avant de se tourner vers le père de Tibby.

– Nicky a été malade en cours de natation.

– Le pauvre !

Vanessa paraissait mal à l'aise. Il ne devait

pas y avoir de paragraphe sur les gamins qui vomissaient à la piscine dans son manuel d'accueil des étudiants. Tibby décida de lui épargner cette petite crise familiale.

— Merci, lui dit-elle, je viendrai te voir si… euh… si j'ai besoin de quelque chose.

Vanessa hocha la tête.

— Très bien. Je suis dans la chambre 6C1.

Elle leva le pouce par-dessus son épaule.

— À l'autre bout du couloir.

— OK, fit Tibby en la regardant filer sans demander son reste.

Lorsqu'elle se retourna vers ses parents, ils la fixaient tous les deux. Avec un regard qui n'annonçait rien de bon.

— Écoute, chérie, commença sa mère, Loretta doit emmener Katherine à son cours de musique à une heure. Il faut que je fonce pour…

Elle s'interrompit un instant.

— J'essaie de me rappeler… Qu'est-ce qu'il a mangé ce matin… ?

Puis elle se souvint brusquement qu'elle était en train d'abandonner sa fille aînée.

— Euh… oui. On va devoir reporter notre déjeuner au restaurant, désolée, chérie.

— C'est pas grave, répondit Tibby.

De toute façon, elle n'avait aucune envie de manger avec eux. Jusqu'à ce qu'ils annulent.

Son père la serra dans ses bras. Elle lui rendit

son étreinte. Machinalement. Il l'embrassa sur le front.

— Amuse-toi bien, ma chérie. Tu vas nous manquer.

— Je sais, répondit-elle (elle n'en croyait pas un mot).

Arrivée sur le pas de la porte, Alice se retourna. Elle pensait tellement à autre chose qu'elle avait failli oublier de lui dire au revoir.

— Tibby…

Elle la serra dans ses bras elle aussi. Tibby laissa aller sa tête contre sa poitrine, rien qu'une seconde.

— À plus, fit-elle en se redressant aussitôt.

— Je t'appelle ce soir, promit sa mère.

— Pas la peine, ça va aller, assura-t-elle.

Comme ça, si elle oubliait de téléphoner, ce qui était fort probable, elle ne serait pas déçue.

— Je t'aime, fit sa mère en partant.

« C'est ça, c'est ça », pensa Tibby. Elle avait remarqué que les parents se donnaient bonne conscience en répétant ces mots-là deux ou trois fois par semaine. Ça ne demandait pas beaucoup d'efforts et c'était tout bénef pour leur image de « bons parents ».

Après leur départ, Tibby sortit le mode d'emploi du téléphone de la table de nuit et se mit à l'étudier attentivement. Elle n'avait rien trouvé de mieux pour éviter d'avoir le cafard. Arrivée à la page 11, troisième paragraphe, elle découvrit qu'elle avait sa propre boîte vocale... avec déjà cinq messages qui l'attendaient. Elle les écouta, souriant en reconnaissant les voix. Il y en avait un de Brian, un de Lena et deux de Carmen. Tibby laissa échapper un petit rire. Même Bee lui avait laissé un message presque inaudible d'une cabine téléphonique.

La voix du sang parle peut-être plus fort que les autres, mais rien ne vaut celle de l'amitié.

– Je veux juste faire un petit tour dans cette boutique. J'en ai pour une minute, Lena chérie, d'accord ?

Sa mère l'avait réquisitionnée pour rester dans la voiture garée en double file pendant qu'elle allait chercher des médicaments à la pharmacie. Mais, évidemment, elle avait « juste deux-trois autres courses » à faire. C'était comme ça qu'elle s'en sortait toujours avec sa fille : par la ruse et la manipulation. D'habitude, Lena refusait de céder à ces basses manœuvres mais, comme elle n'avait pas encore trouvé de petit boulot, elle ne se sentait pas vraiment en position de force.

Elle souleva sa lourde masse de cheveux qui lui collaient dans le cou. Il faisait trop chaud pour rester en plein soleil sur un parking. Surtout dans une voiture avec un toit ouvrant. Surtout avec une mère pareille.

– OK, fit Lena, résignée.

Sa mère voulait juste faire «un petit tour» chez Basia, une boutique pleine de bonnes femmes exactement comme elle.

— Tu veux que je reste dans la voiture pour ne pas avoir à chercher une place? demanda-t-elle innocemment alors qu'elle se garait juste devant le magasin.

— Bien sûr que non, chérie.

Il fallait se rendre à l'évidence : sa mère était absolument imperméable à l'ironie.

Kostos lui avait tellement manqué cette année qu'elle avait pris l'habitude de faire comme s'il était là. Avec elle. Cette présence imaginaire lui donnait un autre regard sur elle-même. À ce moment précis, elle se figurait qu'il était assis à l'arrière, en train de se liquéfier sur la banquette de cuir noir. Il assistait à son petit numéro de peste et se disait qu'elle était odieuse.

«Non, je suis juste odieuse avec ma mère, c'est normal», se défendit-elle en pensée.

— Juste une minute, répéta sa mère.

Lena acquiesça courageusement pour prouver à Kostos qu'elle y mettait de la bonne volonté.

— Je voudrais me trouver une tenue pour la remise de diplôme de Martha.

(Martha était la filleule de sa cousine. Ou la cousine de sa filleule. Quelque chose comme ça.)

— OK, répéta Lena en la suivant hors de la voiture.

Dans la boutique, il faisait un froid de canard. C'était déjà ça. Sa mère fonça droit vers le rayon «beige-écru». Sur le premier portant, elle prit un pantalon de lin beige et une chemise beige.
– C'est sympa, hein ?

Lena haussa les épaules. Sympa n'était pas le mot qu'elle aurait choisi : incolore, oui. Inodore. Sans saveur. Sa mère achetait toujours exactement la copie conforme de ce qu'elle avait déjà. Lena l'entendit discuter avec la vendeuse. Son vocabulaire vestimentaire était à pleurer : pantalon à pinces, petit chemisier, crème, écru, beige… Et avec son accent grec, c'était encore pire. Lena fila vers l'avant du magasin. Si sa sœur Effie avait été là, elle aurait choisi deux ou trois trucs à fleurs pour les essayer dans la cabine à côté de sa mère.

Lena regarda sans les voir les lunettes de soleil et les barrettes qui étaient disposées près de la caisse. Elle jeta un œil à travers la vitrine. Sur la porte un écriteau indiquait SESUEDNEV EHCREHCER.

Finalement sa mère se décida pour «un adorable petit chemisier coquille d'œuf» et «une jolie jupe vanille». Et là-dessus, elle ajouta une énorme broche que Lena n'aurait même pas osé porter pour se déguiser.

Alors qu'elles quittaient enfin la boutique, sa mère lui prit le bras.
– Regarde, chérie.

Lena se mordit la lèvre. Aïe, sa mère avait vu l'écriteau.

— Viens, on va demander.

Elle fit demi-tour et rentra à l'intérieur.

— Excusez-moi, madame, j'ai vu votre annonce, sur la porte. Je m'appelle Ari et voici ma fille, Lena.

En réalité, son prénom était Ariadne, mais personne ne l'appelait comme ça, à part sa mère.

— Maman, grinça Lena, les dents serrées.

La vendeuse qui venait d'encaisser leurs deux cents dollars se présenta : Alison Duffers, responsable du magasin. Elle écouta attentivement le petit speech de Mme Kaligaris, qui conclut, très enthousiaste :

— Ce serait le job idéal, non ?

— Eh bien, euh…, commença Lena.

— Et puis, coupa sa mère, pense aux réductions accordées au personnel !

— Euh… maman ?

Mais Mme Kaligaris continuait à bavarder et à poser, l'air de rien, tout un tas de questions utiles : les horaires (du lundi au samedi, de dix à dix-huit heures), le salaire (six dollars soixante-cinq l'heure pour commencer, plus sept pour cent de commission sur les ventes), les papiers à remplir et les documents à fournir.

— Parfait, déclara Mme Duffers, aux anges. Vous commencez lundi !

— Maman ? fit Lena alors qu'elles regagnaient la voiture.

Elle ne pouvait s'empêcher de sourire malgré elle.

— Quoi ?

— Tu sais, elle pense que c'est toi qu'elle vient d'embaucher !

Carmen était en train d'enfiler le jean pour sa première sortie de l'été quand le téléphone sonna.

— Devine quoi ?

C'était Lena. Carmen baissa la musique.

— Quoi ?

— Tu vois cette boutique, Basia ?

— Basia ?

— Tu sais, sur Arlington Boulevard ?

— Ah ouais, je crois que ma mère y va de temps en temps.

— Oui, c'est ça. Eh bien, je vais travailler là-bas.

— C'est vrai ? s'étonna Carmen.

— En fait, c'est ma mère qui a décroché ce boulot. Mais c'est moi qui vais bosser.

Carmen explosa de rire.

— Ouh là, je n'aurais jamais imaginé que tu ferais carrière dans la mode, commenta-t-elle en examinant son reflet dans le miroir.

— Merci, c'est gentil.

— Hé, tu crois que je dois mettre le jean ce soir ?

— Évidemment, tu es terrible avec. Pourquoi tu hésites ?

Carmen se tourna pour voir ce que ça donnait de dos.

— Et si Porter trouve ça bizarre, tous ces trucs écrits dessus ?

— S'il n'est pas capable d'apprécier la beauté de notre jean, alors ce n'est pas un mec pour toi, déclara sentencieusement Lena.

— Et s'il me pose des questions ?

— Eh bien, tant mieux. Comme ça, tu auras un sujet de conversation rêvé pour toute la soirée.

Carmen voyait presque Lena sourire à l'autre bout de la ligne. En quatrième, par peur de ne pas savoir quoi dire quand elle téléphonait à son petit copain, Guy Marshall, Carmen s'était fabriqué une petite liste de sujets de conversation sur une fiche en bristol rose. Manifestement, elle aurait mieux fait de garder ce secret pour elle.

Lorsqu'elle entra dans la cuisine, quelques minutes plus tard, sa mère était en train de vider le lave-vaisselle.

— Ah, te voilà ! Je vais chercher mon appareil photo, annonça-t-elle.

— Si tu fais ça, je ne réponds plus de rien. Ne m'oblige pas à commettre un... – comment on dit déjà ? – un matricide ? s'écria Carmen en attaquant sans merci la petite peau de son ongle de pouce.

Christina se mit à rire, secouant le panier des couverts.

— Pourquoi ? Tu ne veux pas que je vous prenne en photo ?

— Tu veux le faire fuir en courant, ce pauvre garçon, ou quoi ?

Carmen fronça les sourcils. Aïe, elle venait de les épiler, c'était encore douloureux.

— On va juste au restaurant, pas au bal de fin d'année !

Enfin, elle avait beau dire, elle avait passé presque toute la journée avec Lena à enchaîner manucure, pédicure, masque, épilation et tout le tralala. En fait, Lena s'était arrêtée à la pédicure et avait fini l'après-midi plongée dans *Jane Eyre*.

Christina regarda Carmen avec l'air patient et résigné d'une pauvre mère martyrisée par son adolescente de fille.

— Je sais, *nena*, mais c'est tout de même ton premier rendez-vous.

Carmen se retourna vers elle, les yeux écarquillés d'horreur.

— Si tu dis ça devant Porter, je…

— Bon, bon, très bien !

Christina leva les mains en signe d'apaisement. Et elle éclata de rire.

Vexée, Carmen se mit à ruminer. De toute façon, c'était faux, ce n'était même pas son premier rendez-vous, d'abord. C'était la première fois qu'elle cédait à ce rite des années cinquante selon lequel le garçon devait passer chercher la fille chez elle et l'exposer à la plus grande honte de sa vie en rencontrant sa mère.

Selon la sinistre horloge de la cuisine, il était huit heures seize. Mm… délicat. Ils avaient dit huit heures. Mais si Porter était arrivé avant huit heures et quart, il aurait eu l'air trop empressé, ça faisait un peu «gars désespéré». En revanche, s'il venait après vingt-cinq, c'était mauvais signe, ça voulait dire qu'elle ne l'intéressait pas vraiment.

Donc, il était huit heures seize, le compte à rebours était lancé. Il avait neuf minutes pour arriver.

Elle remonta vite dans sa chambre pour prendre sa montre. Elle ne pouvait pas continuer à se laisser tyranniser par cette affreuse horloge de cuisine. Avec ses gros chiffres noirs, son cadran bien dessiné et sa grosse aiguille des minutes, elle ne pardonnait pas. Pas moyen de tergiverser, elle était impitoyablement précise. Si on la croyait, Carmen était toujours en retard pour aller en cours et outrepassait chaque fois la permission de minuit. Elle se promit d'en offrir une nouvelle à sa mère pour son anniversaire. Un truc design sans chiffres… Une horloge qui laisse un petit temps de battement ici et là.

Alors qu'elle revenait dans la cuisine, le téléphone se mit à sonner. Son imagination s'emballa. C'était Porter. Il annulait. C'était Tibby. Pour lui dire de ne pas mettre ses mules en plastique qui la faisaient transpirer des pieds. Elle regarda s'afficher le numéro dont dépendait son avenir… c'était… C'était le cabinet d'avocats où travaillait sa mère. Super.

– C'est encore le harceleur, annonça-t-elle sans même décrocher.

Christina soupira en passant derrière elle :

– Je t'ai déjà dit de ne pas appeler M. Brattle comme ça, Carmen.

Elle prit son air professionnel un peu pincé avant de décrocher.

– Allô ?

Encore une conversation qui s'annonçait passionnante ! M. Brattle, le patron de sa mère, portait la chevalière de son université et plaçait le mot « réactivité » à tout bout de champ. Il l'appelait toujours pour des problèmes gravissimes… par exemple lorsqu'il ne retrouvait plus son coupe-papier.

– Oh… oui. Bien sûr. Salut…

Le visage de sa mère se détendit. Ses joues rosirent.

– Désolée. Je croyais que c'était… Non.

Elle se mit à glousser.

Ce n'était pas M. Brattle. Impossible. Pas une fois dans sa vie, il n'avait dû prononcer une phrase susceptible de faire rire quelqu'un, même sans le vouloir. Mm… Carmen n'eut pas le temps de se pencher davantage sur ce mystère car la sonnerie de l'interphone retentit. Ses yeux se posèrent par inadvertance sur cette diabolique horloge murale. Pas mal. Huit heures vingt et une. Parfait, même. Elle pressa le bouton pour ouvrir la porte du hall. Elle n'allait pas soumettre Porter au supplice de l'interphone.

— Oh, salut, fit-elle en l'accueillant dans l'entrée après avoir attendu le nombre adéquat de secondes pour lui ouvrir.

Elle essaya de se donner l'air essoufflé. Non, non, elle ne l'attendait pas bêtement, elle était en train de poncer une commode.

Le fait qu'il soit là, au beau milieu de son entrée et non devant son casier dans le couloir du lycée, ne changeait rien à son allure : sa coiffure (cheveux mi-longs, lisses et brillants) et l'expression de son visage (vive et alerte) restaient les mêmes.

Impossible de découvrir (ou pas encore, du moins) la face cachée de Porter.

Il portait une chemise grise avec un beau jean. C'était bon signe : il s'intéressait donc un peu à elle, sinon il aurait juste mis un T-shirt.

— Salut, fit-il en la suivant à l'intérieur. Tu es superbe.

— Merci.

Elle passa la main dans ses cheveux. Même s'il ne le pensait pas, c'était exactement ce qu'il fallait dire.

— Euh… tu es prête ?

— Oui, je vais chercher mes affaires et j'arrive.

Elle fila dans sa chambre prendre le petit sac turquoise à paillettes accroché au montant de son lit. En ressortant, elle pensait voir accourir sa mère, mais elle était toujours au téléphone, dans la cuisine.

— Bon, ben, j'y vais, annonça Carmen.

Le sac sur l'épaule, elle hésita un instant devant la porte. C'était fou, sa mère allait rater une occasion inespérée de lui faire honte en public ?

— Salut, m'man ! cria-t-elle.

Elle ne put s'empêcher de jeter un regard par-dessus son épaule en sortant. Sa mère était sur le pas de la porte, le téléphone collé à l'oreille. Elle agitait la main avec enthousiasme.

— Amusez-vous bien, articula-t-elle sans bruit.

Bizarre.

— Je suis garé juste devant l'immeuble, précisa Porter.

Il regardait le jean, en haussant légèrement les sourcils. Admiratif.

Non, plutôt perplexe.

Admiratif ou perplexe ? Comment était-il possible qu'elle ne sache pas faire la différence ? Ce n'était peut-être pas bon signe…

**J'ai passé
une excellente soirée,
mais pas aujourd'hui.**

Groucho Marx

Bee aurait commandé une énorme plâtrée de spaghettis. Sans même penser qu'elle risquait d'avoir des pâtes qui pendaient de la bouche comme des tentacules. Elle n'était pas du genre à changer ses habitudes parce qu'elle sortait avec un garçon.

Lena oui. Elle aurait choisi un plat facile à manger. Peut-être une salade. Une petite salade toute simple.

Tibby aurait pris un truc bizarre, comme des calmars. Histoire de voir la réaction du garçon. Mais en prenant garde à éviter les aliments qui restent coincés entre les dents.

– Un blanc de poulet forestière, s'il vous plaît, déclara Carmen en levant les yeux vers le serveur.

Elle scruta un instant son visage constellé de taches de rousseur sans parvenir à se rappeler que ce garçon était en cours de poterie avec Tibby. Du blanc de poulet, c'était parfait. Parfaitement insipide et sans risque. Elle avait failli commander des tacos mais elle avait renoncé... Pas envie de discuter de ses origines latino. Elle croisa les doigts : pourvu que Porter ne commande pas un plat Tex-Mex pour lui faire plaisir...

— Je vais prendre un hamburger. Saignant.

Il rendit son menu au serveur.

— Merci.

Bien, c'était une valeur sûre. Un choix typiquement masculin. Cela l'aurait embêtée qu'il commande un truc de fille comme une salade ou un sandwich végétarien.

Serrant nerveusement sa serviette dans ses mains, elle lui sourit. Il était vraiment mignon. Grand. Assis, il paraissait même très grand. Mm... Cela voulait peut-être dire qu'il avait de petites jambes ! Carmen avait une sainte horreur des petites jambes... parce que les siennes n'étaient pas spécialement longues. Son imagination s'emballa. Et si elle tombait amoureuse de lui et qu'ils se marient et qu'ils aient des enfants avec de toutes toutes petites jambes ?

— Je te commande un autre Coca Light ? lui demanda-t-il poliment.

Elle secoua la tête.

— Non merci.

Si elle reprenait un verre maintenant, elle

serait bientôt forcée d'aller aux toilettes... et Porter risquait de remarquer qu'elle avait de petites jambes.

– Alors... tu sais dans quelle fac tu veux aller ?

Carmen aurait aimé pouvoir ravaler sa question aussitôt. Mais elle resta là, suspendue dans les airs. C'était le genre de question que lui aurait posée sa mère si elle n'avait pas été au téléphone quand il était arrivé. Mais on n'infligeait pas ce supplice à un compagnon d'infortune ! Le problème, c'est qu'ils avaient déjà abordé tous les sujets bateaux du type « et tu as combien de frères et sœurs ? » avant même d'avoir commandé.

Carmen pensa à sa cousine Gabriella, qui avait une vision très pragmatique des choses : avec un garçon, plus on conclut vite, mieux c'est.

Ils n'avaient pas encore commencé à manger et ils n'avaient déjà plus rien à se dire... Ce n'était sans doute pas bon signe.

Elle jeta un coup d'œil à sa montre. Puis se figea. Oh, oh. Ce n'était pas très poli de faire ça. Elle releva vite la tête.

Mais Porter n'avait pas l'air vexé.

– Je vais sûrement m'inscrire à l'université du Maryland, annonça-t-il.

Carmen accueillit cette nouvelle d'un hochement de tête enthousiaste.

— Et toi ? demanda-t-il.

Bien, très bien. Voilà un sujet qui leur ferait au moins deux minutes de conversation.

— Mon premier choix, ce serait Williams. Mais c'est très dur d'y entrer.

— C'est une très bonne fac, commenta Porter.

— Ouaip…, fit-elle.

Sa grand-mère détestait quand elle répondait «ouaip», «ouais» ou «mm» au lieu d'un «oui» clair et précis.

— … C'est là que mon père a fait ses études, expliqua-t-elle sans pouvoir réprimer une pointe de fierté dans sa voix.

C'est vrai, elle avait tendance à glisser un peu trop souvent cette information dans la conversation. Mais quand on n'a pas son père auprès de soi, là, tous les jours, on se raccroche à ce genre de choses.

Juste à ce moment-là, Kate Barnett entra dans le restaurant avec son petit copain Judd Orenstein. Elle portait la jupe la plus courte que Carmen ait jamais vue. En jean, surpiqué vert fluo. En fait, ça ressemblait plus à une grosse ceinture qu'à une jupe.

Ri-di-cule. Carmen avait une furieuse envie de ricaner. Mais un simple regard à Porter lui apprit que cela ne le ferait sûrement pas rire. Elle ferma les yeux et photographia la scène pour raconter tout ça à Tibby plus tard.

Bon, c'était sympa, cette soirée. Très sympa,

même. Mais elle se voyait mal dire : «T'as vu ? Elle a dû l'emprunter à sa petite sœur de quatre ans, cette jupe !» Pas à un garçon. Ou le garçon en question risquait de penser qu'elle était jalouse. Et mauvaise langue.

C'était ça, le problème : elle était au resto *avec un garçon*. Et elle n'y connaissait pas grand-chose. Dans sa vie, il n'y avait que des filles : sa mère, Bee, Tibby et Lena. Et si on élargissait le cercle, il y avait aussi sa tante, sa cousine et sa grand-mère. À une époque, elle voyait assez souvent Perry, le frère de Bee. Mais plus depuis qu'il avait atteint la puberté. Alors ça ne comptait pas. Il y avait bien Paul… Mais Paul, ce n'était pas pareil. Il était aussi posé et responsable qu'un homme de quarante ans. Il jouait dans la classe supérieure.

Le truc, c'est que Carmen aimait les garçons. En théorie. Un garçon, c'est beau, c'est charmant, c'est drôle. Et elle avait lu assez de magazines féminins pour connaître les subtilités du jeu de la séduction et les pièges à éviter. Mais maintenant qu'elle se retrouvait au resto face à un de ces spécimens, elle avait l'impression de dîner avec un pingouin. Et vous sauriez, vous, de quoi parler avec un pingouin ?

Cher Kostos,
Comment vas-tu ? Et ton grand-père ? Et ton équipe de foot ?

Devine quoi ? J'ai trouvé un petit boulot. Dans une boutique de vêtements, pas très loin de la maison. C'est payé 6,75 $ l'heure plus la commission sur les ventes. Pas mal, hein ?

Au fait, je t'ai dit qu'Effie était serveuse à L'Oliveraie, le resto grec ? Elle a réussi à les charmer avec les sept mots de grec qu'elle connaît (plus utiles pour flirter avec un garçon que pour travailler, mais bon…). Hier soir, je l'ai entendue chanter dans la douche : elle répétait la chanson d'anniversaire du restaurant.

Salue les ancêtres de ma part.

Depuis qu'elle avait rompu avec Kostos, en février, Lena lui envoyait à peu près tous les mois un petit mot dans ce genre, comme si c'était un vieux copain. En fait, elle ne savait pas vraiment pourquoi elle continuait à lui écrire… C'était sans doute un truc de fille, ça, de vouloir rester copine avec ses ex pour qu'ils n'aillent pas dire du mal de vous partout (non qu'elle croie Kostos capable d'une telle chose). Ou alors pour les empêcher de vous oublier complètement.

Les lettres qu'elle lui écrivait avant étaient bien différentes – beaucoup plus nombreuses et larmoyantes. Elle faisait un brouillon au crayon pour recopier bien proprement au stylo. Elle frottait le papier dans son cou afin qu'il s'imprègne de son odeur.

Puis elle le glissait dans une enveloppe et attendait plusieurs heures avant de la fermer Quand, enfin, elle la collait, elle ne la timbrait pas avant le lendemain. Et elle hésitait toujours un peu devant la boîte aux lettres, déposant sa missive d'une main tremblante, comme si son avenir en dépendait.

Lena s'était imaginé qu'en rompant elle arrêterait de penser à lui. Qu'il ne lui manquerait plus. Qu'elle retrouverait sa liberté. Mais ça n'avait pas marché.

Enfin, peut-être que ça avait marché pour Kostos. Quelle ironie : apparemment, il ne pensait plus à elle. Et elle ne lui manquait plus. (Tant mieux, tant mieux.) Il ne lui avait pas écrit depuis des mois.

Lena fixait du regard le bas de sa lettre, sans savoir par quelle formule finir.

Si elle n'avait pas craint d'être encore amoureuse de lui, elle aurait signé «Bisous, Lena» sans se poser de questions. Elle écrivait «Bisous» à la fin de pratiquement toutes ses lettres. Elle terminait même ses cartes de vœux à d'obscurs oncles et tantes par «Grosses bises». Quand on y réfléchissait, c'était une véritable surenchère d'embrassades épistolaires! Mais quand on avait vraiment envie d'embrasser la personne, ça se compliquait.

Était-elle encore amoureuse de Kostos?

Tibby avait raison. Lorsqu'on lui proposait

une réponse A et une réponse B, elle choisissait toujours la C.

Était-elle amoureuse de lui ?

A – Non.

B – Oui.

C – Eh bien, on aurait pu le supposer car elle n'arrêtait pas de penser à lui. Mais c'était peut-être par nostalgie de l'été dernier. Et à l'époque, elle n'avait peut-être éprouvé que du désir. Comment faire la différence entre le désir et le véritable amour ? Ce n'était pas possible, hein, d'aimer quelqu'un qu'on connaissait à peine, que l'on n'avait pas vu depuis neuf mois et que l'on ne reverrait sûrement jamais ?

Durant les dernières heures qu'elle avait passées en Grèce, Lena avait cru qu'elle l'aimait, c'était sûr. Mais il fallait être folle pour baser toute sa vie sur quelques heures, non ? Et, de toute façon, elle savait bien qu'elle ne pouvait pas faire confiance à ses souvenirs, déformés par le désir. Au fil du temps, le Kostos de sa mémoire devait de moins en moins ressembler au véritable Kostos.

Elle se représentait ces deux Kostos se séparant comme dans le film sur la mitose cellulaire qu'elle avait vu en cours de biolo en troisième. Au début, il n'y avait qu'une cellule, qui s'étirait, s'étirait… jusqu'à ce que, pop ! il y en ait deux. Et chacune suivait sa voie (l'une d'elles allait, par exemple, constituer le cerveau, tandis que l'autre faisait, disons, le cœur) et elles devenaient de plus en plus différentes au fil du temps...

Oui, réponse C, c'était bien ça.

Lena signa simplement «Lena», plia soigneusement sa lettre et la glissa dans l'enveloppe.

En rentrant chez elle avec Porter, Carmen se repassa la soirée en accéléré dans sa tête afin de pouvoir répondre aux milliers de questions dont sa mère n'allait pas manquer de la bombarder.

– Bonsoir! fit-elle en ouvrant la porte.

C'était la première fois qu'elle, Carmen Lucille, seize ans, presque dix-sept, rentrait dans l'obscurité de l'appartement avec un garçon. Dans quelques secondes, sa mère allait arriver à pas feutrés, craignant de les surprendre en train de s'embrasser.

Carmen attendait. Que se passait-il? Sa mère s'était endormie devant ses vieux épisodes de *Friends* ou quoi?

– Maman?

Elle regarda sa montre. Il était onze heures passées.

– Assieds-toi, fit-elle en montrant le canapé à Porter. Je reviens tout de suite.

Elle entrebâilla la porte de la chambre de sa mère... et découvrit avec stupeur qu'elle n'était pas là! Carmen commençait à être vaguement inquiète. Elle se précipita dans la cuisine, alluma la lumière... Sa mère n'était pas là non plus mais elle avait laissé un mot sur la table.

Carmen,
Je suis sortie dîner avec un ami du bureau.
J'espère que tu as passé une soirée merveilleuse.
Maman

Un ami du bureau ? Une soirée merveilleuse ? Ce n'était pas sa mère qui avait écrit ça. Impossible. « Merveilleux » ne faisait pas partie de son vocabulaire. Et elle n'avait aucun ami au bureau.

Sous le choc, Carmen retourna dans le salon.
— On est tout seuls, annonça-t-elle sans réaliser la portée de ses mots jusqu'à ce qu'elle voie l'expression de Porter.

Il n'avait pas un air lubrique, non. Mais il se demandait vraisemblablement ce qu'elle avait voulu dire par là. C'était elle qui lui avait proposé de monter, après tout.

Alors, comme ça, sa mère lui avait laissé l'appartement pour elle toute seule le soir de son premier rendez-vous ? Non, mais pour qui la prenait-elle ?

Elle pouvait entraîner Porter dans sa chambre et... et aller jusqu'au bout si elle en avait envie. Oui, voilà, il ne tenait qu'à elle.

Elle le regarda. Ses cheveux étaient tout hérissés, à l'arrière. Et ses baskets... elles étaient immenses. Il avait des pieds de géant, larges et plats. Elle leva les yeux. La porte de sa chambre était ouverte. De là où il était il pouvait voir son lit, réalisa-t-elle, affreusement gênée. Hum, hum... Si le simple fait qu'un garçon voie son lit la gênait, c'était probablement signe qu'elle n'était pas prête à aller plus loin avec lui, non ?

— Bon, fit-elle, il faut que je me lève tôt pour aller à l'église demain matin.

Et elle ponctua sa phrase d'un bâillement pour faire bonne mesure. Au début, on sentait que c'était forcé mais, finalement, elle se surprit à bâiller réellement.

Porter se leva aussitôt. Dieu + un bâillement = bingo !

— OK... Ouais, je ferais mieux d'y aller.

Il avait l'air un peu déçu. Ou soulagé plutôt.

Déçu ou soulagé ? Comment était-il possible qu'elle ne sache pas faire la différence ? Peut-être qu'elle ne lui plaisait pas. Peut-être qu'il était bien content de partir. Peut-être qu'il avait eu une vision d'horreur en découvrant ce jean tout gribouillé sur ses petites jambes courtes.

« Il a un très, très beau nez », réalisa-t-elle alors qu'ils étaient face à face dans le couloir. Il était tout contre elle, un peu penché.

— Merci beaucoup, Carmen. J'ai passé une très bonne soirée.

Il déposa un baiser sur ses lèvres. Un baiser rapide mais pas du genre déçu ou soulagé… juste bon.

« Il a vraiment passé une bonne soirée ? s'étonna-t-elle en refermant la porte. Ou alors il a juste dit ça pour être poli ? » Parce que, sinon, ils n'avaient pas du tout la même conception d'une « bonne soirée ». C'était fou le nombre de questions qui se bousculaient dans sa tête. Est-ce que tout le monde pensait autant ?

La réussite d'une soirée dépendait de ce qu'on en attendait… et Carmen avait tendance à toujours viser beaucoup trop haut.

Elle promena son regard dans l'appartement vide. Où était passée sa mère, bon sang ? Qu'est-ce qui lui avait pris ? Comment était-elle censée digérer cette première expérience sans pouvoir en discuter avec sa mère ? Ce n'était pas du jeu…

Elle alla s'asseoir à la petite table en Formica de la cuisine. À l'époque où ses parents étaient encore ensemble, ils habitaient dans une maison avec un carré de jardin. Mais depuis, sa mère et elle avaient dû emménager dans cet appartement. Christina avait une grande théorie : pas de pelouse si on n'a pas d'homme pour la tondre. La fenêtre de la cuisine donnait sur trois autres fenêtres de cuisine, séparées par ce que les agents immobiliers appelaient une courette mais qui, pour les gens normaux, n'était guère plus qu'un mouchoir de poche. Carmen avait vite pris l'habitude de ne pas se mettre les doigts dans le nez ou quoi que ce soit lorsqu'elle était dans la cuisine.

Quelque chose clochait. Elle ne pouvait pas aller se coucher, là, comme ça. Elle avait besoin de parler de sa soirée, de décortiquer, d'analyser, de commenter tout ce qui s'était passé. Mais elle ne pouvait pas joindre Bee en Alabama. Elle essaya d'appeler Tibby à la fac. C'était bizarre, comme si elle cherchait à communiquer avec un autre univers, l'univers du futur. Elle laissa sonner une fois, deux fois, trois fois. Apparemment, dans cet univers, on ne décrochait plus passé onze heures et demie. Elle hésita à téléphoner à Lena. Elle risquait de réveiller son père et, en même temps, son légendaire mauvais caractère. Tant pis.

Elle prit son courage à deux mains et laissa sonner deux fois.

– Allô ?

C'était Lena. Elle chuchotait.

– Bonsoir.

– B'soir… (Elle avait l'air tout ensommeillée.) Mm… ah, oui. Bonsoir. Alors ? Ta soirée ?

– C'était… bien, répondit Carmen.

– Bon. Alors… il te plaît ?

– S'il me plaît ?

Elle répéta la question, prise de court. Elle s'était posé tellement de questions durant cette soirée... mais celle-ci ne lui avait même pas effleuré l'esprit.

— Tu trouves qu'il a des petites jambes ? demanda-t-elle.

— Hein ? Non, pas du tout. Qu'est-ce que tu racontes !

— Et moi ? Tu trouves que j'ai des petites jambes ?

Là, c'était une question plus délicate.

— NON, Carma.

Carmen réfléchit un instant.

— Lenny, ça t'est déjà arrivé de ne plus savoir de quoi parler, quand tu étais avec Kostos ?

Son amie se mit à rire.

— Non, c'était plutôt le contraire. Je n'arrivais pas à me taire. Mais, tu sais, on n'est sortis ensemble qu'à la fin des vacances et il y avait eu des tas de péripéties avant.

En principe, Carmen ne se gênait pas pour dire à Lena tout ce qu'elle avait sur le cœur mais elle n'osait pas avouer que, elle qui était si grande gueule d'habitude, s'était retrouvée toute bête devant ce garçon. À la place, elle se lança dans une longue analyse du comportement de sa mère.

Comme Lena ne répondait rien, Carmen se demanda si elle ne s'était pas endormie.

— Alors, Lenny, qu'est-ce que tu en penses ?

Lena bâilla.

— Je pense que c'est chouette que ta mère

prenne du bon temps. Et que tu ferais bien d'aller te coucher.

– Très bien. Je vois, fit Carmen, vexée. Dis plutôt que c'est toi qui as envie d'aller te coucher !

Après avoir raccroché, comme elle n'arrivait toujours pas à dormir, Carmen décida d'envoyer un e-mail à Paul. Il était tellement avare de ses mots que c'était un peu comme si elle s'adressait à un fantôme mais, quand même, elle aimait bien lui écrire.

Puis elle voulut en envoyer un à Tibby. Elle se mit à décrire Porter mais, arrivée à la couleur de ses yeux, elle dut s'arrêter. De quelle couleur étaient ses yeux, bon sang ? C'est là qu'elle se rendit compte qu'elle ne les avait pas vraiment regardés.

> **On ne peut compter
> que sur les doigts
> de ses mains.**
>
> É. Manuel

– Tomko-Rollins Tabitha.
Tibby se crispa. Silence. Elle aurait voulu pouvoir modifier son acte de naissance. Et son dossier scolaire et sa carte de sécurité sociale.
– Euh… c'est juste Rollins. Tibby Rollins, précisa-t-elle au professeur d'écriture de scénarios, Mme Bagley.
– Mais pourquoi ai-je Tomko sur ma liste ?
– C'est… mon deuxième prénom.
Mme Bagley vérifia sur son papier.
– Mais alors… et Anastasia ?
Tibby se tassa sur sa chaise.
– Une faute de frappe ? suggéra-t-elle.
Elle entendit rire autour d'elle.
– OK. Alors, Tibby, c'est ça ? Très bien. Tibby Rollins.
Le professeur nota quelque chose en marge de sa liste.

Encore une des nombreuses ironies de sa vie : dans sa famille, Tibby était la seule sur les cinq à traîner encore ce stupide « Tomko », le nom de jeune fille de sa mère. Dans sa période hippie-communisto-féministo-machinchose, sa mère trouvait ridicule que les femmes changent de nom en se mariant. Elle s'appelait alors Alice Tomko, et elle avait gratifié Tibby non seulement du patronyme mais aussi du trait d'union.

Treize ans plus tard, à la naissance de Nicky, sa mère elle-même avait laissé tomber le double nom pour ne garder que Rollins.

— Ça complique tout, avait-elle murmuré en devenant Alice Rollins.

Elle prétendait mollement que « Tomko » n'existait plus pour Tibby non plus. Mais son acte de naissance disait le contraire.

Tibby mit à un moment à retrouver assez de dignité pour relever les yeux de son bureau et survoler la salle du regard. Deux rangs plus loin, elle reconnut une fille qui habitait au même étage qu'elle. Et quelques élèves qu'elle avait croisés à la soirée d'accueil, la veille. La plupart avaient l'air esseulé, affamé même. Il fallait qu'ils se fassent des amis et vite. Peu importe qui.

Elle en remarqua deux qui n'avaient pas cet air désespéré. Un garçon vraiment mignon avec des cheveux tout ébouriffés qui lui tombaient dans les yeux, comme s'il venait de sortir du lit, avachi sur sa chaise. Et la fille à côté de lui, avec ses cheveux rasés, teints en noir et marron, et ses lunettes à verres roses. Elle portait un T-shirt XXXX-S. C'était sûr, tous les deux, ils se connaissaient déjà.

Sophie, la fille de la chambre 6B3, avait déjà proposé à Tibby de déjeuner avec elle. Les filles de la 6D quelque chose – Jess et une autre fille dont le nom commençait par un J – voulaient l'inviter ce soir. Mais Tibby (par esprit de contradiction) avait envie de fuir tous ces gens qui étaient aussi seuls et désespérés qu'elle.

Elle se tourna de nouveau vers «Je sors du lit» et «Lunettes Roses». Lunettes Roses se pencha à l'oreille de Je sors du lit pour lui chuchoter un truc. Il se mit à rire, l'air un peu stone, puis s'affala encore plus sur sa chaise. Tibby aurait tout donné pour savoir ce que la fille lui avait dit.

C'était eux qu'elle voulait comme amis. Eux qui n'avaient pas besoin d'amis justement.

– Bon, très bien, conclut Mme Bagley en rangeant sa liste. On va faire un petit jeu pour apprendre à se connaître.

Lunettes Roses leva un sourcil soupçonneux en regardant son ami et elle s'avachit sur sa chaise, comme lui. Involontairement, Tibby sentit qu'elle l'imitait.

– Alors voilà : vous allez dire votre nom puis deux

choses que vous aimez et qui commencent par la même lettre que votre nom. Je vous montre…

Bagley fixa le plafond un moment. Elle devait avoir la trentaine. Ses sourcils se rejoignaient au-dessus de son nez, à la Frida Kahlo. Pour une raison obscure, Tibby en déduisit qu'elle n'était pas mariée.

– Caroline. Euh… les crevettes et… le Caravage.

Tibby remarqua que Lunettes Roses glissait un autre commentaire à l'oreille de Je sors du lit tandis qu'une dénommée Shawna annonçait qu'elle aimait les sushis et Shaquille O'Neal. Lunettes Roses leva la tête, surprise, quand elle réalisa que c'était son tour. Visiblement, elle n'avait rien écouté.

– Oh… euh… je m'appelle Cora et… je suis censée citer deux choses que j'aime, c'est ça?

Bagley hocha la tête.

– OK. Euh… les Chocapic et… les films.

Il y eut des rires étouffés dans la salle. Tibby secoua la tête. Si elle avait dit «le cinéma», comme tout le monde, elle aurait eu bon.

Je sors du lit s'appelait en réalité Alex. Il aimait les araignées et l'ail, déclara-t-il en insistant sur le «a».

Tibby eut l'impression qu'il se moquait à la fois du professeur et de Cora. Mais il adressa un demi-sourire à son amie. Waouh, craquant! Et sa voix un peu rauque était tellement sexy…

« Je veux qu'il me sourie comme ça », se dit Tibby.

Notant qu'il portait ses Puma sans chaussettes, elle se demanda s'il sentait des pieds.

Ah... c'était son tour.

– Je m'appelle Tibby. J'aime les fraises Tagada et... la térébenthine.

Elle ne savait pas ce qui lui avait pris de dire ça. Qu'est-ce qu'elle avait dans la tête ? Elle pivota lentement de quarante-cinq degrés et vit Alex qui la regardait, de sous sa mèche. Il lui souriait.

En fait, si, elle savait très bien ce qu'elle avait dans la tête. Ou plutôt qui.

Bridget remonta l'allée menant à la petite maison en briques rouges, à l'affût du moindre détail. Elle remarqua plusieurs fourmilières sur le bord du chemin. L'herbe avait réussi à se faufiler un peu partout entre les dalles. Sur le seuil, elle fut accueillie par un paillasson *Home sweet home* orné de fleurs roses et jaunes. Elle s'en souvenait, comme elle se souvenait du heurtoir de cuivre en forme de colombe. Ou de pigeon. Oui, c'était peut-être bien un pigeon.

Elle frappa un peu plus fort qu'elle ne l'aurait voulu. « Allez, allez, réponds. » Vite, il ne fallait pas qu'elle ait le temps de réfléchir. De faire marche arrière. Elle entendit des pas. Elle se frottait les mains pour éviter qu'elles s'engourdissent.

«Et voilà!» pensa-t-elle au moment où la porte s'ouvrit.

Et voilà, elle se retrouvait face à elle.

Cette vieille dame avait l'âge que devait avoir Greta, même si Bridget ne la reconnaissait pas.

— Oui? fit la femme en plissant les yeux, éblouie par le soleil.

— Bonjour, fit Bridget en tendant la main. Je m'appelle Gilda, je suis arrivée en ville il y a deux jours. Vous êtes Greta Randolph, c'est bien ça?

La vieille dame hocha la tête. Donc c'était elle.

— Voulez-vous entrer? proposa-t-elle, l'air un peu soupçonneux tout de même.

— Oui, merci, je veux bien.

Bridget la suivit dans un couloir tapissé de moquette blanche. Cette odeur, elle la reconnaissait... une odeur indéfinissable et pourtant familière. Elle en eut le souffle coupé un instant.

Greta l'invita à s'asseoir dans le canapé écossais du salon.

— Je peux vous offrir un thé glacé?

— Non, pas tout de suite. Merci.

La vieille dame s'installa dans le fauteuil, face à elle.

Bridget ne savait pas bien ce qu'elle cherchait mais pas ça en tout cas. Greta Randolph était trop grosse, avec des bourrelets mal répartis sur le ventre. Elle avait les cheveux gris, courts, frisottés par une permanente. Les dents jaunes. Des vêtements à bout de souffle.

— Que puis-je faire pour vous ? demanda-t-elle.

Elle ne quittait pas Bridget des yeux, craignant sans doute qu'elle ne glisse l'un des petits animaux en cristal de la bibliothèque dans sa poche.

— Vos voisins m'ont dit que vous auriez bien besoin d'un coup de main dans la maison – pour faire du rangement, du ménage. Et justement, je cherche du travail, expliqua Bridget.

Le mensonge lui était venu tout seul, sans aucun effort.

Greta avait l'air perplexe.

— Mais... quels voisins ?

À tout hasard, Bridget pointa le menton vers la droite. Décidément, mentir était beaucoup plus facile qu'on ne le croyait. C'était pour cette raison que cela marchait, parce que les menteurs comptaient sur la bonne foi des autres. Si tout le monde s'était mis à mentir, ça n'aurait plus été aussi facile.

— Les Armstrong ?

Bridget acquiesça.

La vieille dame secoua la tête, visiblement troublée par cette idée.

— Eh bien... oui, on a tous besoin d'un petit coup de main, hein ?

— C'est sûr, confirma Bridget.

Greta réfléchit un moment.
— J'avais bien un projet…
— Oui ?
— Je voudrais vider et nettoyer le grenier pour en faire une petite chambre et la louer cet automne. Ça me ferait un petit revenu en plus.
Bridget opina à nouveau.
— Je pourrais vous aider…
— Je te préviens : il y a un sacré bazar là-haut. Des cartons et des cartons de vieilleries. Mes enfants ont laissé toutes leurs affaires ici.
Bridget se recroquevilla à l'intérieur. Elle n'avait pas prévu d'aborder le sujet aussi vite, même indirectement. En fait, elle avait presque oublié le lien qui l'unissait à cette femme.
— Vous n'avez qu'à me dire ce qu'il faut faire et je le ferai.
Greta hocha la tête. Elle étudia le visage de Bridget un long moment.
— Tu n'es pas d'ici, pas vrai ?
Bridget tortilla nerveusement ses orteils dans ses baskets.
— Non, je suis juste venue pour euh… pour les vacances.
— Tu es au lycée ?
— Oui.
— Et tes parents ?
— Ils sont…
Évidemment, elle aurait dû se préparer à ce genre de question.

— Ils sont en voyage. Moi, je voulais gagner un peu d'argent. J'économise pour la fac, l'an prochain.

Elle se leva, s'étira un peu, espérant ainsi mettre fin à l'interrogatoire. En jetant un coup d'œil dans le couloir, elle aperçut le jardin dans le fond. La vue du gros cornouiller rose remua ses souvenirs : elle se souvenait qu'elle aimait grimper dans ses grosses branches basses.

Elle se tourna vers la cheminée. Dans leur cadre, deux enfants en photo la fixaient : Perry et elle en taille six ans. Peut-être que ce n'était pas une si bonne idée d'être venue ici, après tout.

Elle se rassit, le souffle coupé.

Greta détourna enfin les yeux de Bridget pour examiner ses phalanges noueuses.

— Très bien. Je te paierai cinq dollars l'heure, ça te convient ?

Bridget retint une grimace. C'était peut-être le salaire qui se pratiquait dans l'Alabama mais, à Washington, personne n'aurait voulu retourner un hamburger à ce tarif-là.

— Euh… d'accord.
— Quand peux-tu commencer ?
— Après-demain ?
— Parfait.

Greta se leva et Bridget la suivit jusqu'à la porte.

— Merci beaucoup, madame Randolph.

— Tu peux m'appeler Greta.
— OK, Greta.
— Alors on se voit après-demain... disons huit heures ?
— Euh... d'accord.

Bridget pesta intérieurement. Elle avait perdu l'habitude de se lever tôt le matin.

— C'est quoi, ton nom de famille, déjà ?
— Euh... Tomko.

C'était un nom orphelin qui avait bien besoin d'un nouveau propriétaire. Et en plus, ça lui rappelait Tibby.

— Et, je ne voudrais pas paraître indiscrète, mais... quel âge as-tu ?
— Bientôt dix-sept.

Greta soupira.

— J'ai une petite-fille de ton âge. Elle aura dix-sept ans en septembre.

Bridget tressaillit.

— Ah bon ? fit-elle d'une voix tremblante.
— Elle habite à Washington. Tu connais ?

Bridget secoua la tête. C'était facile de mentir à des étrangers. Mais moins évident face à quelqu'un qui connaissait la date de votre anniversaire.

— Et toi, tu viens d'où ?
— Norfolk.

Pourquoi avait-elle répondu ça ? Aucune idée.

— Tu as fait un long voyage.

Bridget hocha la tête.

— Eh bien, ravie d'avoir fait ta connaissance, Gilda, conclut la femme qui se trouvait être sa grand-mère.

— Nous avons dîné dans un restaurant fa-bu-leux. Je pensais que nous irions manger un morceau dans le quartier, mais il avait réservé chez Joséphine. Tu imagines ? J'avais peur de ne pas être assez habillée, mais il m'a dit que j'étais parfaite. Ce sont exactement ses mots : « Tu es parfaite. » Tu te rends compte ? J'ai mis un moment à choisir ce que j'allais commander. Je ne voulais pas me retrouver avec de la sauce béarnaise sur mon chemisier ou de la salade entre les dents, tu comprends.

Christina riait de tout son cœur, comme si jamais personne n'avait été confronté à cette délicate situation avant elle.

Carmen se plongea dans la contemplation de sa gaufre. Les quatre carrés du milieu étaient pleins de sirop d'érable tandis que les autres étaient tout secs. Tout ce que sa mère lui racontait, c'était elle qui aurait dû le lui raconter. L'ironie de la situation lui laissait une certaine amertume. Tout ce que Carmen voulait lui dire, c'était elle qui le disait. Et elle parlait, parlait, parlait sans s'arrêter.

Christina écarquilla les yeux en s'écriant théâ-tralement :

— Oh, Carmen, j'aurais voulu que tu puisses goûter mon dessert. C'était à mourir ! Ils appellent ça une *tarte tatin*[1].

Elle essayait de le prononcer à la française mais, doublé de son accent portoricain, c'était tellement ridicule que Carmen n'arrivait même pas à lui en vouloir autant qu'elle l'aurait voulu.

— Mm…, fit-elle sans conviction.

— Et il est tellement gentil. Un vrai gentleman. Il m'a ouvert la portière de la voiture, tu te rends compte ? Tu sais quand ça m'est arrivé pour la dernière fois ?

Christina la regardait comme si elle attendait vraiment une réponse.

Sa fille haussa les épaules.

— Jamais ?

— Je t'ai dit qu'il avait fait ses études à l'université Stanford ?

Carmen hocha la tête. C'était tellement pathétique de la voir si fière qu'elle ne put s'empêcher de faire le rapprochement : hier, elle était tellement fière, elle aussi, quand elle avait annoncé que son père était allé à Williams.

Elle pencha la bouteille de sirop d'érable avec précaution pour essayer de remplir chaque petit carré de sa gaufre.

— Il s'appelle comment, déjà ?

— David.

---

1. En français dans le texte.

Christina semblait prendre encore plus de plaisir à prononcer ce nom qu'à dire «tarte tatin».

— Et quel âge il a, tu m'as dit?

Elle se rembrunit légèrement.

— Trente-quatre. Mais ça ne fait que quatre ans de différence.

— Plutôt cinq, répliqua Carmen.

Coup bas. Christina aurait trente-neuf ans dans moins d'un mois. Sa fille avait plus dit ça par méchanceté que pour rétablir la vérité.

— Enfin, il a l'air très gentil, ajouta-t-elle pour se rattraper.

C'était tout ce que sa mère attendait pour repartir :

— Oui, vraiment. Il est adorable.

Et elle embraya sur ses innombrables qualités — Carmen eut le temps de manger deux gaufres. Il lui avait plusieurs fois apporté son café au bureau. Et même, une fois, il l'avait aidée quand son ordinateur avait planté.

— Il est passé associé, poursuivit-elle comme si Carmen pouvait en avoir quelque chose à faire. Mais il n'a pas commencé ses études de droit juste après le bac. Il a d'abord travaillé dans un journal, à Memphis. Je crois que c'est ça qui le rend tellement *intéressant*.

Christina avait prononcé ce mot comme s'il avait été créé pour l'occasion.

Carmen se versa un verre de lait. Elle n'en avait pas bu depuis ses treize ans.

Elle se demandait, avec une sorte d'intérêt scientifique détaché, combien de temps sa mère pourrait continuer à parler si, de son côté, elle ne relançait pas la conversation.

— Il a toujours été très gentil, très serviable, mais de là à ce qu'il m'invite à dîner… Jamais je ne l'aurais imaginé. Jamais.

Elle arpenta la pièce en faisant claquer ses chaussures du dimanche sur le lino.

— Je sais que ce n'est sans doute pas une bonne idée de sortir avec quelqu'un du bureau, mais on ne travaille pas dans le même service et il n'est même pas à mon étage, alors…

Elle écarta les bras, résignée à l'idée de mélanger travail et amour, comme s'il s'agissait d'une fatalité.

— Tu sais, hier soir, quand je t'ai vue partir, ça m'a fait tout bizarre. Je me suis dit que, l'an prochain, tu partirais pour de bon et je me suis sentie tellement seule… Et voilà! Quelle coïncidence! On dirait que c'est Dieu qui l'a voulu.

Carmen se retint de répliquer que Dieu avait sûrement mieux à faire que de s'occuper de ce genre de choses.

— Je sais que je ne devrais pas me précipiter. Parce que je ne sais pas ce que ça va donner… Il ne veut peut-être pas s'engager dans une vraie relation… Il n'a peut-être pas les mêmes attentes que moi…

Primo, Carmen détestait quand sa mère

se mettait à employer ce vocabulaire pseudo-philosophique. Et secundo, depuis quand cherchait-elle à «s'engager dans une vraie relation», hein?

La dernière fois qu'elle était sortie avec quelqu'un, Carmen était en CM1.

Et elle continuait à parler, parler, parler... pas le moins du monde troublée que Carmen ne réponde pas. Ni qu'elle aille aux toilettes. Rien ne semblait pouvoir endiguer son flot de paroles. Si elle partait en la laissant toute seule, peut-être s'arrêterait-elle?

Finalement, Carmen consulta la fameuse horloge de la cuisine.

Mais elle n'était jamais de son côté. Pour la première fois de toute sa vie d'horloge, elle indiquait que Carmen et sa mère n'étaient pas en retard pour la messe.

– On devrait y aller, proposa tout de même Carmen.

Sa mère hocha la tête et la suivit docilement hors de la cuisine, en continuant à parler. Elle ne s'arrêta que lorsqu'elles furent arrivées.

– Et toi, *nena*? demanda-t-elle en glissant ses clés dans son sac avant d'entraîner Carmen dans l'église. C'était comment, ta soirée?

Lenita,
Je sais que tu habites à deux cents mètres et que je vais te remettre le jean en main propre

dans moins de cinq (OK, disons dix) minutes quand je passerai te prendre (en retard) pour aller travailler. Je sais que je ne suis pas à l'autre bout du pays mais je me suis dit, tiens, ce n'est pas parce qu'on peut s'appeler et se voir tant qu'on veut cet été qu'on ne peut pas s'écrire si on en a envie. Pas vrai? Ce n'est pas un crime de s'écrire même si on ne se trouve qu'à l'autre bout de la rue, après tout.

Voilà, c'est sûr, ce n'est pas comme l'été dernier : je ne te manque pas parce que tu m'as vue plusieurs fois dans la journée hier et que je t'ai tenue éveillée jusqu'à pas d'heure cette nuit au téléphone. Mais, même si tu vas me voir dans maintenant trois minutes et que tu seras probablement furieuse après moi parce que je suis (encore) en retard, je veux quand même en profiter pour te dire que tu es la plus cool, la plus chouette, la plus géniale Lenita du monde et que je t'adore.

Alors éclate-toi bien avec ce jean, chica!

Carmah là là!

**Les hommes trébuchent
parfois sur la vérité,
mais la plupart
se redressent et passent
vite leur chemin comme
si de rien n'était.**

Winston Churchill

Mais on ne peut pas dire que le jean porta vraiment chance à Lena. Quant à «s'éclater», elle en était loin. Le premier jour, elle le laissa dans sa chambre, sur une pile de lettres de Kostos.

Le lendemain, elle décida de le mettre pour aller travailler mais Mme Duffers n'apprécia pas du tout et elle dut se changer immédiatement. Elle le laissa sur une chaise au fond du magasin où une cliente l'aperçut et voulut le lui acheter.

Elle avait encore le cœur qui battait à toute allure après cette expérience éprouvante lorsque Effie passa la voir. C'était l'heure de la fermeture mais Lena n'avait pas encore fini de ranger les cabines.

— Devine qui a appelé aujourd'hui? lui demanda Effie.

— Qui?

Lena détestait les petites devinettes de sa sœur surtout quand elle était fatiguée.

— Allez, devine…, insista-t-elle en la suivant dans les cabines.

— Non, je t'ai dit !

Effie était vexée. Elle leva les yeux au ciel, comme si elle avait besoin de soutien pour supporter sa sœur.

— Bon, bon, très bien… Mamita. On a un peu discuté.

Lena s'arrêta aussitôt de ranger.

— C'est vrai ? Comment va-t-elle ? Et Bapi ?

— Ils sont en pleine forme. Le mois dernier, ils ont fait une grande fête dans leur ancien restaurant pour leur anniversaire de mariage. Ils avaient invité tout le village.

— Waouh !

Lena ferma les yeux et se laissa doucement porter jusqu'à Fira. Elle n'avait pas oublié la vue magnifique qu'on avait de la terrasse du restaurant.

— C'est super, fit-elle d'une voix lointaine.

Les images défilaient dans sa tête, la Caldeira, le port… Kostos. Ce souvenir lui fit comme un grand vide au creux du ventre.

Elle se racla la gorge puis reprit son rangement.

— Et comment vont les Doumas ? demanda-t-elle d'un ton détaché.

— Bien.

— Ah oui ?

Lena ne voulait pas demander directement des nouvelles de Kostos.

— Ouais, ouais. Mamita m'a raconté que Kostos était venu à la fête avec une fille d'Ammoudi.

Lena s'efforça de rester parfaitement impassible, le visage inexpressif.

Effie fronça les sourcils.

— Pourquoi tu fais cette tête-là, Lenny ?
— Quelle tête ?
— Comme ça…

Effie pointa du menton vers la triste mine de sa sœur.

— … C'est toi qui l'as largué, je te signale.

Lena s'était affalée sur un tabouret, dans une cabine. Elle tapait nerveusement du pied dans le miroir.

— Je sais. Et alors ?

Elle préférait faire celle qui ne comprenait pas sinon elle allait se mettre à pleurer.

— Je ne te suis plus. Si tu le vis comme ça, pourquoi tu as rompu ? insista Effie.

— Si je le vis comment, hein ? Depuis quand sais-tu ce que je ressens, d'abord ?

Lena se releva brusquement et entreprit de classer les pantalons par taille.

Effie secoua la tête, convaincue que sa sœur était vraiment la dernière des cruches.

— Si ça peut te consoler, la fille qu'il a amenée n'a pas du tout plu à Mamita.

Lena s'appliqua à montrer qu'elle n'en avait vraiment rien à faire.

— Et elle a ajouté, je cite : «Cette fille n'a aucun charrrme comparrrée à notrrre belle Lena.»

La belle Lena en question continua à jouer l'indifférence.

— Ça te rassure ? demanda Effie.

Sa sœur haussa les épaules d'un air détaché.

— Alors j'ai répondu : «D'accord, Mamita, mais cette fille n'est sûrement pas du genre à larguer ce pauvre gars sans raison.»

Lena jeta sa pile de vêtements par terre.

— Là, tu abuses! Je te préviens, tu vas aller travailler à pied, ma vieille.

— Lenny! Tu avais promis! protesta Effie. Et puis, pourquoi tu t'énerves ? Je croyais que tu t'en moquais.

Elle avait toujours le dernier mot. Toujours.

— Ouais, ouais, je m'en moque, marmonna Lena d'une toute petite voix.

— Alors tu vas me déposer au boulot en voiture comme tu l'avais promis.

Ça, c'était bien Effie, elle avait le chic pour transformer une faveur en obligation.

Dehors le ciel était tellement noir que Lena avait l'impression qu'il faisait déjà nuit. Avec le jean sous le bras, elle ferma la porte du magasin et tira la grille. De grosses gouttes de pluie s'écrasaient sur ses cheveux et roulaient sur son front. Effie courut jusqu'à la voiture. Lena, elle, marchait, le jean à l'abri sous sa chemise. Elle adorait la pluie.

L'Oliveraie était à moins de cinq minutes de la boutique. Effie se rua dans le restaurant à grands pas.

Lena poursuivit sa route. La pluie tambourinait sur le capot, les essuie-glaces couinaient. Elle aimait bien conduire lorsque personne ne l'attendait nulle part. Ces derniers mois, elle avait intégré tous les automatismes, et elle pouvait désormais conduire sans réfléchir. Elle n'avait plus à se dire : « Mets le clignotant. Freine. Tourne. » Elle conduisait d'instinct, en laissant son esprit vagabonder.

Elle passa devant la boîte où elle venait poster ses lettres, avant. Avant de prétendre que tout cela n'avait aucune importance. Ou du moins, de faire comme si.

Elle avait encore le jean posé sur les genoux. Elle le portait quand ils s'étaient embrassés passionnément à la fin de l'été. Elle prit une profonde inspiration. Il restait peut-être quelques cellules de Kostos dans le tissu. Peut-être.

De voir le jean, là, sur ses genoux alors qu'elle était seule, sous la pluie battante, loin de Kostos, lui faisait ressentir encore plus durement à quel point il lui manquait. Ce jean qui avait assisté à son bonheur la rendait mélancolique.

Alors voilà. Kostos avait une nouvelle petite

amie. Lena avait une sœur démoniaque et un boulot dans une boutique de vêtements beiges.

Qui s'en sortait le mieux ?

Au début, Bridget avait l'impression de ne plus avoir aucun souvenir de Burgess. Puis, au fil de ses promenades, quelques détails lui revinrent. Oui, elle se rappelait ce distributeur de cacahuètes devant la quincaillerie. Déjà quand elle avait six ans, cette antiquité lui semblait hors d'âge. Et elle était encore là. Elle aurait parié que les cacahuètes étaient d'époque !

Et puis, il y avait ce vieux canon rouillé de la Guerre civile, sur la pelouse, devant le tribunal. À sa base trônait une pyramide de boulets fondus ensemble. À l'époque, elle adorait faire le clown en passant sa tête à l'intérieur comme un personnage de dessin animé – ce qui faisait toujours rire Perry.

Elle se revoyait en train d'escalader le mur à côté de la banque, avec sa grand-mère qui lui criait de redescendre. Quand elle était petite, on aurait dit un vrai singe. Personne ne grimpait aussi vite aux arbres, elle battait tous les gamins du coin, même les garçons ! Elle était si légère et si souple comparée à maintenant.

Bridget laissa ses pieds la guider car ils semblaient avoir meilleure mémoire que sa tête. Elle descendit Market Street. Petit à petit, les maisons s'espaçaient. Dans chaque jardin, il y avait d'énormes hortensias en fleur qui faisaient de grosses boules bleu-mauve.

Après l'église méthodiste, elle découvrit une grande pelouse bien verte, bordée d'immenses chênes centenaires et de jolis bancs en fer forgé. Tout au fond, elle remarqua deux cages de foot délimitant un terrain bien entretenu. Le souffle coupé, elle se figea. Son cerveau fouillait désespérément parmi des piles de dossiers oubliés et poussiéreux.

Elle s'assit sur l'un des bancs et ferma les yeux. Elle se revoyait courant après un ballon de foot… et soudain une vague de souvenirs la submergea. Son grand-père qui leur apprenait à taper dans le ballon, à elle et à son frère, alors qu'ils avaient à peine trois ou quatre ans. Perry détestait ça, il s'emmêlait les pieds et tombait sans arrêt. Mais elle, elle adorait. Elle mettait ses mains dans son dos pour se rappeler qu'au foot on jouait seulement avec les pieds. Elle passait en dribblant devant son grand-père qui criait, tout fier : « Hé, les gars, voilà de la graine de championne ! »

L'été de ses cinq ans, il l'avait inscrite dans l'équipe de Limestone, malgré les vives protestations des autres parents. Et pour cause, c'était une équipe de garçons ! Bridget se souvenait qu'elle avait forcé sa grand-mère à lui couper les cheveux tout court, comme un garçon. Elle se rappelait aussi que sa mère avait pleuré quand elle l'avait revue, au retour des vacances.

Puis Bridget avait mené l'équipe des Honey Bees de Burgess à la victoire deux étés de suite et ses parents avaient arrêté de râler.

Mon Dieu, elle avait complètement oublié qu'elle avait joué dans cette équipe... Et pourtant c'était tellement important pour elle à l'époque. En plus, quelle coïncidence, une équipe qui avait le même surnom qu'elle!

– Vas-y, Bee! Tu es la reine des abeilles! criait son grand-père depuis les gradins.

Si son père n'avait jamais aimé le sport, son grand-père, lui, était un grand amateur.

Son père avait-il seulement été prévenu le jour du décès de son grand-père?

Bridget laissa son esprit vagabonder. Elle ne s'était jamais demandé comment lui était venue cette passion pour le foot, mais voilà : c'était ici que tout avait commencé.

Sa mémoire lui jouait de drôles de tours, parfois, elle l'avait déjà remarqué. Quand elle avait onze ans et que le drame s'était produit, sa mémoire s'était comme effacée. Tout ce qui s'était produit à cette époque ou avant, elle l'avait complètement oublié ou, si elle se le rappelait, elle avait l'impression que c'était arrivé à quelqu'un d'autre. Pas à elle. Après la mort de sa mère, on l'avait envoyée chez un psychiatre pendant quelques mois. Il avait déclaré que c'était une réaction normale : sa mémoire se protégeait en formant un tissu cicatriciel. Elle n'avait jamais tellement aimé cette image.

Elle resta là longtemps, assise, sa tête pleine de cicatrices reposant sur le dossier du banc, jusqu'à ce que, comme dans un rêve, elle entende des pas, des cris et ce chtonk! qu'elle aimait tant, le bruit sourd d'un pied tapant dans un ballon de foot. Elle ouvrit les yeux et vit une bande de garçons envahir le terrain. Ils devaient être une vingtaine, d'à peu près son âge ou un peu plus.

Lorsque l'un d'eux passa près d'elle, elle ne put s'empêcher de l'arrêter.

— Vous faites partie d'une équipe?

Il hocha la tête.

— Ouais, les Mavericks de Burgess.

— Il y a toujours un championnat, l'été?

— Ben ouais.

Il avait un ballon sous le bras. Bridget n'en avait pas touché un depuis plus de neuf mois mais, soudain, elle avait une irrésistible envie de lui prendre celui-là des mains.

— Vous venez vous entraîner? demanda-t-elle.

— Comme tous les mardis et les jeudis soir, répondit-il avec son accent nasillard de l'Alabama.

On aurait dit que les gens parlaient avec davantage de syllabes, par ici.

Elle aimait cet accent, elle s'en souvenait.

Autrefois, elle le laissait modeler petit à petit sa propre prononciation, comme par magie, au fil du mois d'août. Lorsqu'elle retournait dans le Nord, son nouvel accent faisait rire tous ses amis mais, la rentrée passée, il était déjà reparti.

Le garçon ne quittait pas des yeux ses copains qui commençaient à s'entraîner sur le terrain. Il mourait d'envie de les rejoindre, mais il était poli.

— Et les matchs ont lieu le samedi ?

— Ouaip, durant tout l'été. Bon, faut qu'j'y aille.

— OK. Merci, dit-elle alors qu'il était déjà au milieu de la pelouse.

Elle était toujours étonnée de voir la réaction qu'elle provoquait chez les gens, maintenant. Il y a un an, il aurait suffi d'un regard à ses cheveux blonds pour que ce même garçon soit ravi de lui dire tout ce qu'elle voulait savoir. Il aurait fait le beau et parlé fort pour que ses copains remarquent avec qui il était en train de discuter.

Entre treize et seize ans, Bridget avait attiré plus de sifflements admiratifs, de numéros de téléphone et de lamentables tentatives de drague qu'elle ne pouvait en compter. Pas parce qu'elle était belle. Lena était vraiment belle, d'une beauté unique et inimitable, mais, justement, ça effrayait la plupart des garçons. Non, Bridget était juste mince, drôle, sympa... et blonde.

Elle les regarda courir et s'échauffer. Lorsqu'ils commencèrent à jouer, elle s'approcha un peu. Il y avait déjà quelques filles – leurs petites amies, sûrement – au bord du terrain. En examinant les garçons un par un, elle découvrit que certains visages lui étaient familiers... elle avait joué avec eux autrefois. C'était fou. Il y en avait un en particulier qui gardait toujours le ballon. Elle était sûre de le connaître. Comment s'appelait-il déjà ? Corey Quelque chose. Et le milieu de terrain, avec ses cheveux roux... Il était exactement comme lorsqu'il avait sept ans. Et il jouait toujours pareil. Elle reconnaissait aussi l'un des goals, et puis il y avait... Oh, bon sang ! Bridget porta la main à ses lèvres. Le nom s'imposa à elle comme une évidence : Billy Kline. Bon sang ! À l'époque, c'était le meilleur joueur de l'équipe (après elle) et son meilleur ami par la même occasion. Oui, elle s'en souvenait parfaitement, maintenant. Elle devait même avoir une ou deux lettres de lui quelque part à la maison.

Incroyable.

Elle ne put s'empêcher de remarquer qu'il était devenu plutôt pas mal en grandissant. Sec et musclé, comme elle aimait. Ses cheveux avaient foncé, un peu ondulé, mais son visage n'avait pas changé. Quand elle était petite, elle le trouvait craquant.

Elle le regarda, le cœur battant et la mémoire

galopant. Il habitait près de la rivière. Ils avaient passé des heures et des heures à ramasser des cailloux, persuadés à chaque fois d'avoir découvert une pointe de flèche qu'ils pourraient vendre au musée indien de Florence pour un bon paquet de dollars.

Billy remit le ballon en jeu de la ligne de touche. Elle s'écarta vivement de sa trajectoire. Il la regarda sans la voir.

Il n'y avait aucun risque qu'il la reconnaisse. À l'époque, elle était mince, blonde et heureuse de vivre. Maintenant elle était grosse, terne et malheureuse comme une pierre. Elle était devenue une autre.

Cela facilitait les choses d'une certaine manière. Parfois, il est plus facile d'être invisible.

Tibby se tenait un peu à l'écart, méfiante. Dans ce groupe, les signes de reconnaissance étaient assez faciles à repérer : dominante de noir, grosses chaussures et quelques piercings étincelant au soleil. Ils lui avaient proposé de se joindre à eux pour déjeuner. Sûrement parce qu'elle avait un anneau dans le nez. Ça l'énervait presque autant que lorsque les gens la rejetaient justement pour la même raison.

Une certaine Katie n'arrêtait pas de se plaindre de la fille qui partageait sa chambre. Tibby l'écoutait, mâchonnant mécaniquement une salade de pâtes qui avait autant de goût qu'un morceau de caoutchouc. Mastication, hochement de tête – hochement de tête, mastication. Heureusement qu'elle était née avec trois amies, parce qu'elle n'était décidément pas douée pour s'en faire.

Quelques minutes plus tard, elle suivit le groupe dans le bâtiment puis dans la salle de cours. Elle s'assit au bout d'un rang, laissant exprès des places vides à côté d'elle. Elle voulait se détacher de ce groupe. Et (surtout) elle espérait qu'Alex, peut-être…

Son cœur s'emballa quand il entra dans la pièce… et vint s'asseoir à côté d'elle. Cora s'installa de l'autre côté. Bon, d'accord, il ne restait plus que ces deux places-là dans la salle.

Le professeur, M. Russel, était en train de trier ses papiers.

– Bien, fit-il en levant les deux mains. Comme vous le savez, je suis chargé de superviser votre projet de stage. Dans ce cours, il ne s'agira pas d'écouter, mais de faire.

Alex prenait des notes. Tibby ne put s'empêcher d'y jeter un œil.

But du cours : *faire*

Il plaisantait ou quoi ? Il la regarda. Oui, il plaisantait.

– Au cours de ce stage, vous devrez réaliser

votre propre film et vous y consacrerez pratiquement tout votre temps. Mais vous verrez, la plus grande partie du travail se fera à l'extérieur et non ici, dans cette salle.

Alex était en train de dessiner une caricature de M. Russel, avec une toute petite tête et des mains immenses. Très réussie. Se doutait-il que Tibby regardait par-dessus son épaule ? Ça n'avait pas l'air de le déranger, en tout cas...

– La seule consigne, poursuivait le professeur, est de faire une œuvre autobiographique sur une personne qui a joué un rôle important dans votre vie. Vous pouvez écrire un script et le faire jouer à des acteurs ou filmer la réalité à la manière d'un documentaire, vous êtes libres.

Tibby eut alors une idée. Une image de Bailey s'imposa à elle. Bailey assise dans sa chambre, devant les stores baissés, un rai de lumière caressant les derniers jours de sa vie. Tibby en avait mal aux yeux. Elle se tourna vers la gauche.

« Vous êtes libres », avait écrit Alex en lettres fleuries, juste au-dessus du portrait de M. Russel.

Tibby se frotta les yeux. Non, elle ne voulait pas faire ça. Elle ne pouvait pas le faire. Elle ne voulait même pas formuler clairement cette idée dans sa tête. Elle la laissa s'échapper et repartir comme elle était venue.

Jusqu'à la fin du cours, elle resta hantée par l'impression qu'elle lui avait laissée, alors que l'idée elle-même s'était envolée. Elle en oublia Alex et son bloc-notes ! Ses yeux restaient fixés droit devant elle, sans rien voir.

Elle se rappela seulement son existence lorsqu'il lui parla à l'oreille. Et encore, elle mit un moment à réaliser qu'on parlait à son oreille. Enfin qu'on lui parlait, plutôt.

Elle n'enregistra qu'une suite de syllabes .
— Tu veux aller prendre un café ?

Cora la regardait aussi, guettant sa réponse. Lorsque les mots d'Alex s'organisèrent en phrase dans sa cervelle, elle découvrit qu'elle était ravie.

— Maintenant ? demanda-t-elle.
— Ouais, répondit Cora. Tu as un autre cours après ?

Tibby haussa les épaules. Oui... Non... Peut-être... Et alors ? Elle se leva, son sac sur l'épaule.

Ils s'assirent au fond de la cafétéria. En fait, Alex et Cora venaient tous les deux de New York — elle aurait dû s'en douter. La chambre de Cora était dans le même bâtiment que celle de Tibby, au septième étage. Cora avait l'air littéralement fascinée par Vanessa, la déléguée des étudiants.

— Tu as vu sa chambre ?

Tibby s'était tournée vers Alex, mais Cora insistait :
— Sérieusement, tu y as jeté un coup d'œil ?
— Non.

– Elle est pleine de jouets et de peluches. Je te jure : cette fille est complètement dingue.

Tibby hocha la tête. Elle n'en doutait pas mais elle était beaucoup plus intéressée par ce qu'Alex avait à dire. Il parlait de son projet de film :

– C'est du nihilisme pur. Genre Kafka mais avec des tas d'explosions.

Tibby eut un petit rire entendu bien qu'elle n'ait aucune idée de ce que voulait dire le mot «nihilisme» et qu'elle soit incapable de citer une seule œuvre de Kafka. C'était bien un écrivain, hein ?

Alex sourit d'un air modeste.

– Tu imagines un croisement entre Kafka et les premiers Schwarzenegger, sur fond de Pizza Hut ?

«Waouh, il est calé!» se dit Tibby et elle demanda :

– Mais en quoi est-ce autobiographique ?

Alex haussa les épaules avec un demi-sourire.

– J'sais pas…, fit-il comme si, de toute façon, ça n'avait aucune importance.

– Et toi ? demanda Cora. Tu sais déjà ce que tu vas faire ?

Tibby ne voulut même pas évoquer sa première idée, dont l'ombre planait pourtant encore au-dessus de sa tête.

– Je n'en sais rien… Je pense que, probablement, je vais…

Elle n'avait aucune idée de la manière dont elle allait pouvoir terminer cette phrase. Elle baissa les yeux vers les Puma d'Alex. Elle avait envie de faire un film drôle. Elle avait envie qu'Alex lui sourie comme l'autre fois en cours.

Elle repensa à ce qu'elle avait déjà filmé cet été. Il y avait bien ce passage avec sa mère qui s'affairait dans la cuisine, sans se rendre compte qu'elle avait la sucette de Nicky collée dans les cheveux : c'était un gag idiot, mais à mourir de rire.

— Je pense que je vais faire un film comique… sur ma mère.

Carmen aurait aimé que le trajet jusque chez les Morgan soit plus long pour pouvoir continuer à se plaindre. Mais elle voyait bien que Lena, elle, trouvait ça largement suffisant.

— Je te comprends, je te comprends, répétait-elle gentiment mais on sentait que sa patience était à bout.

Elle se gara devant la grande maison blanche de la famille Morgan.

— Je dis juste que ta mère n'est pas sortie avec un homme depuis longtemps. C'est normal qu'elle soit enthousiaste.

Elle se tourna vers Carmen, qui faisait sa mauvaise tête.

— Mais, bon, ce n'est pas ma mère. Si j'étais à ta place, je réagirais sans doute comme toi.

Carmen la dévisagea avec méfiance.

— Non, je le sais bien.

Lena haussa les épaules.

— Mm… je crois que ma mère n'a jamais embrassé un autre homme que mon père de toute sa vie alors, c'est sûr, j'ai du mal à imaginer…, déclara-t-elle avec diplomatie. Mais si ça arrivait…

— Tu le prendrais cool, affirma Carmen. Tu serais gentille, comme d'habitude.

— Non, on n'est jamais «cool» avec sa mère.

— Si. Toi, tu restes toujours cool.

— Mais non, pas du tout, protesta Lena, agacée.

— Ça t'arrive d'être de mauvaise humeur, de bouder, Lenny, mais tu ne fais jamais ta sale gosse insolente.

— Eh bien, c'est pire! s'exclama-t-elle.

La porte de la maison s'ouvrit et Jesse Morgan apparut sur le seuil. Il accueillit Carmen avec de grands signes.

— Il faut que j'y aille. Tu peux passer me reprendre, ce soir? Demain, c'est moi qui fais le chauffeur, si tu veux.

— Non, parce qu'avec toi, je suis sûre d'arriver en retard, répliqua Lena.

— Je ferai un effort, promis. Sérieux, je me lèverai tôt.

Mais Carmen avait beau promettre, elle était toujours en retard.

— Bon, d'accord.

Et Lena lui donnait toujours une autre chance. C'était un petit jeu entre elles.

– Salut, Jesse! fit Carmen en montant les marches quatre à quatre.

Elle lui ébouriffa les cheveux au passage.

Jesse avait quatre ans et il adorait surveiller les allées et venues des passants dans sa rue. Il aimait aussi beaucoup leur crier des gros mots de son invention de la fenêtre de sa chambre, au premier étage.

Carmen fila directement à la cuisine. Mme Morgan essayait de ramasser les Rice Krispies répandus sur le carrelage d'une main, tandis que, de l'autre, elle tenait Joe, son bébé de neuf mois.

L'expérience avait déjà appris à Carmen qu'il valait mieux éviter les Rice Krispies avec les petits. Les corn flakes se ramassaient beaucoup plus facilement. C'était le genre de choses qu'un œil extérieur repérait en deux secondes alors qu'une mère ne le verrait jamais. Mme Morgan aurait facilement pu s'éviter le supplice des Rice Krispies trempés et écrabouillés par terre, mais elle n'y pensait même pas.

– Bonjour, tout le monde! lança Carmen.

Elle tendit les bras vers Joe mais il resta agrippé à sa mère. Il l'aimait bien pourtant, mais seulement une fois que sa mère était partie.

– Bonjour, Carmen. Ça va?

Maintenant, Mme Morgan faisait le tri dans son réfrigérateur en jetant à la poubelle des trucs emballés dans du papier alu.

— Je vais sortir faire quelques courses. Je reviens vers midi. Je prends mon portable, au cas où…

Redoutant le moment de l'inévitable séparation, Joe surveillait sa baby-sitter du coin de l'œil, par-dessus l'épaule de sa mère. Carmen se rappela alors la conversation qu'elle venait d'avoir avec Lena. Joe était gentil avec sa mère. Il l'adorait. Et elle, était-elle gentille avec sa mère quand elle était bébé ? Peut-être que seuls les bébés et les personnes âgées savaient être gentils…

Mme Morgan lui tendit un Joe criant et gigotant, et fila vite.

Dès que Carmen l'eut posé par terre au milieu de ses cubes à empiler, il ôta une de ses chaussettes et se mit à la mâchonner. Sur le dessous, il y avait de petites empreintes de pieds en gomme. Pour lui éviter de glisser, pensa-t-elle.

— Non, Joe. Les chaussettes, ça ne se mange pas.

Pendant ce temps, Jesse regardait les voitures passer dans la rue par un petit panneau de verre situé sur le côté de la porte.

— Hé, Jesse, qu'est-ce que tu vois d'intéressant ?

Jesse ne répondit pas. Et il avait raison. Les adultes se rassuraient en posant des tas de questions idiotes, mais heureusement les enfants se sentaient rarement obligés d'y répondre.

— Il faut que j'aille faire pipi, déclara-t-il au bout d'un moment.

Carmen prit Joe dans ses bras pour accompagner Jesse à l'étage. Bizarrement, Jesse ne voulait utiliser que les toilettes du haut. Elle décida d'en profiter pour changer le bébé tant qu'elle y était. Elle le déposa sur la table à langer et lui laissa mâchouiller le tube de crème. C'était dangereux d'avaler de l'oxyde de zinc?

Elle ouvrit le premier tiroir de la commode, admirant l'arc-en-ciel de chaussettes bien pliées, toutes de couleurs primaires, toutes avec les mêmes petites empreintes de pieds sur le dessous. Mme Morgan avait pourtant l'air intelligente. Comment pouvait-elle dépenser autant d'énergie à ranger des chaussettes? Une femme qui avait fait des études de droit... Était-ce bien raisonnable?

Elle revit alors sa mère assise dans leur ancienne cuisine en train de griffer les semelles des nouvelles chaussures vernies de Carmen pour ne pas qu'elle glisse à l'anniversaire de Lena.

En redescendant avec les enfants, Carmen appela sa mère au travail.

— Coucou! fit-elle lorsque Christina décrocha.

C'était tout ce qu'elle avait envie de dire. Juste faire un petit coucou.

— Oh, *nena*, je suis contente que tu m'appelles! s'écria sa mère. Je vais dîner dehors avec David ce soir. Enfin, si ça ne pose pas de problème. Euh... Il y a des lasagnes au congélateur.

Sa mère avait l'air distraite. Mais pas comme si elle était en train de chercher son agrafeuse. Non, vraiment distraite.

— Ah bon? Encore?

Carmen s'interrompit, espérant que sa mère allait réagir.

— Je ne rentrerai pas tard, promit-elle. C'est de la folie, cette semaine!

— Bon, très bien, fit Carmen d'une petite voix. Au revoir alors.

Fut un temps, peut-être même rien que la veille, elle aurait été ravie d'avoir l'appartement pour elle toute seule. Mais plus maintenant.

Environ une heure plus tard, elle consulta son répondeur. Elle avait un message de Paul, qui la rappelait. Et un de Porter. Le fameux coup de fil post premier rendez-vous. Si le mec rappelle dans les trois jours, c'est que vous lui plaisez. S'il attend une semaine, c'est qu'il n'avait rien de mieux à faire et qu'il a tenté sa chance par désespoir. S'il ne rappelle pas, bon, ben, c'est clair.

Porter avait rappelé juste dans la limite des trois jours. Une heure plus tôt, Carmen aurait été contente.

Tibby,
Voici le jean. Le bilan n'est pas brillant. Je l'ai mis pour aller travailler. Total : j'ai failli me faire renvoyer et une cliente quinquagénaire a voulu l'acheter !

J'espère que tu te débrouilleras mieux que moi.

Sinon, je ne sais pas si Carmen t'en a parlé, mais ça ne me dérange pas du tout que Kostos ait une nouvelle petite amie. C'est moi qui ai rompu avec lui, tu te rappelles ?

Profite bien du jean. Tu me manques. Tu peux m'appeler ce soir si tu ne sors pas dans un café top hype avec tes nouveaux amis cinéastes top hype.

Bisous,

Lena

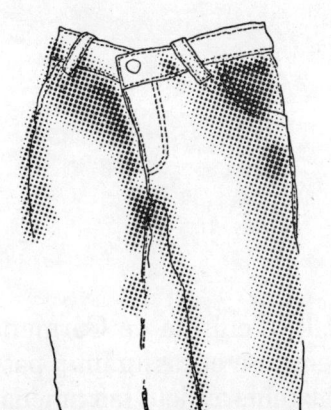

> On ne voit jamais
> plus loin que la portée
> de ses phares
> mais ça n'empêche pas
> d'aller au bout du voyage.
>
> E. L. Doctorow

Lena adorait la cuisine de Carmen. Elle la trouvait chaleureuse et rassurante, pas comme celle que ses parents avaient fait aménager avec son émail trop blanc, son acier glacé et son éclairage agressif au néon. Et puis, elle aimait bien ce qu'on y trouvait à manger : de la crème d'avocat, des chips allégées et des thés parfumés, des trucs de filles, quoi ! Pas comme les packs de bières géants et les ribambelles de côtelettes de porc qui s'entassaient dans le frigo chez elle. Il y avait tellement moins de compromis à faire dans un appartement pour deux que dans une maison pour quatre.

– Ça te dirait, un thé glacé, ma puce ?

Lena se tourna vers la mère de Carmen, qui était en train de ranger des casseroles dans le placard du bas. Avec sa queue-de-cheval, on lui aurait donné vingt ans. Christina avait toujours été jolie, mais Lena ne l'avait jamais vue aussi gaie et enjouée qu'aujourd'hui.

– Oui, je veux bien.

Carmen feuilletait les pages cinéma du journal.

– Moi aussi, fit-elle sans relever la tête.

– Au fait, Lenny, comment va ta mère ? demanda Christina par-dessus les bruits de vaisselle.

Elle avait toujours l'air un peu coupable lorsqu'elle lui posait la question, comme si elle essayait de récupérer un vêtement au pressing sans avoir le ticket.

– Ça va.

– Et ton petit ami ? Comment il s'appelle déjà ?

– Kostos, répondit Lena à contrecœur. Mais ce n'est plus mon petit ami. On a rompu.

S'il y avait quelque chose dont elle n'aimait pas parler, c'était bien de ses histoires d'amour.

– Oooh, désolée. Les relations à distance, c'est toujours difficile, pas vrai ?

Cette explication plut à Lena.

C'était succinct et ça ne la faisait pas passer pour une folle.

– Oui. Tout à fait.

Christina sortit un pichet de thé glacé du frigo.

– Ça me rappelle ta mère. Elle est bien placée pour te comprendre.

Perplexe, Lena répondit :

– Euh… On n'en a pas vraiment discuté.

Christina n'avait pas l'air de savoir que les autres mères ne discutaient pas forcément de tout avec leurs filles.

– Mais, de toute façon, je ne crois pas qu'elle s'y connaisse en relation à distance, reprit Lena.

– Bien sûr que si, répliqua Christina en posant trois verres sur le plan de travail. Avec Eugene, ça a bien duré quatre ou cinq ans.

Lena la fixa sans comprendre.

Cela faisait longtemps que sa mère et celle de Carmen n'étaient plus très proches. Christina devait confondre, son histoire d'amour lui montait à la tête.

Carmen avait enfin levé le nez du journal. Son regard allait de sa mère à Lena.

– Eugene ? Qui est-ce ?

– Qui est-ce ? répéta Christina.

Son expression passa lentement de la surprise à une soudaine angoisse.

– Euh…

Elle leur tourna le dos pour remplir les verres.

– Maman ? Hou, hou ! C'est quoi cette histoire ?

Avec une application forcée, Christina versa du sucre dans chaque verre et prit tout son temps pour touiller. Quand elle se retourna, son visage s'était fermé.

– Rien, rien. Je dois confondre. C'est tellement vieux tout ça.

Christina était chaleureuse, généreuse et tout

simplement adorable... mais c'était une très mauvaise actrice. Elle ne savait absolument pas mentir. Si Lena avait pu un instant croire qu'elle confondait, maintenant elle était persuadée du contraire.

Les yeux de Carmen se fixèrent sur sa mère comme deux rayons laser.

– Comment ça «rien, rien»? Tu plaisantes ou quoi?

Christina regarda autour d'elle, cherchant visiblement une échappatoire.

– Il faut que j'appelle Lili, chérie. Il est déjà tard.

– Alors tu ne veux pas nous raconter?

– Il n'y a rien à raconter, je me suis trompée. En fait, c'était quelqu'un d'autre. Et de toute façon, ce n'est pas important.

Elle se tut brusquement et quitta la cuisine en les plantant là. Elle savait mieux que personne que Carmen ne lâchait pas sa proie si facilement.

– Ce n'est pas important..., répéta Lena d'une petite voix.

Son amie la regarda d'un air entendu.

– Traduction : c'est *super* important.

– C'est qui, Eugene?

Lena laissa tomber la question innocemment après le dîner, alors qu'elle débarrassait la table. Sa mère était en train de mettre les assiettes dans le lave-vaisselle. Elles étaient toutes seules dans la cuisine. Effie était partie chez une amie et son père lisait le journal dans le salon.

Ari se retourna brusquement.

— Quoi ?

— C'est qui, Eugene ?

Lena vit tout de suite qu'elle avait mis dans le mille. Sa mère se figea avec une assiette dans chaque main.

— Pourquoi tu me demandes ça ?

— Pour savoir… c'est tout.

— Qui t'en a parlé ?

— Personne.

Si sa mère ne voulait rien lui dire, elle non plus ne dirait rien.

Et puis, elle ne voulait pas que ça retombe sur la mère de Carmen.

Ari se renfrogna, cherchant visiblement le meilleur moyen de se sortir de cette situation.

— Je ne vois absolument pas de qui tu parles.

— Alors pourquoi tu chuchotes ?

Lena n'avait pas l'intention de torturer sa mère mais elle en prenait pourtant le chemin.

— Mais non, je ne chuchote pas, chuchota-t-elle.

Ouh là. Ça se corsait. Lena n'avait pas du tout prévu ça. L'expression de sa mère l'effrayait un peu mais elle voulait savoir.

De plus en plus.

C'est alors que son père fit irruption dans la cuisine.

— Je prendrais bien une part de cheesecake, moi !

Ari lança un regard sans équivoque à sa fille : « Si tu ouvres la bouche, je te boucle dans ta chambre jusqu'à la fin de tes jours. »

— Bon, moi, je monte, annonça Lena au plan de travail en marbre.

— Tu ne veux pas un petit dessert ? s'étonna son père.

C'était de lui qu'elle tenait son penchant pour le sucré.

— Pas ce soir.

Lorsque sa sœur rentra, quelques heures plus tard, elle lui demanda :

— À ton avis, maman a eu un autre petit ami avant papa ?

— Non, je ne crois pas. Enfin pas un qui ait compté.

— Comment peux-tu en être si sûre ?

— Parce qu'elle nous en aurait parlé, affirma Effie.

— Peut-être pas. Elle ne nous dit pas tout.

Effie leva les yeux au ciel.

— Maman mène une vie tellement ennuyeuse qu'elle n'a rien à raconter, c'est tout.

Lena réfléchit un moment.

— Je crois qu'elle a eu un petit ami qui s'appelait Eugene. Je crois qu'elle vivait ici et lui en Grèce. Et je crois bien qu'elle était vraiment amoureuse.

Sa sœur haussa les sourcils.
– Ah ouais, rien que ça ?
Lena hocha la tête.
– Eh bien, moi, je crois que tu ferais mieux de t'occuper de ta tragique histoire d'amour à toi.

– David veut nous emmener au restaurant toutes les deux, annonça Christina comme si Prince en personne l'avait invitée à dîner.
– Pourquoi ?
– Carmen ! Mais parce qu'il veut te rencontrer, tiens !
Elle avait ouvert son livre de cuisine spécial «plats allégés» et commençait à faire revenir des oignons à feu doux.
Rien ne semblait pouvoir perturber sa joie.
– Quand ?
– Demain soir ? suggéra-t-elle.
– Je vais au ciné avec Lena.
– Jeudi ?
– J'ai un baby-sitting.
– Vendredi ?
Exaspérée, Carmen dévisagea sa mère.
En principe, au bout de trois refus, elle aurait dû comprendre.
– Je sors… avec Porter, dit-elle, satisfaite de sa réponse même si c'était un mensonge.
Ha, ha ! Elle aussi pouvait avoir un petit ami.
Une petite flamme s'alluma dans les yeux de sa mère.

— Eh bien, tu n'as qu'à lui proposer de venir ! On ira dîner tous les quatre !

Une heure plus tard, Carmen annonçait la nouvelle à Tibby au téléphone.

— David veut nous inviter au resto.

Bizarrement, elle n'était pas aussi enthousiaste que sa mère.

— Ouh, là ! Ça devient sérieux quand on présente son petit ami à ses parents... Sauf que là, c'est l'inverse.

— Je lui ai dit que je sortais avec Porter et elle veut qu'il vienne aussi.

— Une sortie à deux couples avec ta mère ? pouffa Tibby, à qui l'absurdité de la situation n'avait pas échappé.

— Ouais..., grogna Carmen. Enfin, c'est peut-être pas plus mal. Au moins, ça fera de l'animation. Et si ça se trouve les mecs vont trouver un super sujet de conversation comme les jantes de voiture ou un truc du genre.

— Si ça se trouve, répéta Tibby sans conviction.

— Le problème, c'est que, en réalité, je n'avais pas prévu de sortir avec Porter. C'était du bluff.

— Oh, Carmen.

— Ouais... Maintenant, il faut que je l'appelle.

Tibby se mit à rire, admirative : Carmen avait le chic pour se retrouver dans des situations impossibles.

— Il te plaît ?
— Qui ça ?
— Porter !
— Oh… Euh… Oui, j'imagine.
— Tu *imagines* ?
— Oui, il est vraiment mignon, tu ne trouves pas ?
— Si, il est pas mal, répondit Tibby, un peu agacée. Mais tu ne peux pas sortir avec lui s'il ne te plaît pas plus que ça, Carmen. Tu lui donnes de faux espoirs.
— Qui a dit qu'il ne me plaisait pas ? Peut-être qu'il me plaît, je ne sais pas…
— Waouh, quel romantisme !

En riant, Carmen attaqua la petite peau de son ongle de pouce.

— Je t'ai dit que ma mère nous avait mises au régime ?
— Non !
— Si.
— Ma pauvre.
— Ouais, sauf que j'ai foncé au supermarché pour acheter trois pots de Häagen-Dazs.
— Vilaine fille !

Salut, Bibi !
Je suis une grosse nulle, ce n'est pas nouveau.
Quoi de neuf à part ça ? Une petite sortie à deux couples… avec ma mère et son nouveau petit ami. Non, je ne blague pas.

Comment en est-on arrivées là ? Il y a une semaine, le seul rendez-vous dans l'agenda de ma mère, c'était avec son dentiste. Maintenant, elle sort avec David un soir sur deux.

Ne me dis pas que tu es contente pour elle. On voit bien que ce n'est pas toi qui te nourris de pizzas congelées.

Hier, elle a étrenné un petit haut de gamine. Je te jure, on voyait son nombril. Et ce n'était pas jojo, Bee.

Aujourd'hui, je l'ai appelée au bureau pour lui demander si je pouvais aller au ciné à la séance de dix heures... et elle m'a répondu : « À toi de voir. Je te fais confiance. »!!! C'est dingue, avant que ce David entre dans sa vie, elle ne me faisait jamais confiance !

Tu trouves que je réagis comme une petite peste égocentrique ? Vas-y, sois franche.

Enfin, pas trop.

Écris-moi vite pour me raconter la vie trépidante de Gilda Tomko. Tu me manques tellement.

Bisous,

    Carmen Lowell, dite la peste

– Si tu veux, tu peux venir prendre le petit déj avec nous, proposa Cora juste au moment où l'ascenseur se refermait. On va au Muffins Café, un peu plus loin sur la nationale.

– OK, répondit Tibby dans l'entrebâillement de la porte.

En bons New-Yorkais, Cora et Alex trouvaient très drôle qu'il n'y ait pas de vraies rues par ici, que des routes, des nationales, des autoroutes... Tibby renchérissait comme si elle venait de New York elle aussi, et pas du fin fond de la banlieue de Washington.

Lorsqu'elle entra dans sa chambre le petit témoin lumineux de son iBook l'accueillit en clignotant.

— Bonsoir, toi, lui dit-elle.
— Bonsoir.
Tibby sursauta. Son sang ne fit qu'un tour.
L'ordinateur se mit à rire... on aurait dit Brian! Elle alluma sa lampe de bureau.
— Oh, bon sang! Brian! Tu m'as fait une de ces peurs.
Il s'approcha d'elle et la prit par le bras.
— Salut, Tibby!
Il avait un grand sourire aux lèvres.
Elle lui sourit aussi. Il lui avait manqué.
— Qu'est-ce que tu fais là?
— Tu me manquais.
— Toi aussi, répondit-elle sans réfléchir.
— Alors je suis venu te chercher.
— Tu veux me ramener à la maison? Pour le week-end?
— Ouais.
— Mais... on n'est que mercredi.
— C'est vrai...
Il haussa les épaules.

— ... mais tu me manquais.
— Comment tu es entré ?
— Quelqu'un m'a ouvert, en bas. Et puis, cette serrure, on pourrait la forcer avec une brosse à dents ! fit-il en montrant la porte de la chambre.
— Mm, c'est rassurant, merci, répondit Tibby en pensant à Bee, la championne du crochetage de serrure.
— Ça ne te dérange pas si je...
Il baissa les yeux vers le sac de couchage kaki roulé dans un coin par terre.
— ... dors ici ? compléta-t-elle.
Il hocha la tête.
— Bien sûr que non. De toute façon, où voudrais-tu aller ?
Il avait l'air d'hésiter.
— Ça ne pose pas de problème, tu es sûre ?
Si on réfléchissait, c'était assez dingue d'inviter un garçon à passer la nuit dans sa chambre. Comme si elle était vraiment en fac, quoi.
Enfin bon, Brian n'était pas un vrai garçon. Enfin si, techniquement parlant. Mais avec lui, ce n'était pas pareil qu'avec les autres garçons. Elle l'adorait mais il était aussi sexy qu'une paire de chaussettes de foot.
Elle l'étudia un moment. C'était fou comme il avait changé depuis le jour où elle l'avait rencontré. Il avait grandi (le fait qu'il dîne chez elle deux ou trois fois par semaine y avait sûrement

contribué). Il lui arrivait de se laver les cheveux (Tibby était tout le temps sous la douche, il devait avoir suivi son exemple). Il portait une ceinture (bon, d'accord, c'était elle qui lui avait achetée). Mais c'était toujours Brian.

— C'est sûr, je risque d'avoir des ennuis si jamais quelqu'un s'aperçoit que tu es là, ajouta-t-elle.

Il hocha la tête d'un air solennel.

— Je sais. Je ferai bien attention à ce que personne ne me voie.

— OK.

Elle savait que ses parents s'en fichaient de toute façon. Ce n'était pas le problème.

Il s'assit sur la table de chevet.

— J'ai vu Katherine et Nicky hier.

— Ah bon ?

— Katherine est tombée dans les escaliers. Elle voulait que tu la soignes.

— Moi ?

— Mm.

Tibby se sentit rougir. Elle essayait autant que possible de garder ces petites créatures à distance. Elle savait pourtant à quel point ses parents auraient voulu qu'elle entre en relation avec eux. Chaque fois qu'elle laissait Katherine monter sur ses genoux, Tibby voyait dans les yeux de sa mère briller le fol espoir d'avoir à demeure une baby-sitter gratuite. Dans ce dessin animé où ils sont sur une île déserte, quand

Bugs Bunny regarde Daffy Duck, il voit un gros canard rôti bien juteux. Quand Alice regardait sa fille, elle voyait une baby-sitter potentielle.

— J'ai joué à *Dragon Master 2 – la Revanche* avec Nicky.

— Ah, il devait être content.

Brian avait commencé très tôt à initier son frère aux plaisirs des jeux vidéo.

Ça lui faisait un peu drôle que Brian aille chez elle alors qu'elle n'y était pas. C'était à se demander qui il aimait le plus, Tibby ou ces deux minus ?

— Alors, comment ça se passe ? s'enquit-il en regardant les croquis et les notes éparpillés sur son bureau.

— Plutôt bien.

— Et ton film ? Tu as décidé sur quoi tu allais le faire ?

Ils s'étaient déjà parlé plusieurs fois au téléphone depuis qu'elle était arrivée mais elle n'avait pas voulu lui parler de son travail. Elle rassembla ses papiers.

— Oui, je crois.

— Alors ?

— Peut-être sur ma mère.

Elle n'avait pas envie de développer.

Le visage de Brian s'éclaira.

— C'est vrai ? Excellente idée.

Il avait une fâcheuse tendance à apprécier Alice.

– Ouais...
– Et tes nouveaux amis? demanda-t-il. Enfin, les gens que tu as rencontrés...

Ses sourcils plongèrent vers son nez, lui donnant un petit air sérieux.

– Ils sont...

Elle allait dire «sympa» mais ce n'était pas le bon mot. «Géniaux», c'était un peu trop.

– ... cool.

– Je les verrai demain, de toute façon, dit-il en déroulant son duvet.

– Ouais, bien sûr, fit-elle alors que rien n'était moins sûr.

Il avait apporté son dentifrice et sa brosse à dents dans un sac en plastique tout froissé de chez Wallman. Sa trousse de toilette à elle était en plastique bleu transparent.

– Vas-y en premier, proposa-t-elle.

Elle inspecta le couloir. La salle de bains était un peu plus bas dans le couloir.

– Tu peux y aller.

En attendant, elle décida de sortir la couverture supplémentaire du placard pour lui faire un petit matelas. Une grande enveloppe en kraft tomba de l'étagère en même temps. Elle portait l'écriture de Lena.

L'enveloppe semblait lui jeter un air de reproche. Elle l'avait rangée là en arrivant et n'y avait pas touché depuis. Elle n'en avait même pas sorti le jean. Pourquoi?

En fait, elle savait très bien pourquoi. Si elle dépliait le jean, tout allait lui revenir : l'été dernier, Bailey, Mimi et tout le reste. Elle serait forcée de voir le petit cœur rouge qu'elle avait brodé sur le genou gauche. Elle serait forcée de se rappeler cette période étrange après l'enterrement de Bailey, toutes ces journées qu'elle avait passées assise sous la véranda à broder ce cœur à petits points irréguliers. Et elle n'était pas prête à se rappeler tout ça. Pas encore.

Quelques minutes plus tard, Tibby et Brian se retrouvèrent allongés dans le noir, à regarder le plafond. C'était la première fois qu'elle dormait avec... enfin dans la même chambre qu'un garçon.

— Tu as démissionné de chez Travel Zone ? demanda-t-elle.

— Ouais.

Brian zappait d'un job à l'autre. C'était un excellent webmaster et un super bidouilleur informatique. Où qu'il aille, il arrivait sans problème à se faire payer vingt dollars l'heure.

Ils ne parlaient pas. Au rythme de sa respiration, elle savait qu'il ne dormait pas encore. Elle avait la gorge serrée.

Au début, quand elle l'avait connu, il y avait de longs moments de silence complet entre eux. Parfois, Brian parlait de Bailey. C'était toujours très dur pour Tibby. Finalement, elle lui avait demandé d'arrêter. Elle avait dit que, lorsqu'ils seraient ensemble et qu'ils se tairaient, ils sauraient tous les deux à qui ils pensaient.

Ce soir-là, dans cette petite chambre de campus, ils savaient tous les deux à qui ils pensaient.

Le soleil n'éclaire que les amoureux.

E. E. Cummings

David ne souffrait d'aucune difformité visible. Il avait toutes ses dents. Et même tous ses cheveux. Carmen détailla sa tenue d'un coup d'œil rapide. Correct. Pas de T-shirt *Star Trek* ou de truc du genre. Elle examina ses pieds. Pas de chaussures orthopédiques.

— Je vous présente Porter, déclara-t-elle. Porter, voici ma mère Christina. Et voici David.

Ils se serrèrent la main, comme si de rien était. Comme si ce n'était pas la soirée la plus bizarre de leur vie.

— Porter passe son bac l'an prochain, commenta Christina. C'est un copain de Carmen. Ils sont dans le même lycée.

Carmen serra les dents. Pourquoi sa mère se sentait-elle le besoin d'entrer dans les détails ?

La serveuse du restaurant chinois les conduisit à leur table. Manque de chance, c'était un box. Un petit box en bois laqué où ils seraient bien tranquilles tous les quatre. Christina et David s'installèrent d'un côté, Carmen et Porter de l'autre. Lorsque David passa le bras autour de la taille de sa mère, Carmen se raidit.

Elle regarda sa mère en se demandant ce que cet homme visiblement normal et sans aucune difformité pouvait bien lui trouver. Est-ce qu'il se rendait compte qu'elle était vieille ? Qu'elle portait des culottes de grand-mère ? Qu'elle ne pouvait pas s'empêcher de chanter (faux, bien sûr) quand elle entendait un tube d'Abba ? Ou alors c'était un fétichiste qui faisait une fixette sur les petites secrétaires latino ?

Mais, en vérité, en observant le visage animé de sa mère, Carmen découvrit qu'elle était jolie. Elle avait de beaux cheveux épais qui bouclaient sur ses épaules. Et qu'elle n'avait même pas besoin de teindre. Elle n'avait pas la taille mannequin, d'accord, mais elle n'était pas obèse non plus.

Et puis elle avait ce joli petit rire dont elle usait et abusait dès que David ouvrait la bouche.

– Carmen ?

Porter la fixait avec l'air de quelqu'un qui vient de poser une question. Peut-être plus d'une fois. Et qui attend une réponse.

Carmen leva les yeux vers lui.

– Mm ?

– Ou pas ? proposa-t-il poliment.

– Mm ?

Maintenant ils la regardaient tous les trois avec cet air-là.

Elle s'éclaircit la gorge.

— Hum. Pardon ?

— On partage des nouilles au sésame en entrée ? demanda Porter qui regrettait probablement d'avoir eu cette idée, maintenant.

— Ah oui, oui, répondit-elle vaguement.

C'était le top du cliché : manger dans la même assiette, comme deux amoureux. Mais elle ne pouvait pas refuser. Pas alors qu'il lui avait demandé trois fois.

Alors qu'ils passaient commande, elle regarda la serveuse d'un air suppliant.

— Pourrait-on avoir deux assiettes, s'il vous plaît ?

Oh non ! On aurait dit Bonne Maman, la grand-mère de Tibby. Sauf que ce qui n'aurait pas paru étrange de la part d'une vieille dame de quatre-vingt-un ans devait l'être dans la bouche d'une fille d'à peine dix-sept.

Et cela n'alla pas en s'arrangeant : en partageant les nouilles en portions égales avant de couper les siennes avec sa fourchette, elle paraissait sûrement aussi romantique que Bonne Maman.

Sa mère, en revanche, n'avait rien d'une grand-mère. Les joues légèrement roses à force de rire, elle se pencha vers David pour piquer dans son assiette sans la moindre gêne.

— Alors, tu aimes ? lui demanda-t-il en la regardant droit dans les yeux.

Il aurait aussi bien pu lui demander si elle l'aimait, lui. Et elle lui aurait répondu oui pareil. Ils se dévoraient des yeux au point que ça aurait pu en être gênant, s'ils avaient éprouvé la moindre gêne.

La caricature du couple d'amoureux. « Du romantisme de supermarché », pensa Carmen, mauvaise.

— Carmen ?

C'était encore Porter. Et il faisait la même tête que tout à l'heure.

— Euh... pardon, fit Carmen. Tu m'as demandé quelque chose ?

Il ne la connaissait pas encore assez pour se permettre de la tirer de ses rêveries galopantes ou même de la taquiner à ce propos.

Il la dévisageait, perplexe. Un peu comme le mari de Bonne Maman. Son dernier mari.

— Non, rien. Ce n'est pas grave.

Carmen continua à couper ses nouilles, avec la désagréable impression d'assister à ce dîner en spectatrice, sans vraiment y prendre part.

À un moment, elle s'aperçut que le bourdonnement de la conversation s'était interrompu. David la regardait.

— Ta mère m'a dit que tu gardais les enfants des Morgan cet été ?

Il la fixait droit dans les yeux. D'un regard

franc, direct, sans arrière-pensée, un regard de paix. Qu'elle ne put soutenir. Ses yeux papillonnaient dans tout le restaurant.

— Euh… ouais. Vous les connaissez ?

— Oui, Jack Morgan est un collègue. Ils sont mignons, ses gamins. Il est marrant, le plus grand… Comment s'appelle-t-il déjà ?

Elle haussa les épaules.

— Jesse ?

— Oui, c'est ça. Jesse. C'est un sacré numéro ! fit-il en riant. Au pique-nique de la boîte, l'été dernier, il avait décidé de compter tous les glaçons !

Christina et Porter se mirent à rire. Carmen n'eut pas le réflexe.

— Hier, quand je suis allée chercher Carmen, il m'a traitée de gnou !

Christina en riait encore. Franchement, elle le prenait bien. Carmen n'était pas sûre qu'elle aurait apprécié d'être traitée de gnou et encore moins qu'elle s'en serait vantée devant son copain.

Médusée, elle vit David déposer un baiser sur le front de sa mère. Porter disait quelque chose mais elle ne l'écoutait pas.

Lorsque, enfin, on leur apporta l'addition, David paya sans hésiter, mais sans trop en faire non plus.

— Ce sera ton tour la prochaine fois, dit-il en regardant Porter qui cherchait son portefeuille.

Galamment, il se leva pour aller chercher la veste de Christina au portemanteau. Carmen en profita pour regarder s'il avait de petites jambes.

Eh bien non.

Lena se leva pour mettre le CD que Kostos lui avait renvoyé en janvier. Tibby était partie, Bee était partie, Carmen était à sa soirée « amoureux en famille ». La musique lui rappelait ce sentiment qu'elle avait éprouvé en Grèce et qu'elle aurait tant voulu retrouver. Ça avait été si bref. Elle l'avait juste entraperçu. Elle ne pouvait même pas le nommer. C'était un sentiment violent, brutal, douloureux mais, en même temps, exaltant, fort... merveilleux.

Lena savait qu'elle avait passé trop de temps dans un état d'angoisse passive, à attendre que quelque chose d'affreux lui arrive. Dans une vie pareille, arrêter d'avoir peur, c'était déjà presque le bonheur.

Cette angoisse qui la rongeait la laissait perplexe. D'où venait-elle ? Que craignait-elle à ce point ? Pourtant, rien de terrible ne lui était jamais arrivé. Cela remontait peut-être à une vie antérieure... Ou alors n'avait-elle pas vécu encore assez longtemps pour comprendre. À moins qu'elle doive compter en années de chien. Vivait-elle en années de chien ? Vivait-elle, tout simplement ?

Elle sortit une vieille boîte à chaussures de son placard et renversa toutes ses lettres sur son lit. Elle s'efforçait de ne pas faire ça trop souvent, surtout depuis qu'elle savait qu'il avait une nouvelle petite amie mais, ce soir-là, elle ne put s'en empêcher.

Elle avait tellement lu et relu les lettres de Kostos qu'elle en avait interprété le moindre mot, la moindre virgule, la moindre nuance possible, elle en avait tiré la moindre goutte d'émotion. Elle les avait tellement tournées et retournées, vidées de leur substance, qu'elle s'étonnait qu'elles ne tombent pas en poussière. Elle se souvenait de sa joie chaque fois qu'une nouvelle lettre arrivait – pas encore lue, porteuse de tant de possibles. Elle sentait le poids de l'enveloppe dans ses mains, le poids d'une multitude de sentiments neufs, frais, qu'elle n'avait encore jamais éprouvés.

Elle s'assit en tailleur et se mit à les ouvrir machinalement, une à une.

Au début, l'écriture sérieuse de Kostos l'avait frappée, elle lui rappelait sans cesse que ce n'était pas un Américain, que ce n'était plus un ado. Puis elle s'y était habituée : son écriture, c'était lui.

La première datait de début septembre ; elle venait juste de repartir pour les États-Unis.

Ces souvenirs sont encore si proches que je sens ta présence partout. Mais je sais que, mal-

heureusement, bientôt, ils s'éloigneront. Je ne pourrai plus revoir si nettement ton matériel de peinture éparpillé sur le rocher plat d'Ammoudi ou tes pieds nus baignés de soleil sur le mur du jardin de Valia.

Aujourd'hui, c'est une image claire dans ma tête.
Bientôt, ce sera un souvenir.
Puis, dans longtemps, il ne restera plus que le souvenir du souvenir. Je voudrais arrêter le temps qui s'écoule, me séparant toujours un peu plus de toi.

Ce soir, je pars pour Londres, et ça me fait mal de quitter cet endroit où nous avons été ensemble.

La suivante, un peu plus tard le même mois, avait été postée de Londres, où Kostos faisait ses études dans une grande école de commerce.

Nous sommes cinq dans un quatre-pièces. Karl qui vient de Norvège, Yusef de Jordanie et deux Anglais du nord du pays. C'est une ville scintillante, bruyante, électrifiante. Cela fait tellement longtemps que j'en rêvais que ça me fait tout drôle d'être enfin là. Les cours commencent mardi.

Hier, avec Yusef, je suis allé boire quelques bières dans un pub. Je n'ai pas pu m'empêcher de lui parler de toi. Il me comprend. Il a une copine dans son pays.

La lettre d'après datait d'octobre. Lena se souvenait qu'elle avait été surprise de voir le timbre grec. Kostos était vite rentré à Santorin en apprenant que son grand-père avait eu une crise cardiaque. Au lieu d'étudier la macroéconomie avec des professeurs de renommée mondiale, il était retourné fabriquer des pièces de bateau dans la vieille forge familiale. Kostos était comme ça.

Lena, je t'en prie, ne t'inquiète pas pour moi. C'est moi qui ai décidé de revenir. Franchement. Ça ne me coûte pas. De toute façon, les cours ne me plaisaient pas vraiment. J'ai déjà obtenu une autorisation d'absence et j'ai trouvé quelqu'un pour prendre ma chambre à l'appart. Mon bapi se remet vite maintenant. Il est venu me voir travailler à la forge aujourd'hui. Il dit qu'il pourra reprendre son activité à plein temps à Noël et que je serai de retour à l'école début janvier, mais je ne suis pas pressé. Ma priorité, c'est de m'occuper de la forge.
Dès que je suis arrivé, je suis allé me baigner dans notre petit bassin au milieu des oliviers. Je n'arrêtais pas de penser à toi.

Il avait écrit «que je faisais l'amour avec toi» puis l'avait raturé un millier de fois. Mais, en regardant par-derrière, à la lumière, Lena lisait parfaitement les mots qu'il avait censurés. Elle les avait lus et relus, mais ils n'avaient rien perdu de leur force. Chaque syllabe explosait comme un feu d'artifice dans sa tête. Un feu d'artifice de désir, de plaisir, de souffrance, de douleur.

Avait-il fait l'amour à sa nouvelle petite amie ? Cette pensée lui brûla le cœur comme un charbon ardent, elle la rejeta aussi vite et aussi loin qu'elle put.

Elle tira une autre enveloppe de la pile. Elle était datée de décembre. Les lettres de cette période la faisaient rougir de honte. Et encore, heureusement qu'elle ne pouvait pas relire les siennes.

Tu parais tellement distante dans ta dernière lettre, Lena. J'ai essayé de t'appeler lundi. As-tu eu mon message ? Est-ce que ça va ? Et tes amies ? Bee ?
Je me répète que tu ne devais pas avoir le moral le jour où tu m'as écrit. Que tout va bien. Pour toi, pour nous. J'espère que c'est vrai.

Puis venait le mois de janvier fatidique. Tout le courage qui l'avait portée durant l'été s'était fané l'hiver venu. Elle s'était repliée sur elle-même. Elle était redevenue imperméable aux autres. Elle lui avait écrit une lettre lamentable, à laquelle il avait répondu :

C'est peut-être la distance. L'océan Atlantique semblait pourtant si petit en septembre.

Maintenant, même la Caldeira me semble loin, inaccessible. Je rêve que je nage, je nage, je nage sans parvenir à atteindre le rivage. Nous sommes peut-être séparés depuis trop longtemps.

Puis elle avait rompu totalement, espérant se retrouver une et entière. Mais cela n'avait pas marché. Il lui manquait toujours.

Bien sûr que je comprends, Lena. Je savais que cela risquait d'arriver. Si j'étais à Londres, à travailler sur mes cours, je prendrais ça différemment.
Mais je suis là, sur cette île, alors que je voudrais être ailleurs... Tu me manques.

Pendant de longues nuits et de longs mois, elle s'était imaginé qu'elle lui manquait. Ralenti, stop, retour en arrière... elle se passait et se repassait des films troublants, parfois même classés X, imaginant ce qui pouvait arriver lorsque deux personnes qui se manquaient tant se retrouvaient enfin. Elle avait beau être super coincée, inexpérimentée, et surtout vierge, vierge et encore vierge. Ça n'empêchait pas de rêver.
Mais maintenant Kostos avait une petite amie. Il l'avait oubliée. Ils ne se reverraient plus jamais.
Les rêves devenaient bien moins agréables

quand ils n'avaient aucune chance de se réaliser.

Brian était déjà habillé, tranquillement assis à son bureau, lorsqu'elle se réveilla le lendemain matin.

Sa première pensée fut pour ses cheveux. Elle savait qu'ils étaient tout ébouriffés lorsqu'elle sortait du lit. Elle les aplatit des deux mains.
– Tu as faim ? lui demanda-t-il gentiment.
Ah, mince, le petit déjeuner… au Muffins Café, sur la nationale. Elle voulait lui proposer de venir avec elle. Sauf qu'elle ne le fit pas.
– J'ai cours très tôt, prétexta-t-elle.
– Oh.
Brian ne cacha pas sa déception. Ce n'était pas son genre de jouer celui qui n'en avait rien à faire quand, visiblement, il en avait quelque chose à faire.
– On peut se retrouver pour déjeuner, suggéra-t-elle. J'achèterai des sandwichs à la cafet et on pourra les manger au bord du lac.

Cette idée lui plaisait bien. Il fit ce qu'il avait à faire aux sanitaires pendant qu'elle s'habillait. Alors qu'ils descendaient ensemble, elle cherchait comment s'esquiver. Ce n'était pas si compliqué. Jamais Brian ne la soupçonnerait de comploter dans son dos.

Elle lui montra la direction du foyer des étudiants.

— Je crois qu'ils ont un *Dragon Master*, si tu veux jouer...

— C'est vrai ?

Brian parut soudain s'intéresser aux équipements de l'université.

— Ouais. Rendez-vous là-bas à midi.

Elle savait qu'avec un dollar il pouvait jouer pendant des heures.

Elle se dirigea vers le bâtiment des garçons et grimpa au premier étage. La chambre d'Alex était leur point de rendez-vous. Il était assis à son bureau, son casque sur la tête, tandis que Cora feuilletait un magazine de hip-hop sur le lit. Quand elle arriva, ils ne levèrent même pas la tête.

Tibby attendit à la porte. Elle savait qu'ils la rejoindraient lorsqu'ils seraient prêts. Elle était contente d'avoir si vite appris leur code.

Alex devait être en train de mixer sa bande-son. Il y avait des montagnes de CD sur son bureau — pour la plupart des trucs qu'on ne trouvait pas dans le commerce et des labels obscurs qu'elle faisait semblant de connaître. Il débrancha son casque pour que les deux filles puissent entendre la fin de son mix : une voix haut perchée et horripilante sur un bruit de fond sourd et grinçant. Tibby n'était pas bien sûre que ce soit de la musique. Mais, comme Alex paraissait content de lui, elle hocha la tête d'un air entendu.

— Salut, Tomko ! Allez, on a besoin d'une dose de caféine, dit-il en se levant.

Peut-être qu'il avait travaillé toute la nuit.

Ils étaient censés signer un registre avant de quitter le campus mais Tibby avait vite compris que ce n'était pas la peine de le leur rappeler.

Ils parcoururent un petit kilomètre sur le bord de la nationale, avec les voitures et les camions qui les frôlaient en passant à toute allure.

Elle eut un pincement au cœur lorsque la serveuse, celle avec les cheveux gris et la visière rose, apporta des muffins à la myrtille. Brian adorait ça.

Alex se moquait du garçon de la chambre d'à côté : un boutonneux qui adorait les échecs et qui était devenu sa tête de Turc favorite.

Tibby pensa de nouveau à Brian avec son T-shirt *Dragon Master* et ses grosses lunettes aux verres tellement épais et sales qu'on voyait à peine au travers.

Elle rigola parce qu'Alex avait dit un truc drôle. Mais, même à ses propres oreilles, son rire sonnait faux.

Elle se posait des questions. Pourquoi n'avait-elle pas voulu que Brian vienne ? Parce qu'elle avait peur de ce que Cora et Alex allaient penser de lui ? Ou parce qu'elle avait peur de ce que Brian allait penser d'elle ?

Bee,
Je sens que je ne vais rien faire de bien avec le jean, alors autant passer mon tour et te l'envoyer directement.

Je pense souvent à toi. Ça m'a fait vraiment plaisir que tu m'appelles hier soir. Comme dirait Carmen, c'est un signe que tu aies trouvé Greta tout de suite. Ça veut dire que tu es sur la bonne voie.

Profite bien de l'Alabama (avec modération tout de même) et n'oublie pas que nous t'aimons.
Tibby

**La vie, ce n'est pas juste.
À peine plus que la mort,
c'est tout.**

William Goldman

C'était un sacré boulot de vider le grenier de Greta, un travail très physique : déplacer des piles de cartons, descendre des meubles et des tonnes de livres au sous-sol.

Le matin du cinquième jour, le jean était arrivé en poste restante. Au début, elle était contente : elle pensait que c'était la bonne tenue pour ce genre d'activité. Mais, alors qu'elle rentrait dans sa chambre, l'angoisse la prit.

Elle déchira le paquet puis retint sa respiration et rentra son ventre au maximum pour l'enfiler. Mais il ne passa pas les cuisses. Elle fut obligée de s'arrêter, elle risquait de le déchirer. Ce serait une catastrophe.

Elle l'enleva vite et remit son short, haletante.

Le jean magique ne lui allait plus ! Son pouvoir l'avait abandonnée, c'était ça ? Non, cela ne voulait rien dire. Il fallait qu'elle perde quelques kilos, voilà tout. Elle se laissa tomber sur son lit et appuya sa tête contre le mur en se retenant très fort de pleurer.

Elle avait toujours le jean à la main. Elle ne pouvait pas le laisser dans un coin et l'oublier. Il n'y avait peut-être pas besoin de le porter pour bénéficier de son pouvoir magique. Hein ? Peut-être ?

Sous le choc, elle sortit de sa chambre en le serrant dans ses bras. Elle marcha comme ça jusque chez Greta où elle entra par la porte de derrière, comme elle le lui avait demandé. La vieille dame était dans la cuisine en train de se piquer le doigt pour tester son taux d'insuline. Bridget détourna vite le regard. Elle s'était doutée que Greta était diabétique. Elle avait déjà remarqué cet équipement familier dans la maison. Bridget connaissait cette maladie parce que sa mère en avait souffert durant les dernières années de sa vie.

– Bonjour, Greta, fit-elle sans relever les yeux.
– Bonjour. Tu veux un petit déjeuner ?
– Non, merci.
– Du jus d'orange ?
– Non, je vais juste me monter un verre d'eau si vous voulez bien.

Elle ouvrit le réfrigérateur pour se servir elle-même.

Greta fixait le jean, intriguée.

— Il est à toi ? demanda-t-elle.

Bridget hocha la tête.

— Tu veux que je te le lave ? proposa-t-elle. Un peu d'eau de Javel et il sera comme neuf.

Bee écarquilla les yeux, consternée.

— Non ! Euh, non, non merci. (Elle le serra contre elle.) Il me plaît comme ça.

Greta fit claquer sa langue en secouant la tête.

— Chacun ses goûts.

« Vous ne connaissez vraiment rien à la magie, vous », pensa Bridget.

Il faisait chaud dans la maison et encore plus chaud dans le grenier. Elle était déjà trempée de sueur en arrivant en haut des escaliers.

Dans un coin, elle avait laissé une pile de cartons marqués « Marly » au feutre noir. C'était maintenant que ça se compliquait. Le moment qu'elle attendait et redoutait en même temps était arrivé. Elle suspendit le jean à une étagère et se mit au travail. Sans se laisser le temps de trop réfléchir, elle ouvrit le premier carton.

Avec précaution, elle en sortit quelques classeurs. Ils dataient de la fac. Bridget eut une pointe au cœur en reconnaissant l'écriture appliquée de sa mère. Sciences sociales, anglais, algèbre. En dessous, il y avait une enveloppe pleine de photos. Des anniversaires, des soirées chez le glacier, une kermesse. Sur chaque image, le regard de sa mère semblait chercher le sien. Sous ses cheveux brillants, son visage changeait sans cesse d'expression. Bridget avait toujours su qu'elle avait les cheveux de sa mère.

Le carton contenait aussi des croquis sur des assiettes en carton ou du papier de brouillon froissé. Bridget mit de côté ce qui pouvait être sauvé et jeta le reste dans un grand sac-poubelle.

Le carton suivant devait dater du lycée. Bridget sortit des piles de cahiers et de manuels scolaires avant de tomber sur les photos. Marly au bal, Marly pom-pom girl, Marly en maillot de bain, Marly qui flirtait, Marly qui allait de fête en fête au bras d'une ribambelle de petits copains crâneurs. Elle trouva quatre albums de l'année[1], remplis du même genre de photos. Marly y était toujours omniprésente. Elle avait également sa photo dans quatorze numéros jaunis du *Huntsville Times*. Et il y en avait des douzaines d'autres, découpées dans le journal local. Sur chacune d'elles, Marly était superbe. Une vraie star de cinéma qui souriait, riait, criait, posait. Bridget ne pouvait s'empêcher d'être fière.

Ce qui était frappant, se dit-elle rêveusement, c'était non seulement sa beauté, mais surtout l'intensité qu'elle mettait dans chaque pose.

---

[1]. Aux États-Unis, chaque lycée édite un album de l'année, avec les photos de tous les élèves et des événements marquants de la vie de l'établissement.

Cette fille la fascinait mais, pour elle, il s'agissait d'une étrangère. Marly n'avait rien à voir avec la femme qu'elle avait connue, rien de commun avec sa mère

Dans un flash, une image plus récente de sa mère lui revint : elle était allongée dans la pénombre, dans la chambre où elle passait ses journées entières.

– Gilda !

Il était midi. Greta l'appelait à table.

Tout engourdie, Bridget descendit les escaliers. Elle regarda Greta préparer les sandwichs au pâté et les chips, puis mettre le couvert. Ses doigts déformés par l'arthrite mettaient un temps infini à plier une serviette en papier.

Bee se surprit à penser : « Comment avez-vous pu avoir une fille aussi belle ? »

Carmen avait passé l'après-midi chez Lena à faire des brownies et des cookies aux M&M's. Elle en avait empaqueté quelques-uns pour les envoyer à Tibby et Bee. À l'heure du dîner, elle s'aperçut qu'elle était vraiment contente d'être là. Elle n'appréciait pas particulièrement les plats grecs de M. Kaligaris ni l'affreux éclairage au néon de la cuisine ni l'odeur du vernis séchage rapide d'Effie... mais elle était contente de ne pas se retrouver toute seule chez elle pour la troisième soirée consécutive.

Aujourd'hui, David emmenait sa mère à un

match de base-ball. Elle s'était fait une queue-de-cheval pour pouvoir mettre sa casquette des Orioles – la honte !

– C'est délicieux, monsieur Kaligaris, mentit Carmen en plantant sa fourchette dans un truc fourré aux épinards.

– Merci, répondit-il avec un petit hochement de tête.

Effie maniait ses couverts avec précaution pour ne pas abîmer son vernis.

– Alors, Carmen, il paraît que ta mère vit une folle histoire d'amour ?

Carmen faillit s'étrangler.

– Euh... hum... ouais.

Elle se tourna vers Lena, cherchant à savoir si c'était elle qui l'avait trahie mais Effie la détrompa tout de suite :

– T'inquiète, ce n'est pas elle qui me l'a dit, c'est Melanie Foster. Tu la connais ? Elle est serveuse au Ruby Grill, c'est là qu'elle a vu ta mère et son copain dîner en tête à tête... et s'embrasser.

– Franchement, tu ne crois pas que tu pourrais nous épargner ça ? demanda sèchement Lena.

Carmen sentit le truc aux épinards qui remontait dans sa gorge.

– Il est sympa, son copain ? insista Effie.

– Ça va.

Mme Kaligaris avait l'air grandement intéressée

— un peu gênée et légèrement choquée tout à la fois.

— C'est une chance pour ta mère d'avoir rencontré quelqu'un, commenta-t-elle.

— Oui, j'imagine, répondit Carmen après un court silence.

Son visage se ferma.

Effie, qui n'était pas complètement idiote, laissa tomber ce sujet épineux.

Carmen consulta sa montre.

— Tiens, justement, elle doit passer me chercher dans cinq minutes.

Elle regarda autour d'elle pour vérifier que tout le monde avait plus ou moins fini de manger.

— Je ferais mieux de commencer à rassembler mes affaires.

Elle débarrassa son assiette et ajouta :

— Euh... désolée. Je ne voudrais pas avoir l'air de partir à peine le dîner terminé.

— Ce n'est pas grave, trésor, la rassura Mme Kaligaris. C'est moi qui suis désolée : on a dîné tard ce soir.

Ils mangeaient toujours tard. Carmen se figurait qu'ils vivaient au rythme grec.

Elle passa les cinquante-cinq minutes suivantes à attendre sa mère, assise dans le salon avec Lena.

— Elle pourrait au moins passer un coup de fil, soupira-t-elle.

Elle avait déjà répété cette phrase plusieurs

fois. Et elle réalisa soudain que c'était sa mère qui lui faisait ce genre de reproches d'habitude.

Lena bâilla.

— Tu sais, on met toujours un temps fou à sortir du stade. Elle doit être coincée dans le parking.

— Elle est trop vieille pour aller voir un match de base-ball, marmonna Carmen.

Mme Kaligaris apparut dans l'encadrement de la porte, en robe de chambre. Presque toutes les lumières de la maison étaient éteintes.

— Tu sais que tu peux rester dormir ici, Carmen. Il n'y a pas de problème.

Carmen hocha la tête. Elle avait envie de pleurer.

À vingt-deux heures quarante-quatre, une voiture s'arrêta devant la porte. La voiture de David.

Lena la lève-tôt était affalée sur le canapé, à moitié endormie. Elle se redressa et posa la main sur le bras de Carmen qui se levait comme une furie.

— Du calme, c'est bon, dit-elle doucement.

— Oh, *nena*, c'était complètement diiinnngue! s'exclama Christina lorsque sa fille ouvrit la portière. Je suis dé-so-lée.

Franchement, elle n'avait pas l'air. Elle semblait plutôt surexcitée.

— Carmen, je m'excuse. Je m'en veux vraiment, fit David.

Il paraissait sincère mais Carmen avait envie de répliquer : «Alors pourquoi tu souris comme ça ?»

Elle claqua la portière et s'assit sans un mot à l'arrière de la voiture.

Arrivés en bas de l'immeuble, ils se chuchotèrent des trucs à l'oreille, mais elle ne fit aucun effort pour essayer de comprendre ce qu'ils se disaient. Elle sortit vite du véhicule pour ne pas assister aux bisous, bonne nuit et autres effusions.

Elle ne retint pas la porte de l'ascenseur, obligeant sa mère à courir pour l'attraper. Dans l'exiguïté de la cabine, elle remarqua avec dégoût que l'haleine de sa mère sentait la bière.

— Oh, ma puce... On était très en retard, je sais, mais il y avait tellement de monde... le stade était plein à craquer et... de toute façon, ça ne t'a jamais dérangée de rester un peu plus longtemps chez Lena, hein ?

Elle avait les yeux brillants et l'air un peu pompette. Visiblement, tout ce qu'elle voulait, c'était que sa fille lui donne l'absolution et la laisse tranquille dans son petit monde.

Dans le couloir, Carmen passa devant elle pour ouvrir la porte avec ses clés. Elle n'avait pas envie de laisser couler, justement.

— Je te déteste, lui dit-elle avant de filer dans sa chambre, au comble de la honte et du désespoir.

Ce soir-là, Tibby resta avec Brian. Elle aurait pu le faire entrer en douce à la cafétéria mais non, elle préféra commander une pizza et la faire livrer dans la chambre.

Après manger, ils s'installèrent tous les deux par terre, papier et crayon en main. Brian avait réglé la radio sur une station de musique classique.

– C'est quoi ? lui demanda-t-il en la voyant dessiner des cases sur deux grandes feuilles blanches.

– Euh… c'est censé être un story-board. Une sorte de scénario en images.

Il hocha la tête, intéressé.

Lui aussi était plongé dans son travail. Apparemment, c'était une BD. Avec leurs grosses têtes et leurs grands yeux, ses personnages n'étaient pas très réussis. On aurait dit un gribouillage d'enfant. Très concentré, il se mordillait la joue et remuait les lèvres en dessinant.

Tibby fixait ses cases vides lorsque son attention fut soudain détournée par la musique. C'était une symphonie… et Brian sifflait la mélodie. Le pire, c'est qu'il sifflait en rythme et parfaitement juste. Il y avait des centaines de notes, mais il n'en manquait pas une.

Elle leva les yeux vers lui. Il ne s'en aperçut pas. Il était tout occupé à dessiner en sifflant.

C'était un beau morceau, même si elle n'avait aucune idée de ce que ça pouvait être.

Comment se faisait-il que Brian le connaisse aussi bien ? Note par note ? Tibby appuya son menton dans ses mains. C'était peut-être un don inné…

Elle ne disait rien. Elle avait peur que, sinon, il arrête. Et elle n'avait pas envie qu'il arrête.

Elle posa sa tête par terre, ferma les yeux. Un frisson lui parcourut la nuque. Elle avait envie de pleurer sans savoir pourquoi. Elle sentit ses feuilles se froisser sous sa joue.

Brian dessinait toujours. Brian sifflait toujours. Tibby écoutait. Les violons montaient *crescendo*. Les violoncelles vibraient au creux de son ventre. Puis ce fut le piano seul, en duo avec Brian.

Et c'est tout. Tibby ressentit alors une inexplicable tristesse. Comme si, après avoir été transportée dans le monde chaleureux de la musique, elle s'en trouvait brutalement chassée. Il faisait froid dehors.

Elle dévisagea Brian qui dessinait toujours tranquillement. Il n'avait pas levé les yeux.

– C'était quoi ?
– Quoi ?
– Cette musique…
– Euh… Beethoven, je crois.
– Et tu connais le nom du morceau ?
– C'est un concerto pour piano. Le cinquième, il me semble.
– Il y en a combien ?

Brian la regarda, un peu surpris par cet intérêt soudain.

– Des concertos pour piano ? Composés par Beethoven ? Euh… je ne suis pas sûr… seulement cinq, si je me souviens bien.

– Comment tu le sais ?

Il haussa les épaules.

– Je l'ai entendu plusieurs fois, c'est tout. Il passe souvent à la radio.

Les yeux de Tibby s'enfonçaient avec tant de force dans les siens qu'il comprit qu'elle n'allait pas se contenter de ça.

– Et puis… mon père le jouait au piano.

Tibby avala sa salive. Elle baissa les yeux. Pas Brian.

– Mon père était musicien… pianiste. Tu le savais ? Il est mort.

Elle en resta bouche bée. Non, elle ne le savait pas. Elle ne savait rien de sa vie. Et ce n'était pas évident de commencer par là. Elle déglutit de nouveau, en se piquant le bout du doigt avec son crayon.

– C'est vrai ? Enfin, je veux dire, ah bon ?

– Ouais.

Brian retira ses lunettes. Elle fut troublée de voir ses yeux «à nu». Il essuya soigneusement ses lunettes avec le bas de son T-shirt.

– Il jouait ce morceau ?

– Oui.

– Oh…

Tibby se mordit sauvagement l'intérieur de la joue. Quel genre d'amie était-elle donc pour ignorer cela ? Elle savait que, jusque-là, Brian avait eu une vie plutôt triste et solitaire. Elle le savait, mais elle ne s'était jamais demandé pourquoi. Elle avait évité la question, comme tant d'autres.

Elle était persuadée que Bailey était au courant. Bailey savait que le père de Brian était musicien et qu'il était mort. Elle savait sûrement de quoi il était mort. Elle l'avait probablement su dans l'heure, la première fois qu'elle avait rencontré Brian.

Alors que Tibby avait passé des heures et des heures avec lui, préservant son petit confort en évitant soigneusement de savoir quoi que ce soit.

> **Il est des choses qu'il faut croire pour voir.**
>
> Ralph Hodgson

— Tu devrais regarder Rusty. Il est souvent démarqué.

Billy Kline se retourna et s'approcha de Bridget.

— Quoi ?

— Rusty, il est bien dans ton équipe, non ? Eh bien, il est plus doué que tu ne le crois.

Lorsqu'il était question de foot, Bridget avait encore plus de mal à tenir sa langue que d'habitude.

Le garçon secoua la tête, perplexe. Qu'est-ce que cette fille fabriquait là, sur le bord du terrain, à lui donner des tuyaux ?

Elle haussa les épaules. Elle était assise au soleil, en train de mâchouiller un brin d'herbe, comme elle le faisait des années auparavant, sur cette même pelouse. Elle avait oublié à quel point elle aimait regarder les autres jouer, même si ce n'était que des amateurs.

— Je disais ça comme ça, fit-elle.

Oh, il était mignon quand il fronçait les sourcils.

— On se connaît ? demanda-t-il.

Elle ne put s'empêcher de sourire en entendant son accent, sa voix qui avait mué. Elle haussa à nouveau les épaules.

— Je ne sais pas. Pourquoi ?

Son attitude parut le désarçonner.

— Je t'ai vue plusieurs fois dans le coin, non ?

— C'est parce que je suis une fan.

Il hocha la tête, pensant vraisemblablement qu'il avait affaire à une folle, puis retourna sur le terrain.

Si elle avait encore été la blonde Bee, il se serait tout de suite imaginé qu'elle le draguait et, à l'heure qu'il était, il lui aurait probablement déjà proposé de sortir avec lui. Mais là, pas du tout.

Tout à la fin du match, Rusty se trouva démarqué. Après un bref instant d'hésitation, Billy lui fit une passe. Et, comme prévu, Rusty envoya le ballon droit dans le but !

De son poste d'observation, Bridget l'applaudit de toutes ses forces. Billy la regarda et ne put s'empêcher de sourire.

Carmabelle : Salut, Lenita ! J'ai enfin réussi à joindre Tibby. Je lui ai dit qu'on serait là pour l'accueillir vendredi soir. Brian est allé la voir à la fac, il la ramène vers sept heures.

Lennyk162 : Oui, je sais, je l'ai eue aussi. Elle est trop. Elle n'a toujours pas compris qu'il était amoureux d'elle.

Carmabelle : Hein ? Tu crois qu'il l'aime d'amour ?

Lennyk162 : Je crois qu'il l'aime tout court.

— Tibby, arrête. *S'il te plaît.*
— Bon, bon, je vais filmer quelqu'un d'autre.

Lena était ravie de retrouver son amie, mais elle aurait préféré que ce soit sans sa caméra. Cet engin la mettait affreusement mal à l'aise.

— On en prépare encore une douzaine ou c'est bon ? demanda la mère de Tibby en agitant un épi de maïs. C'est comme vous voulez…

Lena jeta un coup d'œil à sa montre. Il lui restait une demi-heure avant de commencer le travail.

— Je vais vous aider, proposa-t-elle

C'était plutôt sympa d'éplucher le maïs, là, tranquille dans la cuisine des Rollins. Alice préparait le buffet du 4 Juillet tandis que Loretta, la jeune fille au pair, surveillait Nicky et Katherine qui étaient en train de patauger dans leur piscine gonflable, sur la pelouse.

Lena prit un épi et tira l'enveloppe avec précaution. On ne savait jamais sur quoi on risquait de tomber : un gros ver grassouillet ou un trou grouillant d'horribles bestioles. Mais cet épi-là paraissait parfait. Lena caressa la soie, qui lui rappelait les cheveux de Bee. Enfin, les cheveux qu'elle avait avant.

— Alors, Lena, comment va ton petit ami? demanda la mère de Tibby.

Elle avait pris un petit air entendu, croyant être au courant des dernières nouvelles.

Lena se mordit les lèvres. Elle n'aimait déjà pas qu'on lui parle de son «petit ami» à l'époque où elle en avait effectivement un.

Et puis elle détestait qu'on se mêle de ses affaires. C'était sa vie privée.

— On a rompu, annonça-t-elle d'un ton dégagé. La distance, tout ça, c'est pas facile, vous savez...

— Oh, c'est dommage.

— Oui, acquiesça Lena.

C'était bizarre. Pourquoi toutes les mères étaient-elles si impatientes que leurs filles aient un petit ami? Comme si la vraie vie ne commençait qu'avec les garçons. Elle trouvait ça révoltant. Elle se tut un instant, avant de changer de sujet.

— Hum... Alice?

Dès que les filles avaient dit leurs premiers mots, la mère de Tibby avait insisté pour qu'elles l'appellent par son prénom.

— Oui?

Une idée lui trottait dans la tête depuis quelques jours. Au début, Lena l'avait rejetée, c'était vraiment trop machiavélique. Il faut dire que ça ne lui ressemblait pas du tout... Mais maintenant qu'elle avait l'occasion rêvée, elle ne voyait plus très bien ce qui la retenait.

Elle prit une profonde inspiration. Elle voulait avoir un ton détaché et parfaitement innocent.

— Maman vous a déjà parlé d'Eugene ?

Alice se figea au-dessus de sa salade de pommes de terre. Dans la pièce inondée de soleil, Lena distingua ses taches de rousseur – comme Tibby mais en plus léger.

— Eugene ?

Elle avait les yeux dans le vague, un regard un peu nostalgique.

— Bien sûr, c'était ce garçon grec dont ta mère était folle amoureuse, non ?

Lena retint son souffle. Elle n'avait pas prévu de toucher si vite au but.

— Oui, oui, confirma-t-elle avec un pincement de culpabilité, comme si elle avait toujours été au courant de cette histoire.

Alice avait toujours ce petit air lointain.

— Il lui a brisé le cœur, hein ?

Lena fixait son épi de maïs. Elle sentait le rouge lui monter aux joues. Elle ne s'attendait pas à ça.

— Euh... oui, je suppose.

Alice posa son couteau et leva les yeux vers le plafond. Elle se replongeait visiblement avec plaisir dans ses souvenirs.

– Ah, je me souviens... Quand il est venu ici, tu étais encore bébé.

Elle regarda Lena.

– Elle a dû te raconter...

Lena se mordit l'intérieur de la joue.

– Hum... oui, je crois...

Elle commençait à se sentir vraiment mal à l'aise. Elle ne s'était pas préparée à ça. En cherchant un fossile, elle avait déterré un vrai coffre au trésor. C'était trop d'un coup : elle en était tout éblouie.

Elle ne put s'empêcher de dévisager Alice. Elle lui en voulait d'avoir tant parlé. De ne pas avoir cherché à protéger le secret de sa mère.

– Oh, je suis sûre qu'elle te racontera cette histoire en détail un jour, affirma-t-elle.

Elle venait visiblement de se rendre compte qu'elle en avait trop dit et retourna à ses pommes de terre.

– Mais... pourquoi tu me demandes ça ?

Très bonne question. Il fallait trouver une réponse plausible. Et vite.

Par chance, Katherine débarqua par la porte vitrée. Pleurant, glissant et hoquetant, elle essaya d'expliquer quelque chose à propos de Nicky qui ne voulait pas lui rendre son seau. Au passage, elle couvrit le carrelage tout propre d'eau, de terre et de brins d'herbe. Lena leur en fut reconnaissante à tous les deux, parce qu'Alice la chassa vite de la cuisine et empoigna le balai, renvoyant Eugene le briseur de cœur au fin fond de sa mémoire.

Bridget se réveilla en nage. Certes il faisait chaud, mais c'était aussi ce cauchemar… La journée, elle rangeait les affaires de sa mère et, la nuit, elle en rêvait. Qu'il s'agisse de ce qu'elle découvrait dans les cartons ou des images qui se succédaient dans ses rêves, c'était toujours une vision très fragmentée. Des milliers de petits flashs que rien ne liait.

Au cours de l'année, Bridget avait pris goût aux longues douches brûlantes, mais là, dans la salle de bains qu'elle partageait avec deux ouvriers grisonnants, elle faisait rapide. Elle essayait de se persuader que l'eau marron qui coulait dans le bac venait de la teinture de ses cheveux, mais elle avait toujours l'impression de sortir de la douche plus sale qu'elle n'y était entrée.

Chez Greta, son petit déjeuner l'attendait. Du jus d'orange, des toasts de pain complet avec du beurre et de la confiture, juste comme elle aimait. Elle avait mentionné ça au cours de la conversation quelques jours auparavant et, le lendemain, elle avait trouvé son petit déjeuner préféré sur la table.

Bridget mangea en cinq minutes. Elle n'avait pas envie de bavarder avec Greta. Elle voulait vite retrouver sa mère.

Au grenier, dans l'un des cartons, elle découvrit un formulaire d'admission à l'institut Beau Vallon. Il remontait à la fin de la première année de fac de sa mère. Au début, Bridget crut que c'était un stage d'été ou un camp de vacances, quelque chose comme ça. Mais pas du tout. Son cœur s'accéléra lorsqu'elle comprit que c'était une clinique psychiatrique. En fouillant dans la paperasse, elle apprit que Marly y avait passé un peu moins de trois mois. On lui avait prescrit un médicament, du lithium. Un des rapports disait qu'elle avait des idées suicidaires. Fixant l'écriture nette qui se détachait noir sur blanc, Bridget sentit ses yeux se remplir de larmes.

Abandonnant le tas de papiers, elle alla s'asseoir à la fenêtre et regarda la camionnette du facteur faire sa tournée. Elle ne pourrait pas continuer aujourd'hui.

Elle avait été tellement éblouie par les photos de la jeune et jolie Marly, la star locale, qu'elle en avait presque oublié comment l'histoire avait fini.

Ce fut un soulagement lorsque Greta l'appela pour le déjeuner.

Elle fut touchée en découvrant un plat de carottes râpées : la veille, elle avait avoué qu'elle n'avait pas mangé de légumes depuis des mois.

– Merci, Greta.
– De rien, ma grande.
Au bout d'une semaine, la vieille dame avait

arrêté de l'appeler Gilda et l'avait rebaptisée «ma grande».

Elles mangèrent en silence mais, une fois qu'elles eurent fini, Greta ne se leva pas tout de suite de table. Elle préférait visiblement que Bridget reste à bavarder avec elle plutôt qu'elle ne remonte travailler.

— J'ai eu deux enfants, je te l'avais dit ? Enfin tu as dû voir ça en déballant toutes ces vieilleries là-haut.

Bridget acquiesça. C'était encore un moment qu'elle attendait et redoutait en même temps.

— Ma fille est morte il y a six ans et demi.

Bridget baissa les yeux, fixant ses mains.

— Désolée.

Greta hocha la tête, lentement, accompagnant le mouvement de tout son corps.

— Elle était très belle. Son prénom, c'était Marlene, mais tout le monde l'appelait Marly.

Bridget ne pouvait toujours pas relever les yeux.

— Quand elle avait ton âge, elle était célèbre dans toute la région. Les gens disaient qu'elle aurait pu devenir Miss Alabama.

— C'est vrai ?

Ce commentaire idiot permit à Bridget de se reprendre et de redresser la tête.

— Mm.

Greta sourit.

— Mais elle était bien trop occupée à sortir

avec les garçons. Elle n'a jamais voulu apprendre à faire tourner un bâton et toutes ces figures de majorette.

Bridget sourit à son tour.

— Elle a été élue reine du lycée en première et en terminale. Et je peux t'assurer que ça n'était jamais arrivé avant et que ça ne s'est jamais reproduit depuis.

Bridget hocha la tête en s'efforçant de paraître impressionnée. Greta avait l'air tellement fière.

— Tu veux un autre thé glacé ?
— Non merci, ça va.

Elle se leva.

— Je ferais bien de me remettre au travail.

La vieille dame ne semblait pas de cet avis.

— Oh, il doit faire chaud comme dans un four là-haut. Tu ne veux pas rester un peu ici avec moi ?
— D'accord.

Greta leur versa deux nouveaux verres de thé glacé. Et, finalement, Bridget fut bien contente de le boire.

— Dis-moi, ma grande…
— Oui ?
— Tes parents savent où tu es, en ce moment ?

Bridget se sentit rougir.

— Oui, oui.

C'était vrai. Enfin, au moins pour le parent qui lui restait.

— Tu peux téléphoner d'ici quand tu veux.

– OK, merci.
– Ils sont en voyage, c'est ça ?

Bridget hocha la tête en fixant le fond de son verre. Si seulement Greta pouvait arrêter de lui poser des questions. Bien sûr, ce n'était pas difficile de mentir, mais elle en avait assez. Elle aurait voulu que ses mensonges s'évaporent maintenant qu'elle n'en avait plus besoin.

Elle s'éclaircit la gorge.

– Marly a fait ses études dans le coin ? demanda-t-elle.

Greta avait l'air contente de parler de sa fille.

– Elle est allée à l'université de Tuscaloosa. Comme son père.

– Ça lui a plu ?

– Eh bien…

Greta réfléchit un instant. Bridget savait qu'elle allait lui répondre franchement avant même qu'elle n'ouvre la bouche.

– Elle a eu quelques ennuis là-bas.

Bridget prit une gorgée de thé glacé.

– Marly avait beaucoup de sautes d'humeur. Une semaine, elle était complètement survoltée et, la suivante, elle ne pouvait pas sortir de son lit.

Bridget hocha la tête machinalement. C'était dur d'entendre tout ça. Cela lui rappelait trop de souvenirs.

– À la fin de sa première année de fac, elle est tombée très bas – je ne sais pas exactement pourquoi. Le médecin a dit qu'elle souffrait d'un trouble mental et il l'a envoyée à l'hôpital pendant quelques mois. Je crois que ça l'a aidée même si, sur le coup, elle était furieuse.

Bridget savait que Greta parlait de son séjour à l'institut Beau Vallon.

– L'année suivante, elle est retournée à l'université et elle est tombée amoureuse de son professeur d'histoire – un jeune homme qui venait d'Europe. Elle n'avait que dix-neuf ans, c'était de la folie, mais elle a tout de suite voulu l'épouser.

Bee n'en revenait pas. Elle savait que son père avait travaillé dans l'Alabama et que c'était là qu'il avait rencontré sa mère, mais elle n'aurait jamais imaginé que cela s'était passé ainsi.

– Ça a fait tout un drame. Franz – son mari – a été renvoyé de la fac à cause de cette histoire.

Bridget hocha la tête. Cela expliquait pourquoi son père avait arrêté d'enseigner à l'université pour prendre un poste dans un lycée privé.

– Il a trouvé du travail à Washington, alors ils sont partis vivre là-bas.

– Oh…

Greta la dévisagea attentivement.

– Tu as l'air fatiguée, ma grande. Pourquoi n'irais-tu pas prendre une bonne douche puis faire une petite sieste ?

Bridget se leva d'un bond avec une terrible envie d'embrasser Greta sur le front. Une bonne douche et une petite sieste, c'était exactement ce dont elle avait besoin.

Bee,
J'aimerais tant pouvoir te parler. C'est l'horreur de ne pas pouvoir t'appeler cinquante fois par jour ni t'envoyer d'e-mail. Les lettres, c'est trop lent, je ne suis pas assez patiente. Mais bon, je t'écris quand même parce que je n'ai pas le choix. C'est le seul moyen d'être un peu avec toi.

Tibby m'a donné de tes nouvelles : c'est super que tu aies retrouvé Billy et ta grand-mère.

Mais, si j'ai bien compris, elle ne sait pas encore qui tu es, c'est ça ? Quand as-tu l'intention de le lui dire ? À quoi ça rime si elle n'est pas au courant ?

Je ne vais pas t'embêter avec mes histoires : comme d'habitude, j'ai une vie amoureuse trépidante et je suis odieuse avec ma mère. Je te raconterai tout ça plus tard.

Appelle-moi cette semaine... sinon, fini les brownies, compris ?
Bisous,

Carma

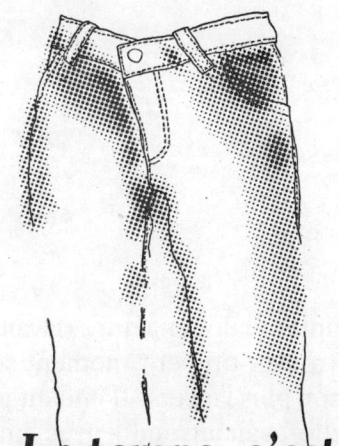

> **Le temps, c'est ce qui empêche les choses d'arriver toutes au même moment.**
>
> Graffiti

Maintenant, c'était Lena qui essayait désespérément de trouver un petit moment seule avec sa mère et non plus l'inverse. Pendant plus d'une semaine, elle avait attendu avec impatience qu'elle lui propose de l'accompagner en voiture rendre une cassette vidéo ou un truc comme ça. Et elle avait fini par se rendre compte que sa mère l'évitait.

Mais pourquoi ? Pourquoi cet Eugene avait-il encore tant d'importance à ses yeux ? Pourquoi ne voulait-elle toujours pas en parler ?

Elle mit alors au point un nouveau plan machiavélique : un soir, elle appela sa mère pour qu'elle vienne la chercher à la boutique. De toute façon, c'était vrai, elle ne pouvait pas rentrer à pied, il pleuvait à verse. Et en plus, elle venait de recevoir un très joli haut – beige, bien sûr – qu'elle voulait lui montrer.

Une fois dans la voiture, Lena alla droit au but.

– Dis, maman…

– Oui ?

– Je sais bien que ça t'embête d'en parler, mais j'aimerais vraiment que tu me dises qui était Eugene. Ça restera entre nous, promis. Je ne vais pas aller raconter ça à la télé. Je ne le dirai à personne – même pas à papa.

Sa mère serra les lèvres.

Ce n'était pas bon signe.

– Lena…

Visiblement, elle essayait de rester calme, mais elle avait du mal.

– Oui, fit-elle d'une petite voix.

– Je ne VEUX pas en parler. Je crois avoir été assez claire à ce sujet.

– Mais *pourquoi* ?

En insistant comme ça, elle risquait seulement d'agacer encore plus sa mère. Elle évita soigneusement d'invoquer Kostos ou sa nouvelle petite amie dans la voiture à ce moment précis.

– Parce que je n'en ai pas envie. C'est ma vie et ça ne regarde que moi. Compris ?

– Oui, soupira Lena, abattue.

Que pouvait-elle dire d'autre de toute façon ?

– Et je ne veux plus jamais que tu m'en reparles.

– OK.

De grosses gouttes de pluie s'écrasaient sur le pare-brise. Des éclairs déchiraient le ciel. Tout était réuni pour un gros orage d'été comme elle les aimait.

— Alors, la prochaine fois que tu me poseras une question, je pourrai répondre la même chose ? Que c'est ma vie et que ça ne regarde que moi ?

Elle n'avait pas pu s'empêcher d'ajouter ça pour ne pas rester sur un échec complet.

Ari soupira.

— Ça dépend de la question. Mais je te rappelle que je suis la mère, et toi la fille, OK ?

— Ça, je le sais, marmonna Lena.

— Tout n'est pas toujours juste, dans la vie.

Lena avait envie de répliquer que rien n'était jamais juste mais, pour une fois, elle parvint à garder ses réflexions pour elle.

Sa mère se gara devant la maison. Elle coupa le moteur mais ne descendit pas tout de suite de la voiture.

— Lena, je peux te demander quelque chose ?

— Oui, fit-elle avec le fol espoir que sa mère avait finalement changé d'avis.

— Qui t'a parlé d'Eugene ?

Ce n'était pas ce qu'elle espérait. Elle se tordit les mains et toussota.

— Ça, ça ne regarde que moi.

Joe, le bébé, jouait aux petites voitures par terre tandis que Jesse regardait un dessin animé, une histoire de chats qui parlaient avec l'accent chinois. Carmen avait un peu mauvaise conscience d'être payée pour faire si peu, mais Jesse adorait cette émission. En plus, elle passait sur Canal J, donc c'était forcément bon pour lui, pas vrai ?

Et puis, elle avait des tas de choses à penser et elle y arrivait mieux quand les enfants étaient sages. Elle avait envie d'appeler Bee parce qu'elle n'avait pas entendu le son de sa voix depuis une semaine, mais, comme c'était impossible, elle appela Lena chez Basia.

– Dis donc, c'est tranquille, ton job, comparé au mien, fit son amie d'un ton de reproche en décrochant.

– Ouh là, tu te trompes. On voit que tu n'as jamais passé une journée avec un gamin de quatre ans.

Elles avaient déjà eu cette discussion mais Lena revenait toujours à l'attaque.

– Alors comment se fait-il que tu sois toujours au téléphone si c'est si dur que ça ? Tu n'arrêtes pas de m'appeler !

– Parce que je pense tout le temps à toi, Lenita.

Lena se mit à rire.

– Bon, Duffers-en-chef me fusille du regard. Désolée, il faut que je raccroche.

– Tu as des nouvelles de Bee ?

– Non.

Soudain un hurlement strident interrompit

leur conversation. Puis deux grands cris. Jesse avait pris les voitures de Joe.

— Tiens, tu vois ? fit Carmen d'un ton victorieux avant de raccrocher.

Elle s'interposa ensuite entre les deux enfants.

— Jesse ! Laisse ton frère jouer avec les voitures !
— *Nooon* ! Elles sont à *moi* !
— Allez, Jesse. Redonne-lui. Tu ne veux pas qu'il se taise pour pouvoir regarder la télé tranquille ?

Carmen avait mauvaise conscience de dire ça, comme si elle lui proposait une cigarette.

— Non ! hurla-t-il.

Et il arracha la petite auto de la main potelée de son frère. Joe poussa un cri tellement passionné qu'il ne fit d'abord aucun bruit. Son visage vira au violet, à part les plis de son front qui devinrent verdâtres.

— Allez ! supplia Carmen. Tu pourrais partager, quand même, Jesse !

Lorsque le cri de Joe sortit enfin de sa bouche, il faillit décoller le toit de la maison.

Carmen le prit dans ses bras et le promena dans le salon en le berçant.

— Chut, chut, bébé. Tiens, tu veux jouer avec mon téléphone ? proposa-t-elle en désespoir de cause.

Parmi tout ce qu'on lui interdisait, c'était ce qu'il préférait. Une fois, il avait même appelé le père de Carmen au travail.

Elle lui tendit son portable, serrant les dents en le voyant accéder direct au répertoire. Son visage reprit instantanément une teinte normale.

— Fais attention, bébé. Je n'ai plus de forfait, expliqua-t-elle alors qu'il pianotait sur toutes les touches.

Jesse déboula comme un fou et tendit la main.

— Donne-moi le téléphone.

Carmen soupira, complètement dépassée par la situation. Elle ne savait pas quoi dire. En tant qu'enfant unique, elle n'avait jamais eu à partager quoi que ce soit. Elle avait fait l'impasse sur la leçon «Apprendre à partager».

Elle était au bord de la crise de nerfs lorsque, d'un geste magnanime, Joe tendit le portable à son frère. Mais Jesse ne le voulait pas si Joe n'en voulait plus, alors il le laissa tomber par terre. Puis il lui donna gentiment la voiture jaune et garda la bleue pour lui.

Cinq minutes plus tard, ils étaient tous les deux à quatre pattes par terre, avec une auto chacun. Carmen s'assit sur le canapé pour les regarder jouer. Finalement, cette leçon qu'elle avait manquée aurait peut-être pu lui servir…

— Il protège pas sa gauche, assura Bridget.

Même si elle lui faisait encore peur, Billy avait fini par s'habituer à sa présence.

Burgess jouait son troisième match de la

saison… sans en avoir encore gagné un seul. C'était le premier auquel Bridget assistait. Elle était aussi surexcitée que pour la Coupe du monde.

Billy s'approcha un peu d'elle. Son maillot vert foncé était assorti à ses yeux.

Bridget se pencha vers lui en baissant la voix :
— Le goal de Mooresville. Il ne surveille pas assez sa gauche.

Elle savait que Billy aurait voulu l'ignorer mais il n'y arrivait pas.

Deux passes plus tard, il tira en visant la gauche du goal. Le ballon entra direct dans le but.

Grands cris dans les gradins. Billy se retourna vers Bridget en levant le pouce. C'était débile, mais elle lui sourit quand même.

Burgess remporta le match un à zéro. Les joueurs, leurs copains et leurs jolies supportrices sortirent célébrer la victoire tandis que Bridget rentrait au Royal Street B&B toute seule. Mais, comme elle se sentait trop pleine d'énergie pour rester dans sa petite chambre, elle sortit ses baskets du fond de sa valise. Elle ne les avait pas mises depuis des mois.

Elle descendit Market Street en petites foulées, jusqu'au bord de la rivière. Elle se souvenait qu'il y avait un joli petit sentier sauvage tout du long. Elle passa devant le terrain où, avec Billy, ils avaient si souvent joué les archéologues.

Puis, sur l'autre rive, elle aperçut les vieux chênes centenaires qui offraient aux grimpeurs hardis leurs branches tombantes.

Elle avait tant couru dans sa vie que son corps reprit l'exercice avec plaisir. Pourtant, au bout d'un ou deux kilomètres dans la fournaise du mois de juillet, il commença à donner des signes de fatigue. Elle sentait le poids des kilos en trop sur ses hanches, ses épaules, ses bras. Ils entravaient ses mouvements et gênaient sa respiration.

Elle repensa soudain au jean. Elle l'avait posté ce matin pour qu'il continue son chemin, sans avoir pu le porter. Elle était furieuse contre elle-même, ça l'aidait à courir plus vite, plus loin, encore. Et plus elle courait, plus ses kilos en trop lui pesaient comme un fardeau, et plus elle avait envie de s'en débarrasser.

Lena se souvenait parfaitement de la dernière fois que les Rollins avaient organisé un barbecue pour la fête du 4 Juillet parce qu'elle avait vomi sur la jolie nappe à carreaux rouges et blancs. Elle avait toujours accusé la pastèque, mais comment savoir ? C'était l'été où elles avaient eu dix ans.

Ce barbecue était une véritable institution depuis qu'elles étaient bébés. Mais, l'année de leurs onze ans, fini les brochettes et la jolie nappe. Et pour longtemps. Bien que personne ne l'ait dit clairement, Lena savait que c'était à cause de la mère de Bridget. Après ça, les relations entre leurs parents s'étaient beaucoup compliquées.

Elle ne savait pas vraiment pourquoi, aujourd'hui, on avait décidé de renouer avec la tradition, après six ans d'interruption. Un instant, elle avait eu peur que ce soit en raison de l'absence de Bee cet été, puis elle avait réalisé que la mère de Tibby avait lancé l'invitation bien avant qu'elle ne décide de partir.

Alors elle avait eu un autre doute : et si c'était cette fête qui avait poussé Bee à prendre le large ?

Mais Lena n'y croyait pas vraiment. Bee avait enduré bien pire – par défi ou simplement par envie ? En mai, elle avait absolument tenu à aller à la soirée mère-fille du lycée, malgré tous leurs efforts pour la détourner de cette idée.

Alors que la famille Kaligaris au grand complet se garait devant la pelouse bien entretenue des Rollins, Lena se promit d'y aller mollo sur la pastèque.

— Ah, ah, mais qui a épluché tout ce beau maïs ? lança la mère de Tibby en les voyant arriver.

Lena aperçut alors les épis délicatement dorés empilés en pyramide dans un grand plat bleu.

— Je crois que c'est moi, répondit Lena, modeste.

Elle regarda leurs mères s'embrasser, la main

sur l'épaule, un baiser qui claque sur chaque joue. Elle remarqua que sa mère était encore plus raide et guindée que les autres. Leurs pères se serrèrent la main en parlant d'une voix un ton plus grave que d'habitude.

Carmen était à quelques mètres derrière sa mère. Elle portait une petite jupe en jean, un débardeur blanc et avait attaché ses cheveux avec un foulard rouge. Lena était épatée : son amie réussissait l'exploit d'être à la fois sexy et patriotique en portant les couleurs du pays.

Tibby zigzaguait entre les gens, toujours caméra au poing. Elle avait un T-shirt kaki plein de taches d'eau de Javel et un short beige tout déformé. Ni sexy ni patriotique.

Les trois filles se regroupèrent très vite, comme de petites boules de mercure, et s'agglutinèrent sur un coin de la terrasse.

Elles regardèrent Christina et Ari s'embrasser à leur tour avec raideur.

– Qu'est-ce qu'elle a, ta mère ? demanda Carmen.

– Elle n'a pas l'air dans son assiette, hein ? constata Lena.

– Elle t'en veut toujours pour l'histoire d'Eugene ?

– Ouais, je crois... Elle est bizarre ces derniers temps.

Carmen regarda le ciel.

– Bee me manque.

— À moi aussi, confirma Tibby.

Comme elle se sentait toute triste, Lena prit la main de Tibby, celle de Carmen, et les serra fort. Elle les relâcha avant que ça devienne trop gnangnan. Elles faisaient ça, parfois, quand l'une d'elles leur manquait.

— Heureusement qu'elle a quand même le jean, murmura Carmen.

— J'espère qu'elle va bien, ajouta Lena.

En silence, elles imaginèrent Bee en train de faire les quatre cents coups en Alabama, armée du jean magique.

— Bon, allez, fit Tibby en relevant sa caméra. Je bosse, moi, ce week-end.

— On va quand même au Mall[1] tout à l'heure ?

— Ouais, répondit Lena sans enthousiasme.

Chaque année, elles allaient au centre de Washington avec toute une bande de leur lycée. Ils passaient la soirée à regarder les feux d'artifice se refléter dans le bassin et à écouter les groupes de musique. Lena se sentait obligée d'y aller en tant qu'ado, mais elle n'aimait pas la foule ni les fêtes.

Effie les rejoignit, son assiette à la main. Elle avait pris deux hamburgers, une montagne de salade de pommes de terre et deux épis de maïs.

---

1. Le National Mall est une esplanade au pied du Capitole, au centre de Washington. C'est là que se trouvent de nombreux monuments et bâtiments officiels, comme la Maison-Blanche.

– On dirait que tu as faim, remarqua sa sœur.
Mais Effie l'ignora.
– J'adore ta jupe, Carmen.
– Je te la prêterai, si tu veux, proposa-t-elle, magnanime.

En tant que fille unique, Carmen appréciait la compagnie d'Effie. C'était amusant, une petite sœur.

Lena balaya le jardin du regard. Autrefois, c'était le rendez-vous des artistes un peu marginaux. Les parents de Tibby invitaient leurs copains jeunes et cool.

Et l'un d'eux finissait toujours par sortir une guitare pour jouer de vieilles chansons et ce drôle de morceau de Led Zeppelin que ses parents feignaient de ne pas connaître, prétextant qu'ils venaient de Grèce. Avec le recul, Lena se disait que les adultes devaient fumer tranquillement leurs petits trucs au sous-sol pendant que les enfants se poursuivaient dans le jardin.

Six ans plus tard, les amis des Rollins étaient beaucoup moins pittoresques. La plupart avaient de jeunes enfants et des bébés.

Soudain, Lena réalisa que cette fête était un remake du barbecue d'autrefois. Les filles et leurs parents étaient des vestiges de la première époque Rollins. La mère de Tibby les avait invités en souvenir du bon vieux temps mais, en fait, elle avait organisé tout ça pour leurs nouveaux amis, les parents des copains de Nicky et Katherine. Lena avait même le pressentiment qu'elle allait se retrouver embauchée comme baby-sitter avant la fin de la soirée.

À nouveau, son cœur se serra. Elle comprenait mieux ce que vivait Tibby au jour le jour. Elle se demanda comment elle aurait expliqué tout ça à Kostos si elle lui avait encore écrit de longues lettres, comme avant. Si ça se trouve, c'était juste le temps qui passait qui la rendait triste. Si ça se trouve, c'était la vie, c'était normal d'avoir le cœur lourd, parfois…

Lena, Effie et Carmen mangèrent dans l'herbe en regardant les enfants courir partout. Lorsque les desserts arrivèrent, Lena eut comme un mauvais pressentiment en voyant les petits se gaver de pastèque dégoulinante.

Le soleil avait à peine commencé à décliner lorsque sa mère fit irruption à côté d'elle, l'air complètement bouleversé.

— Écoute, Lena, on va y aller. Mais tu peux rester si tu trouves quelqu'un pour te raccompagner.

Lena la regarda, étonnée.

— Vous partez déjà ? Mais il est tôt.

Ari coupa court à toute discussion avec le fameux regard «je n'ai pas envie d'en parler» dont elle usait et abusait ces derniers temps.

— Bon, ben, je viens aussi, annonça Lena.

De toute façon, quand elle allait à une fête, elle n'avait qu'une envie : retrouver sa chambre.

Même Effie décida de rentrer avec eux. Sûrement parce que les seuls garçons libres avaient moins de quatre ans.

Du coin de l'œil, Lena vit la mère de Carmen faire signe à sa fille d'approcher. Elle avait le même air que sa mère à elle, mais dans la version Christina. Que se passait-il ?

Ari fonça droit à la voiture sans dire au revoir à personne. Lena se faufila jusqu'à Carmen.

— Qu'est-ce qui se passe ? murmura-t-elle.

— Aucune idée, répondit Carmen, aussi perplexe qu'elle.

Elles rejoignirent Tibby dans la cuisine déserte et lui demandèrent en chœur :

— Mais qu'est-ce qui se passe ?

— Bon sang, je n'en sais rien...

Tibby avait l'air un peu sous le choc.

— Je les ai surprises en train de discuter toutes les trois dans le salon. Je crois que ta mère pense que la mienne et celle de Carmen t'ont dit je ne sais quel secret d'État à propos d'Eugene. Elles chuchotaient, mais on sentait qu'elles étaient furax.

Lena poussa un petit grognement. Elle entendit le moteur de la voiture de ses parents, dehors.

— Bon, faut que j'y aille sinon ils vont partir sans moi. On s'appelle tout à l'heure.

Elles s'embrassèrent rapidement, pour se quitter en amies alors que leurs mères s'étaient quittées en ennemies.

Lena s'assit à l'arrière, le cœur lourd. C'était encore une autre forme de tristesse. Elle avait espéré je ne sais quoi... Au fond, elle avait imaginé que leurs mères redeviendraient amies, comme par magie, juste par amour pour leurs filles.

Maintenant Lena comprenait ce que pouvait ressentir Carmen, avec ses parents divorcés. C'est humain de vouloir que les gens qu'on aime s'aiment aussi.

Lena scruta le visage tendu de sa mère dans le rétroviseur. Effie lui lançait des regards interrogateurs. Leur père, complètement déconnecté, finissait la tranche de pastèque qu'il avait emportée. Au moins, Lena n'avait pas vomi.

Carma,
Arrête de t'en faire, d'accord ? Tu ne m'as rien dit au téléphone hier, mais j'ai bien senti que tu t'inquiétais pour moi. Alors stop : je vais bien.

Il fallait que je fasse ce voyage et, bientôt, je vais sans doute comprendre pourquoi.

Je t'ai parlé de Billy ? Oui, sûrement une bonne centaine de fois.

Voilà le jean qui te revient à nouveau. J'ai l'impression qu'il tourne plus vite, cette année, non ? Je ne peux pas te dire ce que j'en ai fait. Je ne peux pas en parler. Il va falloir que tu attendes la fin de l'été... alors là, j'aurai de grandes révélations à te faire.

J'en suis sûre.
Bon, amuse-toi bien à la Rollins party. Chatouille Nicky et Katherine de ma part.
Et dis à Lenny d'y aller mollo sur la pastèque.
Tu seras toujours ma Carmabelle.
Bibi-bisous,

Bee

Le désordre a parfois du bon.

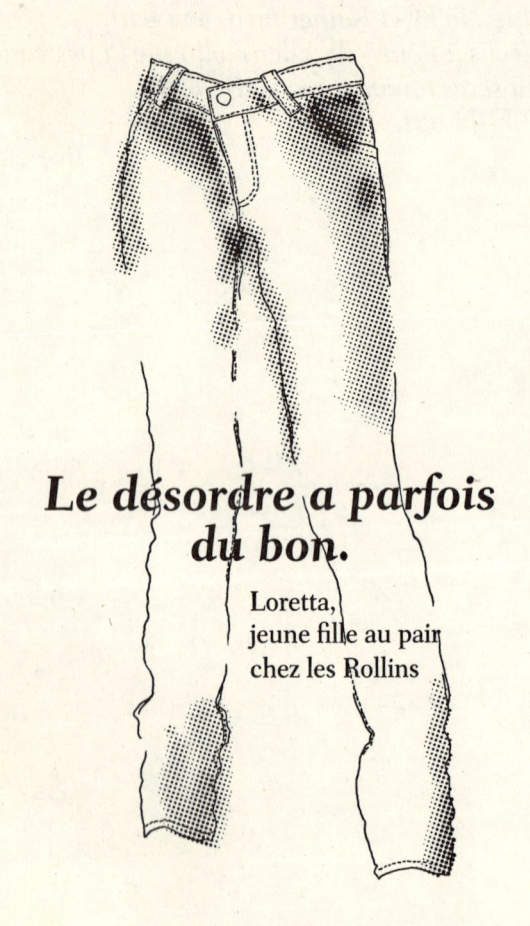

Loretta,
jeune fille au pair
chez les Rollins

Tibby sentit la chaleur d'Alex lorsqu'il se pencha par-dessus son épaule. Son menton n'était qu'à quelques centimètres de son cou.
– J'adore, fit-il.
«Ah non, là, c'est moi qui adore», pensa-t-elle.
Il regardait une série de petites séquences qui montraient sa mère toujours pressée, en retard, débordée. En fait, Tibby lui avait tendu un piège. Elle lui avait dit qu'elle voulait l'interviewer et sa mère avait passé le week-end à remettre ce moment à plus tard. On la voyait d'abord avec une serviette sur la tête et les orteils en éventail pour faire sécher son vernis à ongles.
– Oh, pas tout de suite, ma chérie.
Puis, passant la tête par la porte de la salle de bains :
– Là, ce n'est pas le moment, trésor.
Faisant la grimace, les bras plongés jusqu'aux

coudes dans la viande hachée en train de préparer les hamburgers pour le barbecue :

— Tu ne peux pas attendre que j'aie fini, non ?

Tibby avait monté les séquences pour qu'elles soient de plus en plus courtes et rapides.

Au fur et à mesure, la voix de sa mère devenait de plus en plus aiguë et ses mouvements de plus en plus désordonnés.

— Tu n'as pas monté cette prise avec les autres ? demanda-t-il.

C'était un gros plan sur une traînée de glace à la fraise qui dégoulinait le long du bras de Nicky.

— Non, pourquoi ?

— Elle est chouette pourtant. Et puis, comme ça, ton film sera moins prévisible.

Tibby tourna lentement la tête pour apercevoir son visage. Elle était à la fois impressionnée et vexée. Il était vraiment doué. Alors que ses idées à elle étaient… prévisibles.

Tout doucement, il la poussait au-delà du comique mécanique duquel elle était partie, pour aller vers une ironie mordante, un portrait plus acide. Tibby savait que c'était risqué, mais elle se sentait prête à relever le défi.

Pour faire bonne mesure, elle ajouta un plan sur une touffe d'herbe jaunie qui faisait tache au beau milieu de leur pelouse d'un vert éclatant.

— C'est top, fit-il en hochant la tête.

Il était bon professeur. Et elle bonne élève.

En plus, elle prenait un malin plaisir à voir qu'Alex s'intéressait à son travail alors que Cora avait à peine commencé à filmer.

Tibby regagna sa chambre sur un petit nuage. C'était top !

En ouvrant la porte, elle tomba sur Brian.

– Oh, salut, fit-elle, surprise.

– Eh oui, c'est encore moi. Ça ne te dérange pas ?

Elle secoua la tête. Sans grande conviction.

– Je voulais voir ce que ça donnait, ton film.

– Ah, c'est gentil.

Elle savait que, la dernière fois qu'il était venu, il avait sauvé du désastre une petite boutique de photocopies dont le système informatique était en panne et qu'ils ne pouvaient maintenant plus se passer de lui. Au moins, la journée, il travaillerait.

Elle regarda ce grand gars habillé n'importe comment en se demandant à quoi pouvait bien ressembler sa maison pour qu'il préfère s'enfermer dans une si petite chambre. Mais elle ne lui posa pas la question. Pendant des années, sa vie s'était réduite à un jeu vidéo au fond d'un drugstore. Maintenant, c'était Tibby.

– Il faut que je bosse, expliqua-t-elle, je suis censée montrer un extrait dimanche. On organise une petite projection pour les parents.

– Pas de problème, j'ai des trucs à faire, moi aussi.

Et, comme pour le prouver, il s'assit par terre avec son carnet et ses crayons.

Tibby installa son portable sur son bureau. Il fallait qu'elle commence à préparer la bande-son. Elle avait bien pensé à deux ou trois trucs mais, maintenant qu'elle avait vu ce qu'avait fait Alex, elle avait peur que ce soit trop… prévisible. Il avait des tas de CD gravés dans des classeurs. Il devait être copain avec tous ces musiciens. Elle se sentait vraiment minable d'acheter ses CD au Virgin, comme tout le monde.

Elle décida de chercher des morceaux moins connus de groupes moins connus. Et puis elle pourrait les mixer en faisant varier la vitesse pour qu'on reconnaisse à peine la chanson d'origine.

Elle se repassa la séquence qu'elle venait de visionner avec Alex. Elle la visionna encore et encore. Puis elle la synchronisa avec la musique qu'elle avait choisie et augmenta le tempo au fur et à mesure. Elle était profondément concentrée lorsqu'elle s'aperçut que Brian regardait par-dessus son épaule. Elle se retourna, essayant de cacher l'écran avec sa tête.

– Quoi ?
– C'est ça ?
– Oui, enfin, c'est un extrait…, fit-elle, sur la défensive.

Il avait l'air troublé.

– Ta mère ne va peut-être pas apprécier que

tu la montres dans sa salle de bains avec une serviette sur la tête, non ?

C'était une vraie question, pas une accusation.

Elle le regarda comme si c'était le dernier des idiots.

— Je réalise un film. Peu importe si elle apprécie ou pas. C'est… c'est de l'art.

Mais, art ou pas, Brian n'en démordait pas.

— Oui, mais si elle le voit, ça risque de lui faire de la peine.

— D'abord, elle ne va pas le voir. Tu crois vraiment que ma mère va se déplacer pour la projection ? Elle n'a même pas le temps de lire mon bulletin de notes.

— Mais… ça ne te gêne pas de faire un film sur elle tout en sachant que tu n'oserais pas le lui montrer ?

— Je n'ai pas dit que je n'oserais pas le lui montrer ! s'emporta Tibby. Ça m'est égal qu'elle le voie ou pas. Je m'en fiche. Je dis juste qu'elle ne viendra pas à la projection et que donc la question ne se pose pas.

Brian n'ajouta rien mais il ne regarda pas la suite du film. Il se remit tranquillement à dessiner tandis qu'elle repassait un morceau hardcore, encore et encore, à différentes vitesses. Ce soir-là, il ne siffla pas.

— J'imagine qu'elle est toujours en colère…

Enfin, je ne sais pas, elle ne me parle plus, expliqua Lena.

Elle avait coincé le téléphone entre son épaule et son menton pour pouvoir continuer à parler tout en remettant les chemisiers sur leurs cintres.

Il y avait tant de vêtements à ranger, tout le temps. Chaque cliente essayait au moins une vingtaine d'articles pour n'en acheter qu'un seul finalement. Et si Lena avait le malheur de s'en mêler, elle repartait sans rien. Elle n'était vraiment pas douée pour la vente.

— C'était surréaliste, ce barbecue, soupira Tibby. Enfin, au moins, ça m'a permis de filmer.

Lena remarqua la musique discordante qu'écoutait Tibby. Elle était décidément trop hype pour aimer quoi que ce soit d'écoutable.

— Tu as filmé leur dispute ?

Elle se demandait pourquoi ça la touchait autant que leurs mères se soient fâchées. Enfin, c'était normal vu que tout était sa faute. Tout le problème était là.

— Ouais, en partie. Mais j'ai effacé la fin par erreur en filmant ma mère en train de courir dans toute la maison avec une couche collée au talon de sa chaussure.

Lena laissa échapper un petit rire anémique.
— Oh...
— Elle est complètement dingue. Quand je suis partie, elle était encore en train de ruminer et de marmonner que ta mère devrait par-

ler davantage avec toi et blablabla. Tu parles, comme si elle prenait cinq secondes pour discuter avec moi, elle !

Lena coinça un paquet de cintres sous son bras.

— Mm…, fit-elle d'un air absent.

Silence à l'autre bout de la ligne.

Elle réalisa brutalement qu'elle avait enfreint une règle de base. On pouvait râler après sa mère. Écouter patiemment une amie râler après sa mère. Mais jamais au grand jamais ne critiquer la mère d'une amie ou acquiescer aux râleries susmentionnées.

Elle n'avait pas fait exprès, mais c'était trop tard.

— Enfin, ce n'est pas la seule dingue du lot, remarqua Tibby, un peu trop calmement.

— Ouais. Enfin, non. Non, non.

Lena essayait de faire tenir un chemisier qui n'arrêtait pas de glisser de son cintre. Elle n'avait jamais su faire deux choses à la fois.

— Et peut-être que tu n'aurais pas dû la pousser à te parler de ce type. Tu l'as manipulée !

— Mais, Tibby, je n'ai pas…

Elle s'interrompit. Si, elle l'avait fait sciemment.

— Enfin, je suis désolée de l'avoir entraînée là-dedans, mais elle n'était peut-être pas obligée de…

Biiip !

Elle avait appuyé sur une touche avec sa joue.

— Pas obligée de quoi ? répliqua Tibby, qui ne voulait pas lâcher prise. Te dire toutes les choses que tu essayais de lui soutirer, c'est ça ?

— Non, mais...

— Excusez-moi... euh... mademoiselle ?

Une femme l'appelait de sa cabine d'essayage. Elle voyait son bras sortir du rideau.

Paniquée, Lena fit tomber le chemisier qu'elle était en train d'accrocher et marcha sur la manche.

— Tibby, je... je vais devoir...

— Le plus triste, c'est que ma mère essayait juste d'être sympa avec toi.

Là, Lena explosa.

— Mais je ne critique pas ta mère, Tibby ! C'est toi qui l'as surprise avec une couche collée à sa chaussure et qui veux en faire un film, pas moi !

Tibby ne répondit rien. Lena se sentait minable.

— Pardon, Tibou, fit-elle tout doucement.

— Il faut que j'y aille, salut, répliqua son amie avant de raccrocher.

Les quatre filles avaient une règle d'or : ne jamais se raccrocher au nez même en cas de colère extrême. Tibby avait frôlé la crise diplomatique.

— S'il vous plaît, mademoiselle ? répéta la cliente.

Lena avait envie de pleurer. Elle se dirigea vers les cabines en traînant les pieds.

— Oui, madame. Puis-je vous aider ?

— Est-ce que vous auriez ce pantalon dans la taille au-dessus ?

La dame agitait un pantalon devant le rideau.

Lena le prit et alla chercher dans le rayon. Les clientes choisissaient toujours la taille qu'elles auraient voulu faire, plutôt que la taille qu'il leur fallait. Lena lui tendit le pantalon en 40.

— Voilà !

Une minute plus tard, une femme rousse avec un teint très pâle sortit de la cabine et s'examina avec le 40 dans le miroir.

Elle se tourna vers Lena, pleine d'espoir.

— Comment vous me trouvez ?

Lena pensait tout à fait à autre chose. Elle regardait encore le téléphone comme s'il venait de la mordre.

— Euh… eh bien, il est un peu juste, déclara-t-elle.

Elle avait toujours préféré la franchise à la diplomatie.

— Oh… oui, vous avez peut-être raison.

La dame regagna rapidement la cabine.

— Je peux vous apporter un 42, si vous voulez, proposa Lena.

La cliente ne répondit même pas. Elle quitta la boutique quelques minutes plus tard sans avoir rien acheté. Vraisemblablement, elle préférait n'avoir rien à se mettre plutôt que de s'avouer qu'elle faisait du 42.

Le téléphone toujours à la main, Lena regarda sa seule cliente de la journée s'éloigner, complètement déprimée. Finalement, cela n'avait rien d'étonnant qu'elle ne touche jamais de commission.

Carmen essaya d'appeler sa mère sur son portable en couvrant son oreille libre d'une main pour étouffer le vacarme du restaurant. Mais elle tomba aussitôt sur la boîte vocale : Christina avait éteint son téléphone ! Incroyable ! Et si Carmen avait eu un accident ? Et si elle était étendue sur le bord de la route en train de se vider de son sang ? Tiens, elle aurait voulu être sur le bord de la route en train de se vider de son sang, rien que pour lui donner une leçon !

— Ça va ? s'inquiéta Porter.

Carmen s'aperçut alors qu'elle devait faire la tête de quelqu'un qui est allongé sur le bord de la route, en train de se vider de son sang.

— Oui, oui…

Elle tenta de lui offrir un visage plus avenant.

— … C'est juste que je n'arrive pas à joindre ma mère.

— C'est urgent ? Parce qu'on pourrait…

« Non, ce n'est pas urgent, répliqua-t-elle dans sa tête. Je n'ai absolument rien à lui dire. Je veux juste la déranger exprès en plein dîner pour lui gâcher sa soirée. »

Pendant ce temps, les lèvres de Porter continuaient à remuer. Il devait suggérer un quelconque plan d'action, mais Carmen ne l'écoutait pas.

Elle agita la main.

– C'est bon. C'est pas grave.

Et elle se mit à fixer son milk-shake rose d'un œil noir.

– Bon, alors…

Porter écarta son verre presque vide. Au moins, il n'essayait pas de le vider jusqu'à la dernière goutte avec de gros gargouillis, c'était déjà ça. Il sortit son portefeuille.

– Le film commence dans un quart d'heure. On ferait bien d'y aller.

Carmen hocha machinalement la tête. Elle pensait déjà à autre chose. Sa mère avait passé la journée à s'affairer dans tout l'appartement comme un kangourou sous amphétamines. Elle avait réparé les étagères de la cuisine et posé un bouquet de tulipes sur le manteau de la cheminée. Carmen s'était dit qu'elle voulait juste faire profiter le monde entier de son bonheur mais, brusquement, elle avait un affreux soupçon. Et si sa mère l'avait laissée aller à la séance de dix heures parce qu'elle avait l'intention de ramener David à la maison? Et s'ils avaient l'intention de…

Non. Non, non, non. Il ne fallait pas qu'elle pense à ça.

Mais, franchement, elle n'avait pas honte de

ramener un homme chez elle comme ça ? Chez *elles* ? Elle oubliait peut-être que son enfant habitait là aussi et que… et que…

Carmen était furieuse. Non, vraiment, ça ne se faisait pas.

Elle porta la main à son front.

— Tu sais quoi, Porter ?

Il la regarda d'un air soupçonneux, carnet de chèques en main.

— Je crois que je couve une sinusite…

Elle aurait pu simplement prétexter une migraine, mais « sinusite », cela faisait plus vrai.

— … Je ferais mieux de ne pas aller au cinéma.

— Oh, non, c'est trop bête !

Il avait l'air déçu. Et, pour la première fois, l'idée qu'elle le prenait pour un crétin sembla l'effleurer.

— Désolée, fit-elle.

Et elle l'était vraiment. Elle n'avait aucune envie d'être la crétine qui le prenait pour un crétin.

— Bon, ben, je vais te raccompagner alors, proposa-t-il.

— Non, non, je vais marcher.

— Je ne vais pas te laisser rentrer toute seule si tu es malade.

Il avait une petite lueur de défi dans les yeux. Message reçu cinq sur cinq.

Dix minutes plus tard, Carmen poussait la

porte de l'appartement en faisant autant de bruit que possible. Elle avait hésité à entrer discrètement, mais Dieu sait ce qu'elle aurait pu découvrir si elle était arrivée sans prévenir. Elle claqua la porte derrière elle et fit tinter ses clés. Elle avança de quelques pas dans le salon et les agita de nouveau.

Silence.

Ils n'étaient ni dans la cuisine ni dans le salon. Ce qui ne laissait donc que la pire des possibilités : la chambre de sa mère. Retenant son souffle, Carmen se dirigea vers la porte, sans vraiment savoir ce qu'elle ferait une fois devant.

Son cœur battait à tout rompre lorsqu'elle s'engagea dans le petit couloir qui menait à la chambre. Un pas. Deux pas…

Elle s'arrêta. La porte était ouverte. Et le lit était dans l'état où Christina l'avait laissé : jonché de vêtements, vestiges de sa furieuse séance d'essayage.

— Y a quelqu'un ? cria Carmen à la cantonade.

Sa voix tremblait. Elle était pathétique.

Il n'y avait personne. Et, alors qu'elle aurait dû se réjouir, ça la rendit encore plus triste.

Elle alla s'asseoir à la table de la cuisine, dans le noir. Au bout d'un moment, elle se rendit compte qu'elle avait toujours son sac et ses clés à la main.

> **La peur est cette petite pièce sombre où l'on développe les idées noires.**
>
> Michael Pritchard

La pendule de la cuisine s'était bel et bien arrêtée. Elle devait être cassée. Oui, c'était sûrement ça. Elle n'avait pas bougé depuis minuit quarante-deux. Ou… oh. Minuit quarante-trois.

Il était trop tard pour appeler qui que ce soit. Et Carmen n'avait pas envie d'envoyer un mail à Paul. Elle ne voulait pas voir s'afficher sur l'écran la bile qui coulerait de ses doigts. Si elle mettait sa colère en mots, Paul aurait tout le loisir de lire et de relire les horreurs qu'elle risquait d'écrire. Il pourrait même sauvegarder le message. Ou l'envoyer par erreur à tout son carnet d'adresses.

Soudain, elle eut une idée. Elle allait préparer le paquet pour envoyer le jean à Tibby. C'était une activité parfaitement saine et raisonnable. De toute façon, elle voulait le faire depuis ce matin. Elle allait mettre un petit mot, écrire l'adresse et tout et tout.

Mécaniquement, elle se rendit jusqu'à sa chambre. Là, elle déplaça deux ou trois objets sans savoir pourquoi. Elle avait oublié ce qu'elle était venue chercher. Elle essaya de se concentrer. Au prix d'un certain effort, elle réussit à fixer son esprit sur son objectif. Le jean. Le jean magique. Elle devait le retrouver.

Elle fouilla dans sa commode comme un robot. Il n'était pas dans la commode. Ni dans la montagne de vêtements empilés au bout de son lit.

Elle eut un flash : la dernière fois qu'elle l'avait vu, c'était dans la cuisine. Oui, elle l'avait emporté dans la cuisine un peu plus tôt dans la soirée. Elle se précipita à l'autre bout de l'appartement et fouilla la petite pièce du regard.

Il n'était pas sur le plan de travail.

Elle ne savait plus pour qui elle devait se faire le plus de soucis : pour sa mère ou pour le jean.

La panique la prit soudain. Elle fila dans la salle de bains vérifier le linge qui séchait au cas où, par le plus grand des malheurs, le jean serait entré en contact avec la machine à laver, ce qui était formellement interdit. Ses muscles faisaient des nœuds, même ses os semblaient se contracter. Elle plongea dans le panier à linge. Rien. Le jean avait officiellement battu sa mère sur le terrain de l'angoisse.

Elle était en train de vider le placard à linge

quand la porte d'entrée s'ouvrit. Ses deux sujets d'inquiétude apparurent en même temps dans le couloir.

Carmen resta pétrifiée, comme un personnage de dessin animé. Sa mâchoire inférieure faillit se décrocher.

— Bonsoir, ma puce. Qu'est-ce que tu fais encore debout ?

Christina avait l'air un peu prise de court. Elle ne s'attendait visiblement pas à devoir affronter sa fille maintenant.

Carmen ouvrait et fermait la bouche, comme un poisson. Elle n'arrivait pas à respirer. Elle pointa le doigt.

— Quoi ? fit Christina.

Comme bien souvent ces temps-ci, elle avait les joues roses. De plaisir ? De honte ? Sûrement un peu des deux.

Carmen restait le bras tendu dans les airs sans trouver de mot assez fort pour exprimer toute son indignation.

— T-tu… ! Mon… !

Christina paraissait complètement perdue, encore sur son petit nuage. Une partie d'elle-même était toujours dans la voiture avec David. Elle n'était pas encore tout à fait là, prête à faire face à la tempête qui se déchaînait sous son propre toit.

— Mon jean ! rugit Carmen. Tu me l'as volé !

Sa mère la regarda sans comprendre.

— Mais je n'ai rien volé du tout... Tu l'avais laissé dans la cuisine. J'ai cru que...
— Tu as cru quoi ?

Sa mère se ratatina sur elle-même, l'air terrorisé. Elle montra le jean.

— J'ai cru que tu voulais...

Carmen la fixait froidement.

— ... que tu voulais me le prêter en gage de paix, finit-elle d'une voix peinée.

Si Carmen avait été capable du moindre sentiment, elle aurait battu en retraite. C'était une adorable méprise, un malentendu d'amour.

— Tu as cru que je voulais que tu portes le jean magique ? Sérieusement ?

La colère l'emportait si loin, si fort qu'elle en était effrayée.

— Tu plaisantes, j'espère ? Je l'ai sorti pour l'envoyer à Tibby. Jamais, au grand jamais, je n'aurais...

Christina leva les bras.

— Ça suffit, Carmen. J'ai compris. Je me suis trompée, point.

— Retire-le ! Tout de suite. Tout de suite, là, maintenant !

Christina se détourna. Ses joues n'étaient plus roses mais d'un rouge cuisant et ses yeux brillaient.

Carmen avait de plus en plus honte.

Le pire, c'est que le jean lui allait bien. Il lui donnait l'air jeune, mince et belle. Il lui allait à la perfection. Il l'aimait et croyait en elle comme il avait aimé Carmen l'été dernier, quand elle en était digne. Cette année, il lui avait préféré sa mère.

Lorsque Christina était apparue dans l'entrée, elle était transfigurée. Carmen ne l'avait jamais vue aussi gaie, pleine d'entrain, heureuse de vivre. Elle semblait portée par une sorte d'enchantement que Carmen n'avait jamais eu la chance de connaître. Et, sur le moment, elle l'avait détestée pour ça.

Christina tendit la main, mais Carmen refusa de la prendre. Du coup, elle joignit ses paumes.

– Écoute, chérie, je sais que tu es en colère. Mais… mais…

Les larmes jaillirent de ses yeux alors qu'elle se tordait les poignets.

– Cette… cette relation avec David ne changera rien entre nous.

Carmen serra les mâchoires. Elle attendait cette réplique. Celle que les parents sortaient systématiquement au moment précis où ils s'apprêtaient à détruire votre vie.

Sa mère pensait peut-être ce qu'elle disait. Elle croyait sans doute même que c'était vrai. Mais c'était faux. Tout allait changer. Et ça avait déjà commencé.

Tibou,
Tu n'es pas pire que moi, rassure-toi. Je gagne

le concours haut la main, crois-moi. Si tu veux, on pourra compter les points quand tu reviendras.

Voici le jean.

En principe, Lena était la prochaine sur la liste, mais on a toutes les deux pensé que tu en aurais besoin pour la première de ton film. Tu n'auras qu'à l'envoyer à Lena quand tu leur en auras mis plein la vue, Tiboudou !

De la part de ton amie qui n'est pas quelqu'un de bien,

Carmen

Avant de partir chez Greta, Bridget se regarda dans le miroir au-dessus de la commode. Elle ne pouvait voir que sa tête et c'était tant mieux. Elle se pencha pour inspecter le sommet de son crâne. Elle avait deux bons centimètres de racines blondes. Et, même sur les longueurs, la teinture commençait à partir, ça faisait des rayures, un peu comme une moufette.

Elle n'aimait plus trop ce châtain tout terne mais, pour ne pas risquer d'être reconnue, elle sortit une casquette de base-ball d'une pile de vieux machins et l'enfonça sur son crâne. Parfait. Niveau esthétique, ce n'était pas terrible, mais bon. « Si Carmen me voyait », pensa-t-elle en quittant sa chambre.

Le grenier commençait à prendre forme. Bridget avait trié et rangé les tonnes de livres, magazines et vieux vêtements qui étaient entassés là. Et, mis à part les deux derniers cartons de Marly, elle avait tout descendu à la cave. Maintenant qu'il y avait moins de bazar, elle découvrait l'allure de la pièce. C'était un grenier mansardé tout ce qu'il y a de plus classique, pas très grand mais plein de charme. Au milieu, le plafond était assez haut, puis le toit descendait jusqu'à environ un mètre du sol sur les côtés. Il y avait trois fenêtres dans chaque mur, ce qui donnait une luminosité très agréable.

« Ça aurait bien besoin d'être repeint », pensa Bridget en regardant autour d'elle.

Mais d'abord, elle voulait vider les derniers cartons de sa mère. D'autant qu'elle se doutait que c'était là que son père entrait en scène. Elle retrouva deux devoirs que Marly avait rédigés pour son cours (un A – et un B + ; sur la deuxième copie, il avait écrit : « De très bonnes idées, à développer »). Il y avait encore des tas de photos d'elle, belle et heureuse, entourée de ses amis de fac, mais pas une où on la voyait dans son lit. Ni à l'institut Beau Vallon.

Ensuite, elle arriva aux photos de mariage, prises pour la plupart sur les marches de l'église baptiste de la ville. Bridget les étudia attentivement, y décelant un petit air de clandestinité. Son père avait l'air fou amoureux, mais il avait tendance à se tenir un peu à l'écart, tout raide et guindé. Il n'y avait personne de sa famille. Ni collègues, ni amis non plus visiblement. C'était un mariage, certes, mais pas le genre de mariage qu'on aurait espéré pour Marly Randolph, une fille qui aurait pu devenir Miss Alabama si elle l'avait voulu.

Bridget était à peu près certaine que sa mère n'était pas enceinte à l'époque, mais elle avait tout de même d'une certaine manière déshonoré son fiancé. Elle l'avait fait descendre de son piédestal de professeur. Son père avait tout sacrifié pour l'épouser... et peut-être que, finalement, Marly n'en avait conçu que du mépris en retour. Pour elle, le professeur Vreeland ne présentait d'intérêt que tant qu'il restait inaccessible.

La robe de mariée était tout au fond du carton. Bridget la sortit, sentant brusquement le sang affluer à sa tête. Elle était tellement froissée et fanée qu'on avait du mal à imaginer qu'elle avait pu être belle un jour. Bridget y enfouit son visage, espérant retrouver l'odeur de sa mère.

Bon, maintenant, elle pouvait redescendre. Elle enfonça sa casquette de base-ball sur son crâne (bon sang, qu'elle avait chaud là-dessous!). Greta devait être en train de préparer le déjeuner, comme chaque jour. C'était rassurant.

— Tiens, tu as fini plus tôt aujourd'hui? Tant mieux, lança-t-elle en la voyant arriver.

Bridget se laissa tomber sur une chaise de la cuisine.

— Je vais commencer la peinture demain, si vous êtes d'accord.

— Tu veux repeindre le grenier ? Toute seule ? Tu as déjà fait ça ?

Elle secoua la tête.

— Non, mais je vais me débrouiller. Ne vous inquiétez pas. Ça ne doit pas être si difficile que ça.

Greta lui sourit.

— Tu es courageuse, ma grande. C'est bien.

Tout naturellement, Bridget allait répondre : « Merci, Grand-Mère. » Ouh là !

Souriant intérieurement, elle la regarda préparer le repas. Le menu avait évolué au cours de l'été. Maintenant, il y avait tous les jours des carottes râpées et parfois du fromage ou de la dinde à la place de l'habituel pâté. Bridget savait que Greta l'avait observée, notant au fur et à mesure ses goûts et ses préférences. Mais, même si le menu variait, le déjeuner était toujours servi à la même heure, dans les mêmes assiettes, avec les mêmes serviettes en papier jaunes. C'était déjà comme ça autrefois, elle s'en souvenait. C'était ainsi depuis longtemps dans cette maison.

— Ma fille a eu deux enfants, je te l'avais dit ? demanda Greta alors que Bridget finissait son sandwich.

Elle eut du mal à avaler sa dernière bouchée.

— Vous m'avez déjà parlé de votre petite-fille.

— Mm... Marly a eu une fille et un garçon. Des jumeaux.

Plutôt que de feindre la surprise, Bridget se concentra sur un fil qui dépassait de l'ourlet de son short.

— Ils ont dû les avoir environ deux ans et demi après leur mariage.

Elle acquiesça sans relever les yeux.

— La grossesse lui allait plutôt bien. Elle était heureuse. Mais par contre lorsqu'ils sont arrivés...

Greta secoua la tête.

— Des jumeaux, tu te rends compte ? Quand il y en avait un qui avait faim, l'autre voulait dormir. Quand l'un voulait aller dehors, l'autre voulait rester à l'intérieur. J'ai vécu chez eux pendant les six premiers mois.

Bridget releva enfin les yeux.

— C'est vrai ?

— Mm...

Greta avait l'air pensive.

— Mais, en y repensant, je me dis que j'aurais dû lui montrer comment s'y prendre, au lieu de tout faire à sa place. Quand je suis partie, elle était complètement débordée.

Peu importe si ça avait mal tourné après, Bridget se disait que ses six premiers mois sur terre avaient dû bien se passer si sa grand-mère était là.

— J'adorais ces enfants, dit-elle, les larmes aux

yeux («Pourvu que ce ne soit pas contagieux», pensa Bridget). Cette petite, je peux te dire qu'en venant au monde elle avait déjà un sacré caractère.

La petite en question était vaguement mal à l'aise d'être là, à écouter sa grand-mère parler d'elle comme ça. Mais c'était tellement bon.

— Elle était adorable, jolie à mourir, fit Greta.

Elle marqua une petite pause, regrettant visiblement ses mots, puis reprit :

— Elle était pleine d'entrain. Têtue, et très indépendante. Quand elle voulait vraiment réussir quelque chose, elle y arrivait du premier coup. Ah, mon Dieu, son grand-père en était fou. Pour lui, c'était le centre du monde.

Bridget se contentait d'écouter, sans hocher la tête ni même lever les yeux. C'était ce qu'elle voulait, c'était pour cela qu'elle était venue : pour recueillir des informations, tout en gardant un certain recul. Sauf qu'elle n'avait plus vraiment de recul, maintenant.

— Ça devait être dur pour son frère, parfois. Il était plus calme, plus craintif. Il restait toujours en retrait alors que Bee occupait le devant de la scène.

Bridget tressaillit en entendant son nom. Elle était triste pour Perry. Elle savait que c'était vrai et que ça n'avait pas changé depuis.

Greta consulta la pendule de la cuisine.

— Oh, là, là ! Je parle, je parle et l'heure tourne. Tu veux sûrement te remettre au travail, non ?

Pas du tout. Bridget aurait aimé rester là à l'écouter, mais elle se força à se relever.

— Ouh là, oui! Il se fait tard.

Elle s'arrêta dans l'encadrement de la porte. Elle n'avait pas envie de remonter tout de suite.

— Je ferais bien d'aller acheter de la peinture, décida-t-elle.

Le regard de Greta s'éclaira.

— Bonne idée! Je peux te conduire au supermarché, si tu veux.

— Impecc, répondit Bridget.

Tibby déplia le petit mot qu'elle avait trouvé dans sa case courrier. Il l'informait qu'elle avait reçu deux colis, qui l'attendaient chez la déléguée des étudiants. La perspective de rendre visite à Vanessa, avec toutes ses peluches et ses grains de beauté, ne l'enchantait guère. Surtout après ce que Cora lui avait dit : d'après elle, la chambre de la déléguée était le temple du mauvais goût. En même temps, Tibby était intriguée; une curiosité toute professionnelle de réalisatrice la poussait à aller voir ce qu'il en était.

— Entrez! répondit Vanessa lorsque Tibby frappa à la porte.

Elle l'ouvrit lentement. La déléguée des étudiants se leva de son bureau pour venir l'accueillir.

— Bonjour… euh, Tibby, c'est bien ça? Tu es venue chercher tes paquets?

— Oui, c'est ça, répondit-elle en essayant de regarder dans la chambre.

Vanessa dut le sentir.

— Tu veux entrer ? lui proposa-t-elle poliment.

Elle portait un T-shirt au nom de l'université et un jean de vieille dame qui lui remontait presque sous les bras. En la suivant à l'intérieur, Tibby ne put s'empêcher de se demander pourquoi elle avait postulé pour être déléguée des étudiants, alors qu'elle n'était visiblement pas à l'aise avec les gens.

Pendant que Vanessa cherchait les colis, Tibby en profita pour jeter un coup d'œil autour d'elle. Comme il faisait assez sombre, elle avait du mal à distinguer nettement le décor. Il y avait effectivement beaucoup de peluches. Partout, sur les étagères et sur le lit. Mais en les examinant plus attentivement, Tibby s'aperçut qu'il n'y avait ni nounours gnangnan ni petit lapin rose. D'ailleurs, c'était la première fois qu'elle voyait des peluches de ce genre. Elle s'approcha d'un tatou niché dans la bibliothèque.

— Je peux le regarder ?

— Oui, oui, bien sûr, répondit Vanessa.

— Dis donc, quel boulot ! s'exclama Tibby en découvrant le patchwork de fourrure qui formait la carapace.

— Mm... ça m'a pris un temps infini.

Tibby se retourna vers elle, incrédule.

— C'est toi qui l'as fait ?

Vanessa hocha la tête. Rouge cerise, elle lui tendit ses paquets.

Tibby les prit sans même y jeter un œil et les posa sur le lit.

– C'est toi qui as fabriqué toutes ces peluches ?
Re-hochement de tête.

Elle n'en croyait pas ses yeux : il y avait des toucans multicolores, des koalas et même un paresseux accroché à la porte du placard.

– Tu n'as pas pu faire tout ça toi-même, souffla-t-elle. C'est impossible.

Re-re-hochement de tête.

– C'est vrai ?

Cette fois, Vanessa haussa les épaules. Elle essayait de voir si Tibby était réellement impressionnée ou si elle la prenait pour une folle.

– C'est… c'est incroyable, fit Tibby, sincère. Enfin, je veux dire, c'est super. Elles sont vraiment magnifiques !

Vanessa sourit, mais elle gardait toujours les bras croisés sur la poitrine, comme pour se protéger.

Tibby prit une superbe grenouille jaune avec des points noirs. Elle s'entendit dire sans réfléchir :

– Oh, celle-là, elle plairait à mon petit frère. Je suis sûre qu'il adorerait !

Vanessa décroisa les bras et laissa échapper un petit rire.

– Tu crois ? Il a quel âge ?

— Bientôt trois ans et demi, répondit Tibby qui commençait à se rappeler pourquoi elle était là.

Elle reposa le tatou et la grenouille à leurs places avant de reprendre ses paquets.

— Merci beaucoup, fit-elle en regagnant la porte.

Elle avait un drôle de nœud à l'estomac.

— Oh, y a pas de quoi, répliqua Vanessa.

Les compliments de Tibby l'avaient transformée.

— Euh… Tibby?

Elle tourna la tête.

— Oui?

— Désolée, je ne suis même pas passée dans ta chambre ni rien… Tu sais, je ne suis pas vraiment la déléguée idéale.

Tibby se retourna face à elle.

En la voyant, aussi sincère et réaliste, dans son T-shirt aux couleurs de la fac, Tibby eut brusquement envie de pleurer. Elle ne pouvait pas la laisser penser que c'était une mauvaise déléguée, même si c'était vrai.

— Mais non, pas du tout. Je t'assure, tu es parfaite, mentit-elle. Si j'ai le moindre problème, je sais à qui m'adresser, ajouta-t-elle, d'un ton pas vraiment convaincu.

Elle vit tout de suite que Vanessa ne la croyait pas mais qu'elle appréciait le geste.

— C'est normal, c'est mon rôle d'aider les étudiants, expliqua-t-elle.

— Tes peluches sont vraiment super, tu sais, répéta Tibby avant de sortir de la chambre.

Une fois dans le couloir, Tibby sentit un affreux vide au creux de sa poitrine en repensant à toutes les mauvaises blagues et les remarques perfides que Cora avait faites sur les peluches de Vanessa. Cora la grande artiste qui n'arrivait même pas à finir son script alors que Vanessa la pauvre idiote avait réussi à créer tout un monde avec des bouts de tissu. Et c'était Cora que Tibby voulait absolument avoir comme amie ?

Ce n'est qu'en arrivant dans sa chambre qu'elle se souvint qu'elle avait deux paquets sous le bras. Dans le premier, il y avait le jean magique. Mais Tibby avait tellement honte d'elle-même qu'elle n'osa pas le déplier. Le second venait de chez elle et contenait des brownies emballés dans du papier alu et trois dessins. Un gribouillage signé Katherine. Un gribouillage signé Nicky. Et un autoportrait enfantin que sa mère avait dessiné aux crayons de couleur. Elle s'était fait une larme bleue sur la joue et avait écrit au-dessus : « Tu nous manques ! »

« À moi aussi », pensa Tibby. Ses lèvres tremblèrent alors que sur sa joue roulait une larme pareille à celle du dessin.

Un jour, Paul avait expliqué à Carmen qu'on pouvait distinguer un alcoolique d'un grand buveur au fait que le buveur pouvait décider d'arrêter de boire alors que l'alcoolique en était incapable.

Carmen était alcoolique. Mais son alcool était la colère. C'était son mode d'autodestruction à elle. Elle ne pouvait pas s'arrêter.

Hier, la colère qui l'avait emportée était si forte qu'elle avait failli s'y noyer. Et ce matin, elle s'était réveillée avec la gueule de bois, trempée de sueur et de remords. De son lit, elle écoutait sa mère préparer le café, comme tous les dimanches matin. Elle l'entendit sortir de l'appartement et refermer tout doucement la porte. Elle était partie acheter le *New York Times*. Comme tous les dimanches matin.

Quelques minutes plus tard, le téléphone sonna. Carmen tituba jusqu'à la cuisine, en T-shirt et culotte. Mais le répondeur avait déjà pris la communication. Carmen avait la main sur le combiné lorsqu'elle entendit le début du message.

– Tina... décroche si tu es là...

Carmen s'écarta vivement du téléphone.

– Tina ?... Bon, tu n'es pas là. Eh bien, je voulais passer te prendre à une heure pour aller chez Mike et Kim. Et ensuite, on pourrait pousser jusqu'à Great Falls pour faire une petite balade. Appelle-moi si tu n'as rien de prévu aujourd'hui, OK ? Rappelle-moi quand tu rentres.

David s'interrompit. Il toussota puis reprit un ton plus bas :

— Je t'aime. J'ai beaucoup aimé hier soir. Je pense à toi tout le temps, Tina.

Il se mit à rire. Un petit rire d'autodérision.

— Ça faisait quelques heures que je ne te l'avais pas dit. Voilà.

Il s'éclaircit la gorge.

— Bon, rappelle-moi. Bye.

Carmen sentit un trou noir grandir dans sa poitrine, aspirant ses dernières bribes de bonne volonté pour laisser place à la haine et à la peur. Ce message était tellement plein de menaces et de dangers potentiels que ses démons ne savaient plus où donner de la tête.

Mike et Kim? Un couple d'amis. Un couple d'amis pour un gentil petit couple. Sa mère n'avait jamais eu de couple d'amis auparavant. Comme amies, elle avait sa sœur, sa cousine, sa mère et une ou deux autres mères célibataires. Et surtout Carmen.

Carmen n'avait jamais considéré la vie que sa mère menait jusqu'à présent comme un lot de consolation. Mais, soudain, ça sautait aux yeux. Maintenant qu'elle avait un petit ami et des couples d'amis. Elle avait décroché le gros lot.

Carmen avait toujours pensé que sa mère menait la vie qu'elle avait choisie. La vie qu'elle désirait. Alors qu'en fait elle rêvait d'autre chose. Elle n'était pas satisfaite. Elle se contentait de Carmen faute de mieux.

« Moi qui croyais qu'on était heureuses, toutes les deux. »

Si elle avait eu des frères et sœurs ou un père plus présent, ça n'aurait peut-être pas été si grave. Un pacte tacite unissait Carmen et sa mère. Motivé par l'amour et le respect, bien entendu, mais aussi par la peur secrète de la solitude. Carmen rentrait toujours dîner à la maison. Comme si c'était son choix alors qu'en réalité c'était parce qu'elle n'aimait pas que sa mère mange seule. Qu'est-ce qui liait Christina à Carmen ? L'amour ? Le devoir ? Ou le fait de ne pas avoir mieux ?

Carmen avait ses amies. Elle savait qu'elle pouvait compter sur elles, mais elle n'oubliait jamais qu'elles avaient de vrais frères et sœurs. Elle se disait que, en cas d'incendie, elles devraient les sauver d'abord. La personne qui devrait la sauver, elle, c'était sa mère. Et vice versa. Elles pouvaient toujours faire comme si elles étaient très entourées, elles savaient très bien toutes les deux qu'elles n'avaient qu'elles.

Carmen repensa à ce soir de juin, environ un mois auparavant, où tout avait commencé. Le premier soir où elle était sortie avec Porter. Carmen avait voulu bluffer et s'était retrouvée prise à son propre piège. L'arroseur arrosé. Elle avait fait semblant de vouloir rompre un pacte dont elle ignorait jusque-là l'existence et qu'elle n'avait jamais eu l'intention de rompre.

Elle n'aimait pas le changement et elle détestait les séparations. Elle était du genre à conserver les bouquets de fleurs jusqu'à ce qu'ils soient complètement fanés, desséchés et qu'il y ait un dépôt vert dans le vase.

Et aujourd'hui elle aurait voulu crier : « Je ne veux pas de petit ami. Je veux que tout redevienne comme avant. »

Penchée sur le répondeur qui clignotait comme un fou, Carmen appuya sur le bouton «play». Maintenant que l'émotion de l'entendre en direct était retombée, la voix de David l'horripilait encore plus. Avait-il oublié que «Tina» vivait avec sa fille? Que ça ne se faisait pas de laisser comme ça un message pratiquement classé X? Pas de doute : il se souciait tellement peu d'elle qu'il avait oublié jusqu'à son existence. Et si ça se trouve, sa mère aussi!

Elle retourna dans sa chambre en courant et se jeta sur son lit défait. Le téléphone sonna à nouveau. Cette fois, elle ne bougea pas. Clic... le répondeur avait décroché.

— Euh... Christina? C'est M. Brattle. Je suis au bureau aujourd'hui et j'avais une petite question à vous poser. Pourriez-vous me rappeler?

Long silence suivi d'un bip.

Quelques minutes plus tard, Christina était de retour. Elle appuya sur le bouton du répondeur. Carmen entendit le message de M. Brattle.

Et c'est tout. Son cœur accéléra. Elle aurait

pu prévenir sa mère. Lui dire qu'il y en avait un autre.

Mais elle se rendormit.

Et fit un rêve on ne peut plus clair. Leur appartement était en feu : n'écoutant que son courage, David sauvait Christina, et Carmen finissait carbonisée.

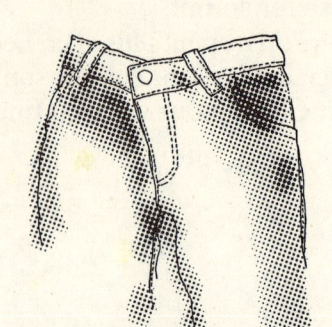

Les centaures aussi étaient invités. Bien qu'indomptables et sauvages, ils faisaient néanmoins partie de la famille.

Les Mythes grecs
par D'Aulaires

Le dimanche après-midi, Tibby enfila le jean avant de se rendre à l'auditorium, dans le bâtiment des arts. Brian n'était pas là et c'était tant mieux. Elle avait prévu de sortir avec Cora et Alex après la projection et elle n'avait pas la moindre envie de l'inviter.

Elle avait vraiment vraiment de la chance d'avoir le jean magique pour la première projection publique d'un de ses films. Si tout marchait comme elle le voulait dans sa vie, il s'agissait de la première d'une longue liste. Elle se regarda dans le miroir en pied, admirant sa silhouette, sans trop s'attarder sur les inscriptions. C'était bizarre, mais même ses cheveux paraissaient plus beaux lorsqu'elle portait le jean. Même ses seins paraissaient plus gros… enfin, au moins, ils n'étaient pas carrément inexistants.

Les battements de son cœur s'accélérèrent lorsqu'elle entra dans l'auditorium bondé. La plupart des élèves étaient entourés de leurs parents. Tibby réserva trois sièges dans le fond. Quand elle vit arriver Cora et Alex, elle leur fit signe. Comme elle avait un peu mauvaise conscience de ne pas avoir gardé de place pour Brian, elle resta ensuite tête baissée. Il ne la verrait peut-être pas…

Après un petit discours d'introduction de M. Graves, le directeur du stage, la projection commença. Parmi les six premiers films, il y avait deux petits portraits de famille, une longue interview de la grand-mère de l'un des réalisateurs, un film d'aventure soi-disant tourné en pleine nature mais où l'on reconnaissait clairement le campus, et une histoire à l'eau de rose.

Alex ne tenait pas en place. Il fit de petits commentaires acides tout le long de la projection. Au début, Tibby riait mais, lorsqu'elle remarqua que Cora riait aussi de l'autre côté, elle s'arrêta net. Elle venait de réaliser que Cora n'était qu'une suiveuse. Malgré ses cheveux rasés, elle n'avait aucune personnalité. Et Tibby était en train de devenir comme elle.

Les lumières se rallumèrent. Tibby savait que son film devait passer dans la deuxième des trois séries.

— Tib-by !

Quelqu'un l'appelait en chuchotant.

Elle regarda autour d'elle, paniquée.

— Tib-by !

La voix venait de la rangée du milieu, sur la gauche de la salle. Cette voix… ça ne pouvait être que sa mère !

Tibby reçut comme un coup dans la poitrine qui lui coupa la respiration.

Sa mère lui faisait de grands signes, un large sourire aux lèvres. Elle avait l'air toute contente d'être là, toute contente de lui faire la surprise.

Et quelle surprise ! Tibby se força à sourire. Elle agita la main.

– C'est ma…, commença-t-elle mollement.

Mais elle laissa sa phrase en suspens. Elle resta plantée là, à se dire qu'elle aurait dû aller la rejoindre, tandis que les lumières diminuaient pour annoncer la reprise de la projection.

Juste à ce moment, ses yeux tombèrent sur Brian, qui était assis sur la droite. En fait, elle se trouvait à peu près à égale distance de lui et de sa mère. Il semblait l'avoir repérée depuis le début. Savait-il aussi que sa mère était là ?

Elle lui avait dit que ce n'était pas grave si elle voyait le film, que ça lui était égal. Mais vu le nœud qu'elle avait à l'estomac, cela ne lui était peut-être pas si égal que ça finalement.

Sa mère était venue pour lui faire une gentille surprise. Le cœur serré, Tibby attendait maintenant la surprise qui allait apparaître sur l'écran.

Il y eut deux films avant le sien, mais elle les regarda sans les voir.

Puis arriva son tour. Cela commençait doucement, avec un gros plan sur une innocente sucette rouge. Puis la musique accélérait et la sucette prenait une allure diabolique. Le plan s'élargissait, révélant qu'elle était collée à des cheveux châtains bien peignés. Le public explosa de rire, exactement comme l'avait espéré Tibby. Mais, maintenant, les éclats de rire la blessaient comme une pluie d'éclats de verre.

L'un après l'autre, les gags faisaient réagir le public comme n'importe quel réalisateur en aurait rêvé. Le rire devint carrément hystérique quand la caméra suivit un élégant escarpin affublé d'une couche-culotte à travers toute la maison.

Tibby n'osa pas tourner la tête en direction de sa mère jusqu'à ce que son film soit terminé, et qu'un autre soit projeté qui, espérait-elle, lui changerait les idées. Elle se sentait minable de fixer l'écran lâchement, comme ça.

De toute façon, c'était peine perdue, car elle n'avait pas pensé à se boucher les oreilles. Elle entendit renifler sur sa gauche. Non, non, elle avait dû rêver.

Elle aurait voulu pouvoir se téléporter à l'autre bout de la planète.

Elle tourna légèrement la tête vers la gauche mais pas complètement. Elle voulait voir sa mère mais elle était incapable de la regarder en face, même dans le noir. Au prix de terribles contorsions oculaires, elle parvint à distinguer sa silhouette du coin de l'œil. Elle avait la tête baissée.

Tibby enfouit son visage dans ses mains. Qu'avait-elle donc fait?

Alex ricanait toujours. Mais Tibby n'était plus là. Elle était perdue, ailleurs. Elle ne releva pas les yeux jusqu'à ce que les lumières se rallument et que la moitié des spectateurs aient quitté la salle.

– Tibby?

C'était Alex.

– Oui?

– Tu viens?

Elle leva les yeux vers lui, mais sans le voir

Elle se tourna alors vers la droite. Brian était au bout de la rangée. Il l'attendait.

Lorsqu'elle se tourna vers la gauche, elle vit que sa mère était partie.

Christina ne s'éloignait jamais de plus d'un mètre cinquante du téléphone. Elle l'emportait même avec elle aux toilettes. Elle attendit deux heures de l'après-midi pour ravaler sa fierté et demander à Carmen si quelqu'un avait appelé pendant qu'elle était sortie acheter le journal le matin.

Carmen haussa les épaules, évitant de croiser son regard.

– Oui, j'ai laissé le répondeur prendre le message, répondit-elle.

Et elle ne mentait pas.

– C'était M. Brattle?

Nouveau haussement d'épaules.

Christina hocha la tête. Le dernier espoir auquel elle se raccrochait venait de s'envoler en fumée.

C'était tellement pathétique que Carmen sentit de nouveau la colère la prendre au ventre.

— Pourquoi, tu attends un appel ? demanda-t-elle.

Sa mère détourna la tête.

— Eh bien... je pensais que David...

Sa voix était tellement faible que sa phrase s'étouffa d'elle-même.

Carmen sentait des répliques plus méchantes les unes que les autres lui monter aux lèvres. Son bon génie lui dit qu'elle ferait mieux de retourner s'enfermer dans sa chambre. Mais, au lieu de l'écouter, elle ouvrit la bouche.

— Parce que maintenant tu ne peux plus passer une journée sans lui, alors ?

Christina rosit brusquement.

— Mais si enfin, c'est juste que...

— C'est lamentable d'être accrochée à un mec, comme ça. De passer la journée à côté du téléphone à attendre qu'il t'appelle. Bel exemple pour ta fille !

— Carmen, ce n'est pas vrai. Je ne suis pas...

— Si ! hurla Carmen.

Il lui avait suffi de tremper ses lèvres dans ce verre si tentant pour ne plus pouvoir s'arrêter.

— Tu sors tous les soirs. Tu t'habilles comme

une ado attardée. Tu m'empruntes mes vêtements. Vous vous pelotez devant tout le monde au restaurant! C'est la honte! Tu te ridiculises complètement, tu en as conscience?

Jusque-là, le bonheur de Christina l'avait plongée dans un tel état d'allégresse qu'elle avait encaissé ses colères avec patience et compréhension. Mais Carmen voyait bien qu'elle redescendait sur terre et rien ne pouvait lui faire plus plaisir.

Ses joues n'étaient plus d'un joli rose, elles étaient pleines de plaques rouge vif. Elle avait les lèvres serrées.

– C'est vraiment méchant de dire ça, Carmen. Et en plus, c'est faux.

– Si, c'est vrai! Melanie Foster vous a vus vous peloter au Ruby Grill! Elle l'a raconté à tout le lycée. Mets-toi à ma place!

– Non, on ne se «pelotait» pas, répliqua sèchement Christina.

– Si! Tu crois que je ne sais pas que tu couches avec lui? Il me semblait avoir entendu à l'église qu'on devait être mariés pour faire ça. Ce n'est pas ce que tu m'as toujours dit, hein?

Carmen avait parlé sans savoir mais l'air blessé de sa mère lui confirma qu'elle avait visé juste. Elle avait lancé une bombe H sans s'être préparée aux conséquences. Elle la dévisagea, écœurée. Elle aurait voulu qu'elle démente, mais Christina gardait les yeux rivés au sol en se tordant les mains.

— Je crois que ça ne te regarde absolument pas, siffla-t-elle sauvagement.

— Si, ça me regarde. Tu es censée être ma mère, répondit faiblement Carmen.

Christina était en colère pour deux maintenant.

— Mais je suis toujours ta mère.

Carmen sentit les larmes lui monter aux yeux. Comme elle ne voulait pas se montrer vulnérable devant elle, elle emporta son cœur si lourd dans l'intimité de sa chambre pour pouvoir examiner calmement ce qui lui pesait tant.

— Salut! fit Brian en se faufilant entre les fauteuils pour la rejoindre.

Il avait l'air tout triste. Il la regarda droit dans les yeux, comme pour essayer de comprendre ce qui se passait dans sa tête.

Mais elle se détourna. Elle ne voulait pas le laisser voir quoi que ce soit.

Alors il resta planté là. Il l'attendait, évidemment. Alex et Cora le dévisageaient, se demandant qui pouvait bien être ce ringard avec son T-shirt *Star Wars* et ses grosses lunettes.

Tibby inspira profondément. Elle devait absolument dire quelque chose.

— Euh... voici Brian, annonça-t-elle platement, tout en ayant l'impression que quelqu'un parlait à sa place.

Elle montra Alex du doigt.

— Et lui, c'est Alex.
Elle montra Cora du doigt.
— Et elle, Cora.
Brian n'en avait visiblement rien à faire. Il fixait toujours Tibby de ses grands yeux bruns et sérieux. Elle aurait voulu qu'il s'en aille.
— S'lut, fit Alex en lui tournant le dos. Bon, on y va, Tibby.
Elle hocha mollement la tête avant de suivre Alex et Cora hors de l'auditorium. Elle ne pensait plus. Mais, naturellement, Brian la suivit aussi.
Ils atterrirent dans un restaurant mexicain à une centaine de mètres du campus. Tous les quatre. Alex avait l'air contrarié qu'elle n'ait pas cherché à se débarrasser de Brian. Et Cora levait les yeux au ciel toutes les cinq minutes pour bien montrer que sa présence était indésirable.
Tibby aurait dû leur expliquer que Brian n'était pas un fou dangereux qui faisait une fixette sur elle, mais l'un de ses meilleurs amis, qui non seulement passait sa vie chez elle, mais venait également d'emménager dans sa chambre sur le campus.
Mais elle ne fit rien. Elle n'osait déjà pas regarder Brian, alors prononcer son nom…
Ils s'installèrent au bar, tout gênés. Alex commanda trois bières avec sa fausse carte d'identité. Il se pencha vers Tibby pour trinquer avec elle.

— Bien joué, Tomko. Tu m'as volé la vedette !

Tibby savait qu'il voulait la féliciter, pas la faire pleurer.

— C'était génial, confirma Cora.

— Non, intervint Brian, non, ce n'était pas génial du tout parce que sa mère était dans la salle.

Il devait se dire que, si ces gens étaient ses amis, il fallait qu'ils sachent. Il posa sa main sur son bras. Il avait mal pour elle.

Alex vida la moitié de sa bière avant de répliquer :

— Tu n'as pas aimé son film ? C'était trop éclatant, pourtant.

Visiblement, il n'avait rien compris.

Brian secoua la tête.

— Non, ce n'était pas drôle.

Il était honnête, c'était son droit.

Alex plissa les yeux.

— C'est quoi, ton problème, mec ?

— Je m'inquiète pour Tibby, c'est tout.

— Tu t'inquiètes pour Tibby ? Ah ouais ? fit-il avec une ironie presque palpable. T'es un sacré bon pote, alors. Mais, dis, pourquoi tu n'irais pas t'inquiéter pour elle ailleurs ?

Brian la regarda. Il semblait lui dire : «Allez, viens, Tibby. Viens avec moi. On est amis, oui ou non ?»

Mais elle restait là, la bouche ouverte, comme si quelqu'un lui avait sectionné les cordes vocales.

Alex avança d'un pas, l'air menaçant. Il commençait à s'énerver.

— Dans «va-t'en», y a un mot dont le sens t'échappe?

Brian lança un dernier regard suppliant à Tibby puis s'en alla.

Elle sentit les larmes lui monter aux yeux. Que venait-elle encore de faire? Elle passa la main sur sa cuisse. Sous ses doigts, elle sentit le denim usé du jean magique et la broderie qu'elle avait faite à la fin de l'été. Elle baissa les yeux et suivit du bout de son index les contours du cœur en fil rouge. La vue brouillée par les larmes, elle ne pouvait pas déchiffrer les mots qu'elle avait brodés en dessous. Mais elle se revoyait, assise sous la véranda, tirant et poussant l'aiguille de ses doigts maladroits dans la chaleur de l'été indien alors que ses jambes s'engourdissaient. Le résultat de ces heures de travail était un petit cœur tout tordu et quatre mots tremblotants: «En souvenir de Bailey».

Mais ne l'avait-elle pas oubliée? Elle aurait voulu qu'elle soit là, avec elle, juste à cet instant.

Elle porta ses deux mains à ses joues pour se rafraîchir.

Alex continuait à grogner après Brian. Il se tourna vers elle et demanda d'une voix pleine de mépris:

— Dis-moi, Tibby, c'est quoi, ce jean?

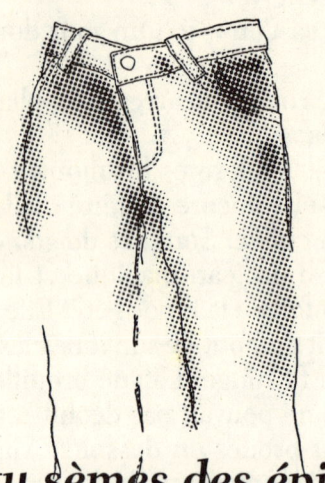

Si tu sèmes des épines, évite de marcher pieds nus.

Proverbe italien

Tibby se dirigeait vers le nord au volant de Duchesse, sa Pontiac bien-aimée. Lorsqu'elle s'arrêta pour prendre de l'essence, elle sortit son répertoire. Si bizarre que cela puisse paraître, elle n'était jamais allée chez Brian, mais elle avait tout de même son adresse. Nicky avait voulu lui envoyer une invitation pour le goûter d'anniversaire de ses trois ans.

Il était presque dix heures et demie quand elle arriva à Bethesda. Brian habitait à moins de un kilomètre de chez elle mais, dans son quartier, les maisons étaient plus petites et plus récentes. Elle tourna en rond un moment avant de trouver la sienne. C'était un bâtiment d'un étage, en briques rouges. Chez elle, les buissons parfaitement taillés et les bacs à fleurs à toutes les fenêtres l'avaient toujours agacée, mais cette façade nue et triste ne lui sembla pas vraiment mieux.

À part la lueur bleuâtre d'un téléviseur, la maison était plongée dans l'obscurité. Tibby frappa un petit coup timide. Il était tard et ces gens ne la connaissaient pas. Elle attendit quelques minutes avant de toquer à nouveau.

Un homme vint ouvrir. Grand, presque chauve. À moitié endormi.

— Ouais ?
— Euh… est-ce que Brian est là ?

Il eut l'air embêté.

— Non.
— Vous savez où il est ?
— Non, on l'a pas vu d'puis plusieurs jours.

Tibby en déduisit que cet homme était son beau-père.

— Peut-être… peut-être que sa mère sait où il est ?

Visiblement, elle abusait de sa patience.

— Non, j'pense pas. De toute façon, elle est pas là non plus.
— OK, fit Tibby. Désolée de vous avoir dérangé.

Elle retourna dans sa voiture et posa sa tête sur le volant. Elle était affreusement triste pour Brian. Une tristesse sans nom.

Elle décida d'aller faire un tour à son ancien repaire, le drugstore de Rogers Boulevard. Il était sur le point de fermer et Brian n'y était pas non plus. Elle poussa jusqu'au petit parc où ils allaient parfois se promener après avoir passé l'après-midi à enchaîner les parties de *Dragon Master*.

C'est là qu'elle le vit, une silhouette sombre assise à une table de pique-nique. Son sac à dos et son duvet étaient posés à côté de lui.

Elle s'approcha un peu plus. Malheureusement, Duchesse était d'humeur bruyante, ce soir. Levant les yeux, Brian aperçut sa voiture. Et il la vit au volant. Il prit ses affaires et s'éloigna.

Tibby ne pouvait pas rentrer chez elle. Elle n'était pas prête à affronter le regard de sa mère. Il était trop tard pour débarquer chez Lena ou Carmen. Et, de toute façon, elle se sentait trop minable pour se présenter devant elles.

Le cœur qu'elle avait brodé sur le jean lui brûlait la peau. Elle se mit à pleurer. Elle ne pouvait pas le porter plus longtemps. Tibby le retira avant de se rendre chez Lena. Pas un bruit. Pas une lumière. Elle plia le pantalon aussi plat que possible pour le glisser dans la boîte à lettres. Puis elle fit demi-tour et retourna à Williamston, avec sa honte pour seul vêtement.

Lena était étendue par terre dans sa chambre, tout occupée à s'apitoyer sur son sort et à maudire le monde entier.

Elle aurait aimé pouvoir peindre. En principe, peindre et dessiner lui permettait de s'ancrer à la réalité. Mais il y a des jours où l'on se sent mal et où l'on a envie d'aller mieux, et d'autres où l'on se sent mal et où l'on ne peut rien faire d'autre que d'aller encore plus mal.

Et de toute façon, il n'y avait rien de beau à peindre en ce monde.

Il faisait une chaleur… la canicule habituelle d'une fin de mois de juillet à Washington. Le père de Lena ne voulait pas faire climatiser la maison pour ne pas renier ses origines grecques. Et sa mère ne voulait pas de ces appareils qu'on installe sur le bord de la fenêtre à cause du bruit. Lena se déshabilla pour se retrouver en soutien-gorge (un balconnet pigeonnant que Carmen lui avait donné – elle les achetait toujours trop petits) et boxer blancs. Elle orienta le ventilateur pour que l'air lui arrive directement dans la figure.

Lena aimait taquiner, énerver et provoquer sa mère mais, en revanche, elle détestait être fâchée avec elle. Elle détestait se disputer avec Tibby. Elle détestait que sa mère, Christina et Alice se disputent. Elle détestait Kostos et sa nouvelle petite amie. Elle détestait Effie pour lui en avoir parlé. (Mais elle aimait sa grand-mère parce qu'elle détestait la nouvelle petite amie de Kostos.)

Lena n'aimait pas les disputes. Elle n'aimait pas qu'on lui crie après ni qu'on lui raccroche au nez. Qu'on l'ignore, passe encore, mais pas plus de trois jours d'affilée.

Lena aimait la stabilité. Aux trois cent sept précédents repas de midi, elle avait mangé le même sandwich pain complet-beurre de cacahuètes. Elle n'était pas pour le changement.

Elle entendit sonner à la porte mais ne bougea pas. Effie n'avait qu'à y aller.

Elle attendit. Comme prévu, Effie descendit ouvrir. Elle adorait les sonneries, que ce soit celle de la porte ou celle du téléphone. C'est alors que Lena l'entendit pousser un petit cri de surprise. Elle tendit l'oreille, essayant de deviner qui cela pouvait bien être. En principe, Effie ne criait pas comme ça en voyant arriver le facteur... mais sait-on jamais. C'était peut-être simplement une de ses amies avec une nouvelle coupe de cheveux, le genre de choses susceptibles de provoquer un cri de souris excitée chez sa sœur.

Lena se concentra sur les bruits venant d'en bas. Elle s'efforçait d'identifier la voix du visiteur mais ce n'était pas évident avec sa sœur qui parlait cinq fois plus fort que tout le monde.

Oh, ils montaient les escaliers. Mais ce n'était pas la cavalcade habituelle annonçant une des amies d'Effie. Les pas étaient plus lourds, plus lents. Un garçon? Sa sœur faisait monter un garçon à l'étage en plein milieu de l'après-midi?

Elle entendit une voix. C'était bien un garçon! Effie allait l'entraîner dans sa chambre pour faire des cochonneries!

Soudain Lena réalisa que les pas n'avaient pas pris la direction de la chambre de sa sœur comme elle s'y attendait. Ils venaient vers elle! Et sa porte était ouverte, en plus! Elle était pour ainsi dire nue, un garçon se dirigeait vers sa chambre et sa porte était ouverte! Enfin, elle ne pouvait pas prévoir. Elle aurait pu compter sur les doigts d'une main le nombre de fois où un représentant du sexe masculin (à part son père, bien sûr) avait gravi ces escaliers. Ses parents étaient très stricts là-dessus.

Lena était pétrifiée, tapie sur le sol. Les pas se rapprochaient. Si elle fonçait fermer la porte, ils la verraient. Si elle restait où elle était, ils la verraient aussi. Si elle se levait pour prendre son peignoir...

– Lena?

En entendant la voix de sa sœur – surexcitée, frôlant même l'hystérie –, elle bondit sur ses pieds.

– Lena!

C'était Effie. Avec un garçon qui ne lui était pas inconnu. Grand, brun, excessivement beau.

Effie plaqua la main sur sa bouche en découvrant ce que sa sœur ne portait pas.

Le garçon, lui, avait l'air plutôt intéressé et amusé. Il ne détourna pas les yeux aussi vite qu'il aurait dû.

Lena avait la cervelle en coton et la gorge serrée par l'émotion. Son cœur fonçait comme une F1 miniature sur un circuit 24. Elle avait chaud, très chaud.

– Kostos, dit-elle dans un murmure.

Puis elle lui claqua la porte au nez.

Bridget connaissait par cœur l'emploi du temps de Greta. Le lundi, soirée loto à l'église. Le mercredi, partie de bridge chez les voisins d'en face. Aujourd'hui, jeudi, c'était le jour des courses au supermarché avec un bon steak bien tendre au menu. Le troisième jeudi du mois, Pervis venait dîner, Greta achetait donc deux steaks. Aujourd'hui, Bridget l'avait accompagnée. Rien que pour profiter de la fraîcheur du rayon boucherie. Elle savait maintenant apprécier les plaisirs simples de la vie.

— Il ressemble à quoi, votre fils ? demanda-t-elle en regardant défiler sous ses yeux les panneaux d'autoroute.

— Pas bavard. Pas très sociable.

— Qu'est-ce qu'il fait à Huntsville ?

— Il travaille comme responsable de gardiennage au centre américain de l'Espace et des Fusées.

Elle ajouta sur le ton de la confidence :

— C'est une manière élégante de dire qu'il est concierge. Il fait briller les parquets.

— Oh.

Elle se souvenait que son oncle Pervis passait tout son temps dans sa chambre à regarder par la fenêtre avec son télescope. Un jour, quand elle était plus grande, il était venu passer la nuit chez eux parce qu'il avait à faire à Washington. C'était la seule fois où il leur avait rendu visite. Il avait installé son télescope, l'avait réglé comme il fallait et l'avait laissée regarder le ciel. Là où Pervis reconnaissait des formes familières, Bridget n'avait vu que le chaos.

— Son père et moi, on avait économisé pour l'envoyer en colonie dans ce centre spatial quand il avait neuf ans. Je crois qu'il n'a jamais voulu en repartir. Il est heureux là-bas.

— Il ne s'est pas marié ?

— Non, il a toujours été très timide avec les filles. Je ne le vois pas marié. Il a des amis avec qui il communique par radio CB, c'est tout. Quand je te disais qu'il n'était pas du genre sociable.

Bridget hocha la tête. Pervis avait réalisé son rêve de travailler au centre spatial, mais il passait la journée les yeux rivés au sol.

Cela lui fit penser à Perry, qui lui ressemblait tant, et pas seulement par le prénom (mis à part la passion pour la CB). Elle avait enfin réussi à l'avoir cinq minutes au téléphone la veille au soir. Il avait posé quelques questions sur Greta, mais il n'avait pas voulu entendre parler de Marly.

Au supermarché, Greta savait exactement où elle voulait aller avec son chariot et ses coupons de réduction. Bridget erra dans les rayons réfrigérés, laissant son esprit vagabonder.

Elle pensait à Perry. À son père. Parfois un drame peut souder une famille. Mais pas la sienne. Son père ne parlait jamais de ce qui était arrivé. Il évitait même soigneusement tous les sujets qui pouvaient l'amener à parler de ce qui était arrivé. Il y avait tant de choses dont ils ne pouvaient pas parler qu'ils avaient fini par arrêter de parler de quoi que ce soit.

Elle s'imagina son père, lorsqu'il n'était pas au lycée, assis dans son bureau, son casque sur les oreilles, toujours branché sur les infos. Il n'écoutait jamais la radio tout haut, même lorsqu'il était seul.

Perry, lui, passait son temps devant son ordinateur. À faire des jeux de rôle sur Internet. Finalement, il communiquait davantage avec de parfaits inconnus qu'avec les gens de son entourage. Bridget oubliait parfois qu'elle vivait sous le même toit que lui... Il lui arrivait même d'oublier qu'elle avait un frère jumeau.

C'était triste. Elle en était consciente. Elle se demandait si elle aurait dû essayer d'être plus proche d'eux, de Perry, de son père. Si elle avait fait plus d'efforts, ils seraient peut-être restés unis, une vraie famille unie sous le même toit. Mais elle les avait laissés s'envoler, bien au-dessus du toit, loin, loin dans la stratosphère, sans rien pour les retenir.

Lena arpentait sa chambre, rouge de honte. Kostos était là. Kostos était là, dans sa maison. Chez elle. Kostos en trois dimensions. Kostos en chair et en os.

Non, c'était impossible. Elle devait être victime d'hallucinations. Mais il ne faisait quand même pas chaud à ce point, si ?

C'était un rêve. Kostos n'était qu'un rêve. Elle sentit ses genoux flageoler de déception. Oh non, elle voulait tellement que ce soit vrai.

Il n'avait pas changé. Il était même encore plus beau.

Il l'avait vue en soutien-gorge. Oh, *mon Dieu* !

Personne au monde à part sa mère, sa sœur et ses trois meilleures amies ne l'avait jamais vue nue. Elle était très pudique. Si, si ! Elle n'osait même pas se déshabiller dans les cabines d'essayage s'il n'y avait pas une vraie porte qui fermait complètement. Et Kostos l'avait vue nue. Deux fois même.

Maintenant, il était en bas. Chez elle. Effie l'avait fait redescendre. Ils étaient dans la cuisine. Enfin, si c'était vrai et que tout cela n'était pas un rêve, ils étaient dans la cuisine.

Il était venu la voir. De si loin ! Pourquoi ?

Mais, minute ! Il avait une petite amie. Qu'est-ce que tout cela signifiait ?

Lena commençait à avoir le tournis à force de tourner en rond dans sa chambre. Elle se força à arrêter et se dirigea d'un pas décidé vers la porte.

« Hé, habille-toi ! »

Ah, ouais.

Le jean magique était posé sur le dossier de sa chaise de bureau, attendant patiemment son heure. Il était peut-être au courant de toute cette histoire... Peut-être savait-il depuis longtemps ce qui allait arriver ? Lena le regarda d'un œil soupçonneux avant de l'enfiler. Qu'est-ce que ce jean avait derrière la tête, hein ? Voulait-il encore une fois lui faire connaître la souffrance avant le bonheur ? « Oh, non, par pitié. »

Elle passa un T-shirt blanc et jeta un coup d'œil dans le miroir. Elle avait la peau luisante de sueur. Les cheveux sales. Et un petit bouton sur le nez. Ouh, là, là !

Si ça se trouve, en la voyant, Kostos s'était dit : « Mon Dieu, c'est bien elle ? J'ai fait tout ce voyage pour ça ? »

Si ça se trouve, il n'était même plus dans la cuisine à l'attendre. Si ça se trouve, il avait pris ses jambes à son cou en se disant : « Waouh ! Les choses évoluent vite en un an ! » Il était probablement déjà à la gare.

Dans un geste de désespoir, Lena décida de se mettre du crayon à lèvres. Il était orange. Et sa main tremblait tellement que ça débordait de partout. C'était affreux. Elle courut dans la salle de bains limiter les dégâts. Elle se lava aussi le reste du visage qui, du coup, brillait beaucoup moins. Elle attacha ses cheveux sales en chignon.

Très bien. S'il trouvait qu'elle était devenue

laide, très bien. Ça voulait dire qu'il n'y avait que le physique qui comptait pour lui, alors tant pis. De toute façon, il avait une autre petite amie !

Lena se regarda dans le miroir, abattue. Mamita trouvait qu'elle était plus belle que cette fille. Mais qu'est-ce qu'elle y connaissait ? Pour elle, il n'y avait pas plus sexy que Sophia Loren. Ouais, Mamita avait beau dire, elle n'était sûrement pas plus jolie que la nouvelle copine de Kostos.

Bon, il fallait qu'elle arrête de s'énerver comme ça. Elle se força à respirer un bon coup. Là...

Du calme. Du caaaaalme.

Si seulement son cerveau voulait bien arrêter de turbiner ! « Tais-toi ! » lui ordonna-t-elle.

Aaaah. Bon, OK.

Kostos était en bas. Elle allait descendre lui dire bonjour. Oui, c'était la chose à faire.

Respire. Voilà. Doucement...

Elle se précipita dans les escaliers, trébucha et se rattrapa de justesse à la rampe avant de les dévaler sur les fesses.

Respire...

Direction la cuisine. Elle entra résolument.

Il était assis à la table. Quand il leva les yeux vers elle, elle le trouva encore plus... encore plus... comme il était avant.

– Salut, fit-il en lui adressant un petit sourire interrogateur.

C'était une idée ou elle tremblait des pieds à la tête ? Et ses pieds nus qui transpiraient ! Elle aurait l'air maligne si elle glissait dans une mare de sueur !

Il la regardait. Elle le regardait. Si seulement le petit ange rose de l'amour pouvait venir lui souffler quoi dire à l'oreille. Allez, un petit effort, Cupidon !

Allez, quoi ! C'était un garçon, elle une fille. Un garçon qui avait une autre petite amie, certes, mais bon. Le destin était censé arranger les choses parfois, non ? Cela aurait été le moment qu'il lui donne un coup de pouce...

Elle restait plantée là. À le regarder.

Même Effie commençait à s'inquiéter pour elle.

— Assieds-toi, lui ordonna-t-elle.

Lena obéit. C'était plus sûr, vu l'état de ses pieds.

Puis sa sœur posa un verre d'eau devant elle. Kostos en avait déjà un. Mais Lena ne se risqua pas à le prendre, elle avait trop peur que sa main tremble.

— Kostos est venu travailler à New York pour un mois, expliqua Effie. C'est génial, hein ?

« Ah, merci, Effie », pensa Lena.

Heureusement que sa sœur était là parfois.

Elle hocha la tête, essayant de traiter dans le même temps l'information qu'elle venait de recevoir. Mais pour l'instant, elle n'osait pas ouvrir la bouche : ses cordes vocales devaient encore être hors service.

— Un ancien copain de fac de mon père a monté une agence de publicité là-bas, précisa-t-il.

Il répondait à Effie, mais en gardant les yeux fixés sur Lena.

— Il m'a proposé de venir faire un stage il y a plusieurs mois. Comme mon grand-père allait mieux, je me suis dit que ça valait le coup d'essayer.

Les pensées se bousculaient dans la tête de Lena. Elle aurait aimé avoir une tête pour chaque pensée. D'abord, le père de Kostos. C'était la première fois qu'il le mentionnait. Et il était tellement courageux, tellement franc à ce sujet que le cœur de Lena se serra.

Ensuite, New York. Pourquoi ne lui en avait-il pas parlé ? Avait-il prévu ce voyage avant leur rupture ? Avait-elle influé sur sa décision, sur son projet ?

— J'ai toujours voulu venir à Washington, poursuivait-il. J'étais abonné au *Smithsonian Magazine*[1].

Il sourit.

— Ma grand-mère pensait que cela me permettrait de rester en contact avec mes racines américaines.

---

[1]. Le Smithsonian, situé à Washington, est l'un des plus grands musées du monde. Il publie un magazine mensuel sur l'art, l'histoire et la science.

Donc, visiblement, il n'était pas venu aux États-Unis pour la voir. C'était décevant. Il n'était pas non plus venu à Washington pour la voir. Mais bon, il était quand même venu dans cette maison pour la voir, non ? Ou alors il avait échoué ici par hasard ? Sa petite amie allait peut-être surgir du placard, qui sait ?

— J'espère que ça ne vous dérange pas que je passe comme ça, à l'improviste ? demanda-t-il. En fait, je loge tout près d'ici.

« Ben, voyons ! » se dit-elle amèrement.

— Je suis désolé de t'avoir... surprise.

En disant cela, il la regarda d'un drôle d'air. D'un air sexy, même, aurait-elle pu penser si elle n'avait pas su que tout était fini...

— Pourquoi ? Tu habites où ? demanda Effie.

— Chez des amis de la famille. Vous savez ce qu'on dit : il y a un Grec dans chaque port. Vous connaissez les Sirtis ?

— Bien sûr, ce sont des amis de nos parents.

— Ils se sont mis en tête de me faire visiter Washington en long, en large et en travers, et de me présenter toutes les familles grecques de la ville et même de l'État entier !

Effie hocha la tête, compatissante.

— Tu es là pour combien de temps ?

— Je repars dimanche.

Lena avait envie de lui lancer une assiette dans la tête. Elle se retenait pour ne pas pleurer. Pourquoi faisait-il comme s'ils ne se connaissaient pas ? Comme s'ils n'étaient même plus amis ? Pourquoi ne l'avait-il pas appelée pour lui dire qu'il venait ? Alors c'était vraiment vrai, il n'en avait plus rien à faire ?

Elle sentait les larmes lui piquer les yeux. Ils s'étaient embrassés. Il lui avait dit qu'il l'aimait. Et, de son côté, elle n'avait jamais ressenti cela pour personne d'autre.

Dans sa tête, elle entendit Carmen et Effie lui rappeler d'une même voix : « Mais tu l'as largué ! »

Et elle avait envie de leur répondre : « Oui, mais ça ne voulait pas dire que je l'autorisais à arrêter de m'aimer. »

Alors elle était si facile à oublier…

Elle aurait voulu courir dans sa chambre chercher toutes ses lettres et les lui jeter à la figure. Et elle aurait crié : « Tu vois ? Ce n'est pas rien, quand même ! »

Kostos se leva.

— Bon, j'y vais. Il faut que j'arrive à la National Gallery avant la fermeture.

Lena réalisa alors qu'elle n'avait pas ouvert la bouche.

— Eh ben, c'est sympa d'être passé, conclut Effie.

Elle lança un regard navré à sa sœur comme pour dire : « Non, mais c'est pas possible d'être nulle à ce point ! »

Les deux filles le raccompagnèrent à la porte.

— À bientôt, fit-il.

Il regardait Lena.

Et elle le regardait aussi, au comble du désespoir. Tout son corps lui envoyait un signal invisible. Ils avaient passé des mois à des milliers de kilomètres de distance, vivant dans l'attente d'une lettre, d'un coup de téléphone ou d'un message, et maintenant qu'il était là, si près qu'elle aurait pu l'embrasser, beau à lui crever le cœur, il allait partir comme ça et ne plus jamais la revoir ?

Il se retourna. Passa la porte. Descendit les marches du perron.

Il partait pour de bon.

Il lui jeta un regard par-dessus son épaule.

Et elle courut le rejoindre. Lui prit la main. Laissa ses larmes couler librement en le suppliant : « Je t'en prie, ne pars pas. »

Non, elle ne pouvait pas faire ça. À la place, elle remonta dans sa chambre pour pleurer.

> *Je t'en prie, donne-moi une deuxième chance.*
>
> Nick Drake

Tibby ne pouvait pas rester une seconde de plus dans cette chambre. Depuis qu'elle était revenue de Washington tard dans la nuit, les vingt-quatre dernières heures avaient été un véritable supplice. Elle détestait cette chambre. Elle détestait tout ce qu'elle y avait fait et pensé. Elle ne pouvait pas se résoudre à se coucher. Elle n'avait aucune envie de se retrouver seule avec ses rêves. La voix de sa conscience avait pris le contrôle de son cerveau. Elle hurlait, tempêtait, l'insultait, refusant de se taire malgré les pires menaces.

En désespoir de cause, Tibby prit sa voiture et retourna à Washington. Elle ne savait même pas où elle voulait aller jusqu'à ce qu'elle décide de s'arrêter chez Géant, le supermarché ouvert vingt-quatre heures sur vingt-quatre de MacArthur Boulevard.

Elle se retrouva donc à minuit tapant à faire la

queue à une caisse avec un pathétique bouquet d'œillets orange à la main. Mais la voix de sa conscience protesta encore. Ces fleurs allaient mourir et, de toute façon, elles n'avaient jamais beaucoup aimé les fleurs, ni l'une ni l'autre. Elle eut une soudaine inspiration. Elle venait de penser à quelque chose qu'elles adoraient toutes les deux.

Tibby fila au rayon céréales et prit une belle boîte jaune pétard de Crunch-Crunch aux fruits rouges.

Elle se gara à l'arrière du cimetière et remonta le sentier qui serpentait entre les petites collines, son sac plastique Géant à la main. Ses chaussures s'enfonçaient dans la terre meuble. C'était désagréable. Elle s'arrêta pour les enlever. Elle préférait marcher pieds nus dans l'herbe.

Ils avaient installé une dalle depuis la dernière fois qu'elle était venue.

Maintenant la tombe de Bailey avait vraiment l'air d'une tombe.

Tibby posa la boîte de céréales sur le marbre gris. Non, ce jaune était trop vif pour un cimetière. Elle l'ouvrit et en sortit le sachet. Là, c'était beaucoup mieux. Elle plia le carton et fourra la boîte vide dans son sac plastique.

Quelque chose la perturbait sur cette tombe. Elle sortit un marqueur de sa poche et écrivit MIMI en toutes toutes petites lettres à l'arrière de la pierre tombale. Comme ça, Bailey n'était plus tout à fait seule là-dedans et Mimi n'était pas oubliée.

Elle s'allongea sur la pelouse. Tant pis si ses vêtements étaient trempés. De petits brins d'herbe collaient à ses pieds nus et mouillés. Elle se retourna pour poser sa joue contre le sol.

– Salut, murmura-t-elle.

Ses larmes pénétraient dans la terre. Elle aurait voulu fondre, couler, disparaître dans le sol avec elles.

« C'est mieux là-haut ? » avait-elle envie de demander.

Comment avait-elle pu tomber si bas ? Jusqu'où était-elle descendue ? La vie qu'elle avait menée depuis la mort de Bailey ne lui semblait qu'un brouillard de souvenirs confus, comme si elle était devenue amnésique.

Elle tendit le bras pour toucher la pierre glacée du bout des doigts.

« Rappelle-moi qui je suis, je ne sais plus. »

La joue collée au sol, elle tendit l'oreille.

– Mais, Lenny, c'est toi qui l'as largué, protesta doucement Bee après avoir écouté patiemment le récit des malheurs de son amie, bien qu'il soit plus de minuit.

– Oui, mais moi, je ne l'ai pas oublié, gémit Lena à l'autre bout du fil.

Bee resta un moment silencieuse.

– Lenny, reprit-elle aussi gentiment que possible, tu as rompu, c'est comme si tu lui avais dit de t'oublier. Tu lui as fait comprendre que tu ne voulais plus être avec lui.

— Mais peut-être que ce n'était pas ce que je pensais, sanglota Lena.

— Mais peut-être que c'est comme ça qu'il l'a compris.

— Il n'était quand même pas obligé de se retrouver une petite amie tout de suite! répliqua-t-elle d'un ton accusateur.

Bee retint un soupir.

— Mais tu l'as largué. Tu m'as même montré la lettre. Il avait tout à fait le droit de se trouver une autre copine après ça. C'est normal...

Sa voix s'adoucit à nouveau.

— ... Je sais que tu es triste et je suis triste pour toi mais essaie de voir les choses de son point de vue.

— Qu'est-ce que je vais faire? demanda Lena.

Il fallait qu'elle fasse quelque chose. Elle ne se supportait plus. Elle ne voyait qu'une solution pour ne plus se sentir si mal : s'assommer en se donnant un coup de classeur d'histoire sur la tête.

Le pire, c'est qu'elle avait rompu avec lui pour ne pas avoir à subir tout ça. Ce désir, cette envie, cette frustration. Pourquoi tout avait si mal tourné?

— Lena?
— Mm.

– Tu es toujours là ?
– Mm.
– Tu sais ce que tu vas faire ?
– Non.
– Réfléchis cinq secondes.

Lena réfléchit. Si. Elle savait ce qu'elle avait à faire. Mais elle ne voulait pas l'admettre parce qu'alors elle serait obligée de le faire.

– Je ne peux pas, avoua-t-elle d'un ton misérable.
– OK.

– Maman ?

Tibby tapota l'épaule de sa mère.

– Maman ?

Alice ouvrit les yeux, complètement perdue. Il était trois heures du matin. Elle se redressa dans son lit.

En voyant le regard désolé de sa fille, elle prit instinctivement son petit visage triste entre ses mains. Elle s'était rappelé à quel point elle l'aimait avant de se souvenir à quel point elle était en colère contre elle.

Tibby la serra maladroitement dans ses bras. Elle pleura sans larmes et sans bruit. « Reprends-moi. Je veux redevenir ta fille. »

Le soir de la dispute, Carmen resta des heures assise dans son lit, dans le noir. À un moment, le bruit d'une conversation étouffée lui parvint de la chambre de sa mère. Christina parlait à David. Carmen avait versé de l'essence tout autour de leur amour tout neuf et ce message effacé était l'allumette qui y avait mis le feu. Prisonnière d'une satisfaction coupable, elle écouta sa mère, mortifiée, à bout de nerfs, rompre avec ce pauvre garçon qui n'y comprenait rien. Même si elle n'entendait pas les mots exacts, elle se représentait tout à fait la scène.

Un peu plus tard, en allant se servir un verre de jus d'orange, elle ne put s'empêcher de glisser un œil dans la chambre de sa mère. Elle détourna vite la tête en voyant son visage inondé de larmes et ses yeux tout gonflés.

Le lendemain, le lundi, sa mère rentra directement du travail et fit rôtir un poulet. Elles mangèrent toutes les deux sans échanger un mot.

Le mardi soir, Christina resta dans sa chambre, prétextant une migraine. Lorsqu'elle voulut se prendre un peu de glace incognito, Carmen constata que l'un des pots d'Häagen-Dazs avait déjà disparu.

Le mercredi, elle passa la soirée chez Tibby mais elle se sentait coupable de laisser sa mère toute seule à la maison. En rentrant, elle entendit les rires enregistrés d'un vieil épisode de *Friends* à travers le mur de sa chambre.

David n'avait pas rappelé et, visiblement, Christina non plus. D'après ce que Carmen pouvait en voir, c'était vraiment fini entre eux.

Elle avait voulu tout gâcher. Et elle avait réussi.

Oh, Bibi !
Tu te rappelles l'été dernier comme j'étais furieuse après mon père et Lydia ? J'étais tellement en colère que j'avais essayé de tout gâcher entre eux, tu te souviens ?
Eh bien, voilà, dans la vie, il y a deux types de personnes : celles qui tirent des leçons de leurs erreurs et les autres. Je te laisse deviner à quelle catégorie j'appartiens.
Je sais que j'ai beau me conduire comme la pire des pestes, tu restes toujours mon amie. J'espère juste que je n'ai pas épuisé toutes mes chances.
Bisous et soupirs,
Carmen

Le samedi, Bridget alla courir un peu avant le match. Elle faisait maintenant plus de six kilomètres par jour. Niveau vitesse, ce n'était pas encore ça, mais bon. Lorsqu'elle arriva sur le terrain, elle était trempée de sueur, mais heureuse. Elle n'arrivait à cette sensation de plénitude qu'en courant.

Elle s'installa dans l'herbe à sa place habituelle. Billy la cherchait des yeux. Il fut visiblement soulagé de la voir. Elle remarqua qu'il ne restait pas trop loin d'elle au début, au cas où elle aurait quelque chose à lui dire. Mais elle se contenta d'agiter la main.

À la fin de la première mi-temps, Burgess perdait un à zéro.

— T'en penses quoi ? demanda Billy en accourant vers elle.

Ça lui plaisait bien, ce nouveau poste de consultante.

— Si tu veux mon avis, ton milieu de terrain est nul.

Billy eut l'air paniqué.
— Tu crois ?
— Ouais !
— Mais pourquoi ?
— S'il ne sait pas passer la balle, il n'a qu'à se mettre au tennis.

Billy la laissa un instant et revint avec le milieu de terrain. Un dénommé Corey. Il le poussa vers Bridget.
— Tiens, écoute-la.
— Corey ?
— Ouais ?
— Il faut que tu fasses des passes. Passe la balle tant que tu peux. Tu te débrouilles pas mal, mais tu ne sais pas tirer !

Corey faillit s'étouffer d'indignation.

L'air grave, Billy confirma :
— Elle a raison.

Au coup de sifflet, Billy entraîna Corey sur le terrain. Et il se mit tout de suite à passer la balle.

C'était un truc que Bridget appréciait chez les garçons. Ils prenaient plutôt bien les critiques.

Burgess remporta le match deux à un, dans un tonnerre d'acclamations. Bridget criait et sifflait avec les autres. Tous les supporters se retrouvèrent pour aller faire la fête ensemble. Corey était tout occupé à embrasser sa petite copine près du poteau de but.

Billy s'approcha de Bridget.

— Tu veux venir avec nous ?

Elle hésita. C'était sympa de lui proposer mais il ne l'avait pas fait d'une manière qui lui donnait envie d'y aller. Il lui avait proposé comme quelqu'un qui lui était reconnaissant. Et ce n'était pas sa reconnaissance qu'elle voulait.

— Non merci. Une autre fois, peut-être, répondit-elle.

Alors qu'elle rentrait à pied, un petit groupe la dépassa. Ils étaient entassés dans une décapotable tandis qu'elle marchait seule sur le bas-côté de la route. Elle savait ce qu'ils devaient penser d'elle mais ça lui était égal. Certaines filles ne pouvaient rien faire seules, pas Bridget. Elle pouvait aller au cinéma, au restaurant et même à des soirées toute seule. Elle préférait rester seule que de traîner avec des gens qu'elle n'aimait pas vraiment.

En passant devant le supermarché, elle acheta quelques bricoles… et surtout un ballon de foot.

Et elle retourna jusqu'au terrain en stop. Il faisait nuit maintenant mais de puissants réverbères éclairaient la pelouse.

Une vague d'émotion la submergea lorsqu'elle sortit le ballon de sa boîte et qu'elle sentit sa bonne odeur de cuir. Elle en avait les larmes aux yeux. Elle le laissa tomber à terre. Un ballon, c'est beau quand c'est neuf et brillant mais plus encore quand c'est plein de terre.

Elle avait arrêté le foot en novembre parce qu'elle ne supportait plus que les gens comptent sur elle. Tout ce qu'elle voulait, c'était dormir. Quand elle croisait un joueur de l'équipe ou un prof de sport dans les couloirs, ils la regardaient comme si elle s'était volontairement amputée des deux jambes.

Mais elle aimait toujours le football. De tout son corps. Ça lui avait tellement manqué, elle avait tellement souffert de ne pas jouer. Elle avait besoin de mouvement. Elle était en manque.

Depuis des mois, elle rêvait de taper dans un ballon. De tirer. Là…

La balle roula doucement. Elle tira. La poussière vola. Son cœur galopait comme un fou. Elle courut après le ballon. Courir, tirer, courir, tirer. Elle se laissa hypnotiser par les hexagones noirs et blancs qui tournoyaient sous ses yeux. Rien que ça, c'était beau. Au diable les matchs, les entraîneurs et les supporters déchaînés. Au diable les sélectionneurs de l'université. Le ballon, c'était tout ce dont elle avait besoin.

– Elle n'est pas sortie de son lit depuis trois jours, expliqua Carmen en sirotant son cappuccino. Je m'en veux tellement. J'aimerais l'aider mais elle ne veut même pas me regarder.

Tibby l'écoutait, mais pas comme Carmen aimait qu'elle l'écoute. Pas de hochement de tête, pas de petits «mm» pour l'encourager à poursuivre. Elle restait là à déchiqueter son croissant sans un mot.

Finalement, elle releva la tête.
– Carma?
– Ouais?
– Tu l'as dit à ta mère ou pas?
Carmen touilla le fond de son gobelet.
– Quoi?
– Tu lui as dit que David avait appelé dimanche?
Carmen se figea. Elle croyait pourtant avoir déjà avoué cette bassesse.
– Non.
– Et… tu crois que tu vas le faire?
– Quoi? Le lui dire?
– Oui.
Carmen fixa le tableau noir où le menu était écrit à la craie, cherchant comment changer de sujet.

Mais Tibby la regardait droit dans les yeux.
– Carmen?

— Mm…

Elle était en train de calculer la différence de prix entre un cappuccino normal, moyen ou grand. C'était fou, ça, pourquoi n'y avait-il pas de petit cappuccino ? Pourtant on lui avait toujours appris que la normalité était toute relative…

— Carma ?

— Mm ?

Tibby avait l'air particulièrement sérieuse. Carmen devait l'écouter.

— Tu devrais le lui dire. Ça n'arrangera pas tout mais, au moins, ça ira mieux.

— Mieux pour qui ?

— Pour elle. Pour toi. Pour toutes les deux, répondit prudemment Tibby.

La réplique fusa avant que Carmen ait eu le temps de la retenir :

— Ah bon, parce que tu es experte en relations mère-fille, maintenant ?

Tibby baissa les yeux vers la pile de miettes qui tout à l'heure formaient un croissant. Son visage se ferma.

— Non. Pas du tout. La preuve.

— Oh, excuse-moi, Tibou, fit aussitôt Carmen en cachant son visage dans ses mains.

Déjà que Tibby n'allait pas bien. Elle était toute pâle, presque translucide sous ses taches de rousseur. Carmen s'en voulait de l'avoir déprimée un peu plus.

– C'est bon, fit Tibby en se levant. Tu as raison, de toute façon.

Elle balaya les miettes de la table.

– Il faut que j'y aille. J'ai dit à ma mère que je passais prendre Nicky à la piscine.

Carmen se leva à son tour. Elle ne voulait pas que leur conversation se termine ainsi.

– Tu vas retourner à Williamston ?

Tibby haussa les épaules.

– Ouais, dans deux-trois jours.

– Tu m'appelles, OK ?

Elle hocha la tête.

– T'es pas en colère après moi ? demanda Carmen d'un ton suppliant.

– Mais non.

Tibby lui sourit. Un petit sourire, mais pas forcé.

– Je te jure.

Carmen sourit aussi, rassurée.

– Mais… Carma ?

– Mm ?

– Tu devrais parler à ta mère.

Carmen retint ses larmes en regardant Tibby pousser la porte et traverser le parking. C'était aussi à cela qu'on reconnaissait une véritable amie, une simple copine se serait contentée de lui dire des trucs gentils.

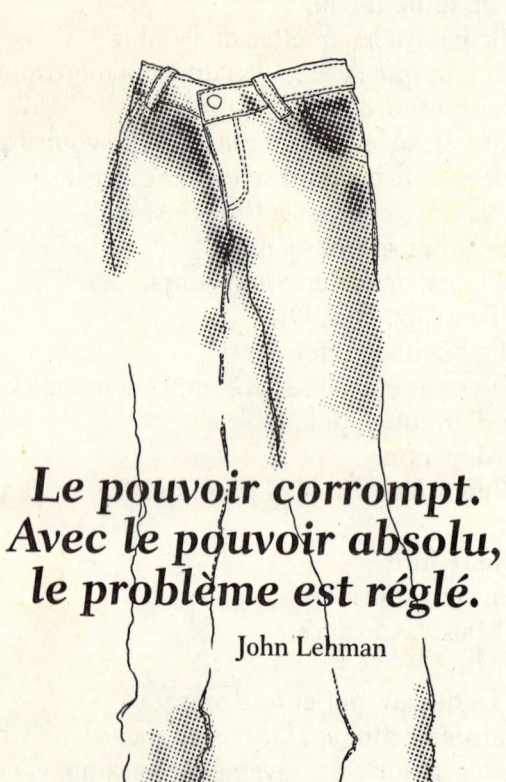

> **Le pouvoir corrompt.
> Avec le pouvoir absolu,
> le problème est réglé.**
>
> John Lehman

Lena n'avait pas assuré. Tibby non plus. Et elle encore moins. C'est ce que se disait Carmen en se dirigeant vers le Burger King de Wisconsin Avenue. La seule à s'en tirer à peu près bien, c'était Bee, qui d'habitude était experte en catastrophes. Un drôle d'été, vraiment.

Comme Carmen ne travaillait pas ce jour-là, elle avait rejoint Lena pour sa pause déjeuner. Elles avaient passé une heure à cuire au soleil sur le parking derrière le magasin. Enfin, Carmen était restée assise à bronzer, pendant que Lena faisait les cent pas en se torturant la cervelle.

Maintenant, elle avait une petite course à faire avant de rentrer à la maison. Poussant la porte du fast-food, elle accueillit avec un frisson de plaisir la vague d'air conditionné glacé. Encore à demi éblouie par le soleil, elle plissa les yeux : qui était cette grande blonde qui faisait la queue là-bas ? Peut-être était-ce le fait de savoir que Kostos était à Washington, mais Carmen n'arrêtait pas de croiser des gens qu'elle croyait connaître. Dans la rue, dans le hall de son immeuble, devant la boutique de Lena.

Elle s'approcha sans quitter la grande blonde des yeux. Elle avait une permanente et portait un short taillé dans un jean. Elle était en train de compter sa monnaie. « Non, impossible », se dit Carmen. Ça ne pouvait pas être elle.

Et pourtant, en commandant ses frites, elle ne pouvait s'empêcher de lui glisser de petits regards de côté. Ça ne pouvait pas être elle, parce que la fille à laquelle pensait Carmen avait les cheveux raides et jamais au grand jamais elle n'aurait porté ce genre de short. Et de toute façon, elle vivait en Caroline du Sud.

Pourtant, elle attendit qu'elle se retourne en retenant son souffle. Elle mettait tant de temps à compter sa monnaie que ça aurait quand même bien pu être elle.

Quand elle se retourna enfin, son regard tomba pile sur Carmen. Son visage se figea, puis s'éclaira instantanément.

– Oh-mon-Dieu, murmura Carmen.

La fille se précipita vers elle, son gobelet à la main et un sac marin sur l'épaule.

– Carmen !

Carmen restait plantée là, pétrifiée. Visiblement, Kostos n'était pas le seul fantôme de l'été dernier à hanter la ville.

– Krista ?

Krista avait l'air toute contente mais un peu intimidée.

– C'est incroyable que je tombe justement sur toi ?

– Qu'est-ce que tu fais là ?

– Je te cherchais.

Elle fouilla dans la poche de son short et en tira un morceau de papier tout froissé.

– J'ai essayé d'appeler chez toi il y a cinq minutes, mais ça ne répondait pas.

Sur le papier, Krista avait noté l'adresse et le numéro de téléphone de Carmen.

– Ah... ah bon ? Et...

Carmen allait dire «pourquoi ?» mais ça n'aurait pas été très poli.

– Tu es avec... des amis ?

Elle était fascinée par ce trait d'eye-liner, ce short, ce petit débardeur rouge... C'était Krista, mais en même temps ce n'était pas elle.

– Non, je suis toute seule.

– Oh, fit Carmen.

La seule chose qui n'avait pas changé et qui persuada Carmen qu'elle se trouvait bien en face de Krista, c'était son collier en or orné de perles.

Carmen paya vite sa portion de frites.

– Tu veux... qu'on s'asseye une minute ? proposa-t-elle en désignant une table.

Même si elle avait changé de look, Krista

n'avait pas oublié ses bonnes manières. Elle resta à attendre derrière sa chaise jusqu'à ce que Carmen se soit assise.

— Euh… ta mère est ici aussi ?

Si Lydia et, par la même occasion, son père étaient venus à Washington sans prévenir Carmen, ça se compliquait.

Krista se rembrunit.

— Non.

Elle s'éclaircit la gorge.

— Je suis venue pour m'éloigner d'elle justement.

Carmen sentit ses sourcils se soulever.

— C'est vrai ? Mais pourquoi ?

Krista regarda autour d'elle, comme si une oreille indiscrète avait pu l'écouter.

— Elle me tape sur les nerfs, voilà !

Carmen était carrément soufflée. Elle n'essaya même pas de le cacher.

— Mais elle est au courant que tu es là ? demanda-t-elle lentement comme si elle parlait à un enfant.

— Non.

Krista avait une lueur de triomphe dans les yeux.

— Krista… Tu vas bien ? demanda Carmen, franchement inquiète maintenant. Tu as l'air… changée.

Elle tripotait l'emballage de sa paille.

— J'ai voulu prendre ma vie en main cette

année, mais ma mère fait à chaque fois des histoires pour un rien.

Carmen hocha la tête bêtement.

— Je me suis souvenue de l'été dernier quand tu t'étais enfuie de chez nous pour revenir ici sans le dire à personne. Ça m'a donné l'idée.

Carmen posa la main sur ses genoux pour s'arracher discrètement toutes les petites peaux autour du pouce.

— Mais, c'est différent. Moi, j'habite ici.

Krista se mordilla la lèvre, une ombre de doute passa dans ses yeux.

— Mm… C'est pour ça que je suis venue ici. J'espérais pouvoir passer quelques jours chez toi ?

Ouh, là, là !

— Tu voudrais venir chez ma mère ? corrigea Carmen.

Krista avait-elle oublié que Christina était l'ex-femme de son beau-père ?

— Mm… Enfin, si ça ne vous dérange pas trop ?

Elle baissa la tête.

— J'aurais dû appeler avant ?

— Non, non, ça va. Ne t'inquiète pas.

Carmen se surprit à lui prendre doucement le poignet.

— Tu peux venir chez nous quelques jours.

Krista lui montra alors son lobe d'oreille. Il était rouge et enflé.

— Je me suis fait percer un deuxième trou. Ma mère était folle ! On s'est disputées et c'est en partie pour ça que je me suis enfuie.

Carmen tâta d'un air absent les deux trous qu'elle avait elle aussi à l'oreille.

— Et tu as prévenu Paul ?

Krista écarquilla ses yeux soulignés d'eyeliner. Elle secoua la tête.

— Personne ne sait que tu es là ?

— Non. Et, s'il te plaît, ne leur dis pas ?

Elle n'avait pas perdu cette habitude agaçante de ne parler que sur le mode interrogatif. Pas très crédible pour une grande rebelle.

Carmen avala sa salive. Elle ne voyait pas comment elle pouvait ne pas le dire à Paul. Elle se leva.

— Bon, on ferait mieux d'y aller.

Elle prit la portion de frites qu'elle avait achetée pour sa mère et fit signe à Krista de la suivre.

Son immeuble n'était qu'à cinq minutes de là. Dans l'ascenseur, elle se demanda comment sa mère allait réagir quand elle allait lui présenter la fille de la nouvelle femme de son ex-mari. Et qu'elle allait ajouter qu'elle risquait de rester quelques jours.

Carmah là là !
Tu sais bien que je te donnerai toujours une autre chance quoi que tu fasses.
Tu as raison, dans la vie, il y a deux catégories

de personnes. Celles qui enferment les gens dans des catégories débiles et les autres.
Ta Bee qui t'aimera toujours contre vents et marées

Lorsque la mère de Bridget était morte, Tibby s'était dit que sa famille aurait peut-être pu l'adopter. Dans sa tête de gamine de onze ans, elle sentait déjà que son père, M. Vreeland, était trop «ailleurs» pour s'occuper de sa fille. Quant à son frère, Perry, il sortait à peine de sa chambre, hypnotisé par ses jeux vidéo. Tibby se rendait bien compte que cette grande maison silencieuse et vide était à l'opposé de Bridget, toujours enthousiaste, toujours en mouvement. Et elle avait de la peine pour elle.

Bien sûr, Lena, Carmen et Bee étaient ses sœurs de cœur. Mais elle aurait voulu en avoir une vraie, une «sœur officielle». Alors, dans sa petite tête de gamine de onze ans, elle avait réfléchi : Carmen vivait seule avec sa mère, et Lena avait déjà une petite sœur. Sa famille était donc la mieux placée pour accueillir Bee. Elle avait même dessiné un plan de sa chambre pour voir comment l'aménager avec deux lits, deux commodes et deux bureaux.

Elle avait poussé son imagination très loin. Grande princesse, elle avait prévu de partager son argent de poche et décidé que Bridget serait dispensée de corvée de vaisselle et de poubelles la première année. Après, elles pourraient faire un roulement. Elle s'était imaginé que ses parents, surtout son père, iraient voir les matchs de foot de Bee pour l'encourager dans les gradins. Elle s'était même demandé si Bee ne se ferait pas appeler Bee Rollins et si, quand les gens les verraient au restaurant avec leurs parents, ils ne penseraient pas qu'elles se ressemblaient.

Quand sa mère était tombée enceinte, l'année de ses quatorze ans, Tibby avait finalement eu sa «vraie sœur». Et même un vrai frère deux ans plus tôt. Dieu avait dû écouter ses prières et les prendre un peu trop au pied de la lettre.

Ce soir-là, Tibby décida d'emporter à Williamston le vieux dessin qu'elle avait fait de sa chambre. Et la première chose qu'elle fit en ouvrant la porte de la 6B4 fut de le coller sur le miroir, au-dessus de la coiffeuse. Elle sourit en voyant le petit rectangle qu'elle avait dessiné pour représenter la cage de Mimi. Elle se souvenait de l'avoir placé à égale distance des deux lits pour que Bee ne soit pas jalouse et qu'elle puisse en profiter elle aussi.

Elle se demanda ce qu'Alex penserait s'il voyait ce dessin. Et si elle lui racontait qu'elle avait eu une véritable passion pour un cochon d'Inde.

Et soudain une autre question lui vint à l'esprit : qu'est-ce que Bailey aurait pensé d'Alex?

Elle le savait bien. Si elle le voulait, elle pouvait voir le monde avec les yeux de Bailey. Elle voyait alors tout beaucoup plus clairement. Bailey aurait tout de suite su qu'Alex se la jouait et elle ne lui aurait pas accordé un seul regard. Il y avait des gens bien plus intéressants qui méritaient son attention, eux.

Cela lui fit penser à Vanessa. Elle défit le reste des affaires qu'elle avait rapportées de chez elle. Ah, voilà ce qu'elle cherchait : un sac en plastique plein de bonbons transparents en forme d'animaux – serpents, singes, salamandres, tortues, poissons. C'était Nicky qui le lui avait donné. Il devait y avoir à peu près une créature gluante et poisseuse pour chacune des méchancetés que Cora avait sorties à propos de Vanessa. Et auxquelles Tibby avait bêtement ri.

Elle ferma le sachet avec un joli bolduc vert qu'elle fit friser avec ses ciseaux. Puis elle y agrafa un petit mot : « Merci à notre super déléguée. » Elle avait écrit en lettres bâtons, anonymes, et sans signer. Elle alla déposer le tout devant la porte de Vanessa, frappa un petit coup et s'éclipsa vite avant qu'elle ne la voie.

C'était un peu nunuche, mais elle préférait être nunuche et gentille que bête et méchante.

– Décroche, Paul ! supplia Carmen, à l'abri de sa porte fermée.

Elle n'aurait certainement pas osé crier

comme ça sur le répondeur si elle l'avait appelé à Charleston, chez Lydia et son père. Mais Paul avait décidé de rester sur le campus de sa fac cet été. Il en profitait pour suivre des cours de rattrapage et jouer au foot.

— Hé, le voisin de chambre de Paul, si tu es là, décroche! Allez!

Pas de réponse. Pourquoi les étudiants ne restaient-ils jamais dans leur chambre, hein?

Elle raccrocha et fila se connecter à Internet.

Hé, Paul, rappelle-moi. Tout de suite!

Elle cliqua sur «envoyer».

Puis elle alla sur la pointe des pieds dans le salon. Krista dormait encore.

La fugue lui réussissait plutôt bien. Quand Carmen s'était enfuie de chez Lydia, l'an dernier, elle avait un sommeil agité, elle se réveillait sans arrêt. Et elle avait tout le temps mal au ventre. Krista au contraire semblait avoir un sacré appétit. Carmen lui avait proposé une des frites qu'elle avait achetées pour sa mère… et Krista les avait toutes mangées. Puis elle s'était écroulée à peine le canapé-lit déplié.

Et elle dormait à poings fermés depuis plus de deux heures.

Carmen avait déjà lu la moitié de son magazine lorsque le téléphone se décida enfin à sonner. Elle se jeta dessus dès la première note.

– Allô ?
– Carmen ?

Même dans les cas d'extrême urgence, Paul s'exprimait avec une certaine lenteur.

– Paul ? *Paul !* chuchota-t-elle. Tu sais qui est couché dans mon canapé-lit en ce moment ?

Silence. Paul n'était pas du genre à aimer les devinettes.

– Non, répondit-il finalement.

Le scoop était trop beau pour le lâcher comme ça, sans faire monter un peu le suspense, mais il ne lui laissait pas le choix.

– Krista !

L'information mit un certain temps à cheminer jusqu'à lui.

– Pourquoi ?

Il n'avait pas l'air tellement surpris.

– Elle ne s'entend plus avec ta mère, apparemment. Elles se sont disputées, je crois. Parce qu'elle s'est fait percer les oreilles ou un truc comme ça.

Carmen marqua une pause.

– Tu... tu as vu ta sœur récemment ?
– En avril.
– Elle a vraiment changé depuis l'été dernier. Tu ne trouves pas ?
– Comment ça ?
– Euh... je ne sais pas... son maquillage, sa coiffure, ses vêtements. Tu vois, quoi...
– Elle essaye de te ressembler.

Carmen en eut le souffle coupé. Elle était même incapable d'émettre le moindre son.

Question révélation, on pouvait faire confiance à Paul. Il ne prononçait qu'un mot quand elle en disait cent, mais chaque syllabe pesait son poids.

Carmen ne savait pas trop comment réagir. Quand elle retrouva l'usage de la parole, elle choisit la défensive :

– Je m'habille comme une pétasse, c'est ce que tu es en train de me dire ?

– Mais non.

Paul était souvent dérouté par la façon dont elle interprétait ses paroles.

– A-ah bon, bafouilla-t-elle.

Mieux valait attaquer par un autre angle.

– Pourquoi voudrait-elle me ressembler, d'après toi ?

– Elle t'admire.

– Noooon ! C'est vrai ?

Carmen avait haussé la voix sans le vouloir. Elle entendit remuer dans le salon.

– Oui.

– Mais pourquoi ?

Elle n'avait pas pu s'empêcher de poser la question. Elle savait pourtant que Paul n'était pas doué pour les compliments.

Il mit un temps infini à répondre :

– Je ne sais pas.

Super. Merci.

— Bon, qu'est-ce que je dois faire alors ? demanda-t-elle tout bas.

Elle entendait des pas dans le couloir. Il fallait qu'elle raccroche. Elle ne voulait pas que Krista sache qu'elle l'avait trahie.

— Je ne peux pas lui dire que je t'ai appelé, s'empressa-t-elle d'ajouter, je lui ai promis de ne prévenir personne !

— Elle n'a qu'à rester un peu chez toi, répondit Paul. Je vais venir.

— Elle s'est réveillée. Il faut que j'y aille. Bye.

Carmen raccrocha juste au moment où Krista frappait à sa porte.

— Coucou, fit-elle doucement.

Avec la marque de la couverture imprimée sur la joue, elle n'avait plus du tout l'air aussi fière qu'à son arrivée.

Carmen eut un brusque élan de tendresse envers elle. Sans doute tout simplement parce qu'elle n'était qu'une grosse truie flattée, avide de compliments.

Parce que, maintenant qu'elle prenait le temps de la regarder, Carmen voyait bien que la nouvelle coiffure frisottée de Krista était une tentative ratée pour lui ressembler. Le problème, c'est que ses cheveux blonds et fins n'avaient rien à voir avec l'épaisse tignasse brune de Carmen. Ils étaient assez beaux au naturel mais ils n'avaient pas supporté la permanente. Krista avait dû couper un de ses jeans pour en faire un short comme celui que Carmen portait l'été dernier. Mais, sur ses grandes pattes de cigogne toutes blanches, l'effet était radicalement différent. Le trait d'eye-liner noir que Carmen se faisait au-dessus de l'œil se fondait dans ses cils bruns alors que, chez Krista, le contraste faisait plutôt junkie.

— Tu permets ? demanda-t-elle, hésitant à pénétrer dans la chambre.

Une junkie très polie.

— Bien sûr, vas-y, entre ! Tu as bien dormi ?

Krista hocha la tête.

— Oui, merci. Pourrais-tu me dire l'heure qu'il est ?

Carmen se tourna vers son radio-réveil.

— Cinq heures et demie. Ma mère va bientôt rentrer.

Krista hocha la tête. Elle avait visiblement du mal à se reconnecter à la réalité après sa sieste.

— Tu crois que ça ne va pas la déranger ?

— Que tu sois là ?

Krista hocha *encore* la tête. Elle ouvrait de grands yeux comme lorsqu'elle entendait Carmen débiter des chapelets de gros mots l'été dernier.

— Non, ne t'en fais pas.

Carmen la conduisit dans la cuisine et leur versa un verre de jus d'orange chacune.

— Et… euh… tu as envie de… de téléphoner à ta mère ?

– J'aimerais mieux pas.

Cette fois, elle secoua la tête.

– Elle doit être furieuse après moi.

– Plus maintenant, si tu veux mon avis. Elle doit sérieusement s'inquiéter à l'heure qu'il est. Tu imagines ? Tu pourrais juste lui passer un coup de fil pour lui dire que tout va bien.

Cela suffit presque à la convaincre. Carmen se souvenait qu'elle était très influençable.

– Peut-être que... je l'appellerai demain ?

Cette fois, c'est Carmen qui hocha la tête. Elle comprenait. Pour marquer le coup, il fallait qu'elle tienne vingt-quatre heures, au moins.

Krista vida son verre en silence.

– Alors tu t'es disputée avec ta mère, c'est ça ? reprit tout doucement Carmen.

– Mm. On se dispute souvent ces derniers temps. Elle dit que je suis vulgaire. Elle déteste tout ce que je porte. Elle ne supporte pas que j'élève la voix.

Krista remit une mèche blonde frisottée derrière son oreille.

Carmen n'en revenait pas de sentir cette colère dans sa voix.

– Elle veut que tout soit parfait dans sa maison. Il ne faut pas dire un mot plus haut que l'autre. Eh bien, moi j'en ai assez d'être parfaite. Et j'en ai assez de me taire.

Carmen savait qu'elle avait semé le trouble dans le petit monde bien rangé de Lydia l'an dernier. Elle avait distillé son poison, mais sans se douter que Krista l'absorbait.

– Je te comprends, fit-elle.

Krista caressa le bord de son verre du bout du doigt. Elle avait visiblement envie de se confier.

– Si je suis comme elle le veut, je suis invisible. Mais si je suis comme moi je veux, elle me trouve impossible.

Elle scruta le visage de Carmen, y cherchant une réponse.

– Tu ferais quoi, toi ?

Carmen se retrouvait bien malgré elle dans le rôle de conseillère, lourde responsabilité.

Qu'est-ce qu'elle ferait ? Qu'est-ce qu'elle ferait, elle, Carmen ?

Elle pleurnicherait, elle râlerait, elle grognerait. Elle jetterait une pierre dans la vitre. Puis elle s'enfuirait lâchement. Elle torturerait sa mère. Elle se conduirait comme une sale peste égocentrique. Elle gâcherait tout.

Carmen ouvrit la bouche pour essayer de lui donner un conseil. Mais elle se retint.

Il y avait un mot pour désigner les personnes de son espèce. Un mot qui commençait par un h. H pour horrible, H pour hénaurme !

C'était quoi, ce mot, déjà ?

Ah oui : *hypocrite*.

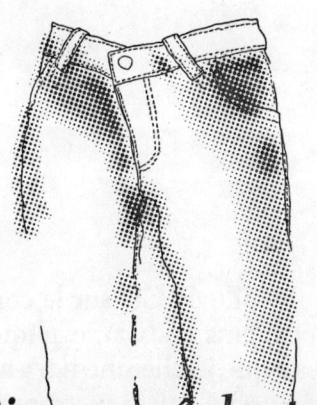

*Rien ne gâche tant
le goût du beurre
de cacahuètes que d'aimer
quelqu'un qui ne vous
le rend pas.*

Charlie Brown

Tibby posa une pile de CD sur le comptoir.
— Il n'était pas dans ceux-là, expliqua-t-elle. Dans le morceau que je cherche il n'y a pas que du piano, il y a aussi d'autres instruments.

Le vendeur hocha la tête. Il devait avoir la quarantaine, portait des mocassins de papy et était coiffé comme quelqu'un qui n'en a rien à faire.

— Du piano et d'autres instruments ?
— Oui
— C'était un concerto ?

Le regard de Tibby s'éclaira.
— Oui, ce doit être ça…
— Vous êtes sûre que c'était Beethoven ?
— Oui, je crois…
— Vous croyez…

Il la dévisagea comme s'il avait besoin d'une bonne tasse de café.
— Presque tout à fait sûre.

– Bon, d'accord. Des concertos de Beethoven, il y en a cinq. Le plus connu, c'est le concerto n° 5, «L'Empereur», expliqua-t-il patiemment.

Tibby lui sourit, reconnaissante. Son petit problème lui avait pris pas mal de son temps. Heureusement, il n'y avait pas foule au rayon classique à dix heures et demie du matin.

– Je peux l'écouter ?

– Oui, je dois en avoir un exemplaire d'écoute quelque part par là. Mais je risque d'en avoir pour un moment à le retrouver. Vous ne voulez pas repasser plus tard ? demanda-t-il, plein d'espoir.

Elle ne voulait pas revenir plus tard. Elle avait besoin de ce disque tout de suite.

– Non, je vais patienter. J'en ai vraiment vraiment besoin.

Il ne lui restait que neuf jours et encore tant de travail à faire.

Il se mit à chercher, mais trop lentement à son goût.

– Je peux vous aider ? proposa-t-elle.

À contrecœur, il la laissa passer derrière le comptoir pour fouiller dans un grand bac.

– Le voilà ! s'écria-t-il en brandissant triomphalement un boîtier.

– Ouais !

Elle le lui prit des mains et fila vers la borne d'écoute.

Dès les premières notes, elle le reconnut.

— C'est celui-là ! cria-t-elle, le casque sur les oreilles.

— Ah quand même ! répondit-il, presque aussi excité qu'elle.

Elle avait carrément envie de l'embrasser.

— Merci, merci du fond du cœur.

— À votre service, répondit-il, tout content. C'est plutôt rare les urgences, dans ce boulot !

De retour dans sa chambre, elle s'installa devant son ordinateur. Dans une main, elle avait un Zip avec toutes les précieuses vidéos qu'elle avait copiées chez elle. Dans l'autre, le concerto n° 5.

Elle glissa le CD dans le lecteur en fixant l'écran vide. Elle l'écouta encore et encore. Sans bouger. Elle posa sa main sur le Zip.

C'était trop dur. Elle n'avait pas regardé ces images depuis l'été dernier. Elle se disait qu'elle n'était pas prête. Mais peut-être qu'elle ne le serait jamais. Il fallait peut-être qu'elle se force.

Elle sortit le Zip de son boîtier et le posa sur son bureau. Son cœur battait de plus en plus vite, au rythme de la musique.

En entendant frapper à sa porte, elle releva brusquement la tête et baissa le son. Elle s'éclaircit la gorge mais ne réussit qu'à sortir un «Oui ?» un peu enroué.

La porte s'ouvrit. C'était Alex.

— Salut.

Il avait l'air moins sûr de lui que d'habitude.

– Tu es de retour. Tu étais passée où ?

Sous son bureau, elle donnait de petits coups de pieds nerveux dans le mur.

Il hocha la tête puis désigna son ordinateur.

– Tu bosses sur ton film ?

Elle le toisa.

– Pas celui auquel tu penses. Pas celui sur ma mère.

– Ah bon ?

– Non, j'ai abandonné.

Elle avait même voulu le jeter aux ordures mais elle s'était forcée à le garder pour que ça lui serve de leçon.

– Tu vas faire quoi alors ?

– J'en prépare un autre.

– Tu commences un *nouveau* film ? Maintenant ?

– Ouais.

– Mais… tu crois que tu vas y arriver en si peu de temps ?

– J'espère.

Lui qui était d'habitude si désinvolte, il avait soudain l'air très sérieux. Elle commençait à comprendre comment il fonctionnait. Il avait beau ricaner et tout critiquer tout le temps, ce qu'il voulait, c'était réussir, être admis à Brown, une des meilleures universités du pays. C'était un rebelle d'opérette, qui ne voulait pas prendre de vrais risques. Elle le savait, elle était un peu pareille.

— C'est quoi le sujet ?

Elle couva son Zip du regard. Elle n'avait aucune envie de partager ça avec Alex. C'était beaucoup plus difficile et beaucoup plus dangereux que de se moquer de sa mère à coups de petits gags bêtes et méchants.

— Je ne sais pas encore.

Elle se retourna vers son écran. Il se retourna vers la porte.

— C'est quoi, ce que tu écoutes ?

L'espace d'une seconde, elle fut tentée de renier cette musique qu'elle avait mis tant de temps à trouver. De prétendre que son poste de radio s'était déréglé.

— C'est du Beethoven, répondit-elle finalement. Le concerto n° 5 pour piano.

Il la regarda un peu bizarrement avant de regagner la porte.

Le cœur battant, elle reprit :

— Dis, Alex ?

— Ouais ?

— Tu te souviens de Brian ? Le type qui n'a pas aimé mon film ?

Il acquiesça.

— Eh bien, c'est un de mes meilleurs amis. Il vit pratiquement chez moi.

Il eut l'air troublé. Puis gêné.

— Tu ne nous en avais jamais parlé, répondit-il sèchement.

— Je sais, j'aurais dû.

Un élan irrépressible la força à ouvrir la bouche à nouveau, comme si les mots voulaient sortir à tout prix.

– Et tu sais quoi d'autre ?

Il secoua imperceptiblement la tête. Non, il ne savait visiblement pas.

– Mon premier film était lamentable. Vide, creux, stupide.

Alex voulait sortir de cette chambre. Il n'aimait pas ce genre de confrontations.

– Et tu sais quoi d'autre encore ?

Il posa la main sur la poignée de la porte, persuadé qu'il avait affaire à une folle.

– Vanessa la déléguée des étudiants a plus de talent que Cora, toi et moi réunis ! lui criat-elle.

Il était déjà parti. Il n'avait peut-être pas entendu mais elle s'en fichait. De toute façon, elle ne disait pas ça pour lui.

Lena avait la sensation d'avoir en permanence le doigt coincé dans une prise électrique. Elle était parcourue de frissons et de secousses puis, l'instant d'après, il lui semblait que son corps entier était plongé dans du coton. IL était là. Il était à Washington ! Et si elle ne devait jamais le revoir ?

Au petit déjeuner, elle était tellement perdue dans ses pensées qu'elle avait beurré les tartines de sa mère, oubliant qu'elles étaient en guerre depuis qu'elle avait découvert l'existence d'Eugene.

Au travail, elle ne pouvait s'empêcher de regarder par la vitrine toutes les cinq minutes. Kostos habitait dans le quartier. Il pouvait passer devant le magasin à n'importe quel moment. D'ailleurs elle pouvait le croiser n'importe où en ville. Elle pouvait le croiser dans le quart d'heure qui suivait. Elle pouvait ne jamais le revoir. Les deux possibilités la terrorisaient tout autant.

Elle rentra chez elle dans un état proche de la transe, imaginant à chaque bus qui passait que Kostos était à la fenêtre et qu'il la regardait.

Quand elle arriva à la maison, elle sentit tout de suite quelque chose d'étrange. Effie mettait la table et il y avait une assiette en trop.

En la voyant, sa sœur explosa :

— Kostos vient dîner ce soir !

Frisson, secousse, coton. Lena porta la main à sa tête, comme si elle allait se détacher de son cou.

— Hein ?

— Je t'assure, maman l'a invité.

— Mais... comment ? Pourquoi ?

— Elle a croisé Mme Sirtis, qui lui a appris qu'il était à Washington. Maman n'en revenait pas de ne pas être au courant. Elle était confuse de ne pas encore l'avoir invité, lui qui fait presque partie de la famille. Tu sais, Bapi et Mamita le considèrent comme leur petit-fils.

Lena restait plantée là, abasourdie. Elle avait été doublée! Personne ne se souciait d'elle. Visiblement, Kostos était l'ami de tout le monde. Sauf d'elle.

Elle n'était pas seulement jalouse de sa nouvelle petite amie mais de la famille Kaligaris tout entière et de tous les Sirtis également, même ceux qu'elle n'avait jamais vus!

— Tu crois que maman fait ça pour me torturer? demanda-t-elle.

— Sincèrement? Je crois qu'elle n'a même pas pensé à toi.

OK. Ça faisait plaisir.

Effie remarqua l'air blessé de sa sœur.

— Enfin, je veux dire, elle sait que, Kostos et toi, vous vous plaisiez bien l'été dernier. Elle sait que tu lui as écrit. Mais elle doit croire que vous vous êtes perdus de vue. Tu lui en as parlé?

— Non.

— Ah, tu vois.

Lena bouillait. Depuis quand était-on censé tout raconter à sa mère, hein?

— Il arrive quand?

— À sept heures et demie.

Effie paraissait désolée pour sa sœur.

Et cela désolait Lena que sa sœur soit désolée pour elle. Elle consulta sa montre. Elle avait trois quarts d'heure. Elle allait monter dans sa chambre, prendre une douche, se changer et, lorsqu'elle redescendrait, elle serait transformée.

Ou alors elle allait s'écrouler sur son lit et dormir jusqu'au lendemain matin. Si ça se trouve, personne ne remarquerait son absence.

Le cœur de Carmen se serra lorsqu'elle vit sa mère rentrer du travail ce soir-là. On aurait dit Cendrillon après les douze coups de minuit. La magie s'était envolée, le carrosse était redevenu citrouille. Trois semaines plus tôt, Christina était apparue dans cette même entrée, portant le jean. Ce soir-là, elle rayonnait comme une femme qui se sent aimée.

Maintenant, on voyait clairement qu'elle manquait d'amour. Qu'elle souriait, s'habillait, se coiffait pour personne. Son corps tout entier semblait écrasé par la pesanteur.

— Bonsoir, m'man! fit Carmen en sortant de la cuisine, suivie de Krista.

Elle la désigna du revers de la main. Avec son eye-liner qui avait coulé, elle avait vraiment une drôle de tête.

— Je te présente Krista. C'est… euh… la belle-fille de papa, en fait, expliqua Carmen d'un ton qui se voulait léger.

Christina cligna des yeux. Il y a quelques semaines, elle était trop heureuse pour se laisser perturber par quoi que ce soit. Maintenant, elle était trop malheureuse. Elle hocha la tête.

– Bonsoir, Krista.
Elle réserva son regard complètement perdu à sa fille.
– Krista a besoin de… faire un petit break avec sa mère, alors je me demandais si elle pourrait passer quelques jours ici.
D'un regard, elle fit comprendre à sa mère qu'elle savait bien que c'était un peu bizarre mais qu'elles pourraient en discuter plus tard. Elle désigna le lit déjà fait et défait au milieu du salon.
– Elle dormira sur le canapé-lit.
– Eh bien, oui… J'imagine que ça ne pose pas de problème. Enfin, si sa mère est d'accord…
– Merci, murmura Krista. Merci beaucoup, madame…
Elle jeta un regard suppliant à Carmen.
– Madame Lowell, compléta Mme Lowell.
Krista sembla enfin prendre conscience de l'étrangeté de la situation. Sa mère était aussi une Mme Lowell. Elle devint aussi rouge que son débardeur.
– Ah, euh, oui. Désolée.
Carmen avait rarement assisté à un dîner aussi bizarre. Krista essayait poliment de faire la conversation, mais tous les sujets la ramenaient à Al. Christina se montra assez bonne joueuse, cependant on voyait bien qu'elle n'avait qu'une envie, c'était d'aller se coucher.
– Tu veux venir avec nous manger une glace, maman ? lui proposa Carmen.

Christina bâilla.

– Non, allez-y toutes les deux. Je suis crevée.

Elle avait presque l'air de s'excuser, faisant d'autant plus culpabiliser Carmen. Sa mère n'était pas sortie de la maison depuis des jours et des jours, sauf pour aller travailler. Elle n'était même pas en colère après elle. Juste triste, immensément triste. Elle s'était résignée. Elle n'était pas faite pour le bonheur.

Carmen avait envie de lui demander : « Mais pourquoi tu m'as laissée tout gâcher ? » Elle aurait voulu que les effets de sa méchanceté se dissolvent en quelques heures. Elle aurait voulu que ses victimes redeviennent comme avant. Qu'elles retrouvent leur forme, comme un personnage de dessin animé qui a pris un coup de poêle à frire sur la tête.

Mais le mal était fait, et les dommages perduraient bien après que sa colère se fut apaisée.

Krista fouilla dans son sac marin puis la rejoignit dans l'entrée avec aux pieds les mêmes mules bleues que Carmen avait dans son placard. Elle la regarda, pleine d'enthousiasme. Le bout de ses oreilles pointait à travers ses petits cheveux frisottés.

Consternée, Carmen constata les ravages qu'elle avait faits.

« Mais pourquoi veux-tu me ressembler ? » pensa-t-elle.

Elle avait toujours voulu avoir de l'importance aux yeux des autres.

Mais pas à ce point-là.

Lena était toute propre. Elle s'était lavé les cheveux. Elle sentait bon.

Lorsque Kostos entra dans la maison, elle essaya de garder la tête froide. Et surtout sur les épaules.

Comme dans un rêve, elle le vit dire bonsoir à son père. Elle le vit embrasser sa mère sur les deux joues. Elle le vit serrer Effie dans ses bras...

Quant à elle, il lui serra la main.

Instantanément, la température de ladite main descendit plusieurs dizaines de degrés en dessous de zéro.

Il dit quelque chose en grec à ses parents, ce devait être une blague parce qu'ils se mirent à rire et le regardèrent comme s'il s'agissait de Superman et Charlie Chaplin réunis en un seul homme.

Lena regretta de ne pas parler grec. Elle avait l'impression d'être un dauphin ne sachant pas nager.

Ils passèrent au salon. Son père lui proposa un verre de vin. Kostos était un homme, pratiquement. Il était merveilleux. Le gendre idéal.

À elle, son père lui servit du jus de pomme, comme à une petite gamine de CM2. Se souvenait-il qu'elle avait atteint la puberté ? Finalement c'était une bonne chose qu'elle ait rompu avec Kostos, parce qu'elle venait de s'apercevoir qu'elle n'était pas assez bien pour lui. Dommage…

Elle devait pourtant bien avoir quelques qualités… Elle cherchait ce que Kostos aurait pu aimer chez elle. Mais en vain. Elle ferait peut-être mieux de remonter dans sa chambre.

À table, elle se retrouva assise à côté de lui.

Il les fit tous rire en racontant la fois où Mamita avait voulu que Bapi porte des mocassins en cuir à la place des chaussures en plastique beige qu'il aimait tant.

— Mais elles sont trrrès bien, ces chaus-surrrres ! s'exclama-t-il en imitant parfaitement la voix de Bapi. Tu veux me trrransforrmer en dandy ou quoi ?

Le père de Lena avait l'air tellement ému qu'elle avait peur qu'il fonde en larmes entre deux éclats de rire.

Kostos était exactement comme elle se le rappelait. Pourquoi avait-elle eu si peu confiance en lui ? Pourquoi avait-elle eu si peu confiance en ses souvenirs ? Pourquoi avait-elle été si impatiente ?

Alors qu'elle mangeait sa côtelette d'agneau, elle sentit une chaussure effleurer son pied nu. Elle faillit s'étrangler. Un frisson grimpa le long de sa jambe jusqu'au sommet de son crâne. Tout son corps était en alerte. Ses nerfs envoyaient des milliers d'infos à son cerveau en surchauffe.

L'avait-il fait exprès ? Son cœur s'emballa. Peut-être essayait-il de lui dire quelque chose ? De lui envoyer un message ?

Elle n'osait pas tourner la tête pour le regarder. Elle n'arrivait même pas à finir de mâcher ce qu'elle avait dans la bouche. Avait-il senti sa détresse ? Voulait-il lui redonner une petite lueur d'espoir ?

«Tu l'as largué !» entonna aussitôt le chœur Effie-Carmen-Bee.

«Mais je l'aime toujours !»

OK.

Au moins, une chose était claire. Elle avait fini par se l'avouer. Des deux réponses, elle avait choisi la B. Elle se remit à mâcher. Elle l'aimait encore. Elle l'aimait encore et il ne l'aimait plus. C'était la triste vérité. Elle aurait préféré s'exiler en Alaska plutôt que de l'admettre mais c'était fait. C'était affreux, mais mieux valait être honnête avec soi-même.

Tous ses orteils étaient tendus vers lui. Espérant le moindre frôlement comme une grande déclaration. Oh, ça y était, son pied avait effleuré le sien. Tout doucement.

Elle baissa les yeux.

Ce n'était pas le pied de Kostos, mais celui d'Effie.

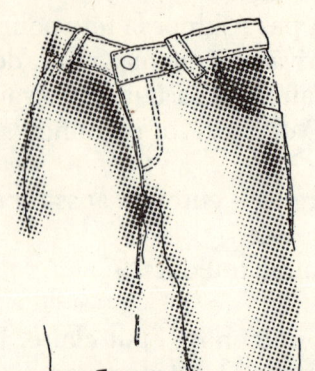

Il y a deux tragédies dans la vie. L'une est de voir ses désirs insatisfaits, l'autre de les voir satisfaits.

George Bernard Shaw

Lena mit des heures à s'endormir. Et lorsqu'elle sombra enfin dans le sommeil, elle fit un rêve qui la réveilla en sursaut.

On aurait dit un de ces vieux documentaires scientifiques, mal filmés et ringards, que leur projetait leur prof de SVT. En bruit de fond, elle entendait le ronflement de la pellicule qui défilait et le ventilateur qui tournait pour éviter la surchauffe. Sur l'écran, on suivait le trajet de deux cellules énormément grossies sur un schéma approximatif du corps humain. L'une d'elles partait du cerveau et l'autre du cœur. Leurs chemins se croisaient à la hauteur de la clavicule. Et boing, boing, boing! elles se cognaient l'une contre l'autre jusqu'à ce que leurs membranes se fondent pour ne plus former qu'une seule cellule.

Dans son rêve, Lena leva la main et elle s'entendit demander à M. Briggs, son professeur de troisième :

— C'est impossible, hein ?

Et là, elle se réveilla.

Elle se réveilla et fila aux toilettes. Alors qu'elle était en train de faire pipi, elle se dit qu'elle en avait vraiment marre d'être comme ça. Elle en avait marre de ne pas être capable de dire ce qu'elle voulait dire ou de faire ce qu'elle voulait faire et même de vouloir ce qu'elle voulait.

Elle était fatiguée, et pourtant elle n'arrivait pas à dormir.

Elle s'assit sur le bord de la fenêtre et resta là longtemps, à regarder la lune. La même lune brillait au-dessus de Bee, de Carmen, de Tibby, de Kostos, de Bapi et de tous les gens qu'elle aimait, qu'ils soient loin ou près.

Bon, visiblement, elle ne pourrait pas se rendormir. Elle enfila le jean magique sous sa chemise de nuit et son blouson en jean par-dessus. Et sans se laisser le temps de trop réfléchir, elle descendit au rez-de-chaussée et sortit de la maison. Elle referma la porte derrière elle avec précaution.

Les Sirtis habitaient à un peu moins d'une demi-heure de chez elle. Elle marchait vite, d'un pas décidé. De toute façon, elle avait déjà vécu le pire. Ça ne pouvait pas être pire que pire.

Elle pouvait peut-être même arranger les choses.

Elle était allée chez les Sirtis assez souvent pour savoir où se trouvait la chambre d'amis. Mais, alors qu'elle rasait les murs dans la nuit, elle se figea soudain : et s'ils avaient installé une alarme ? Elle imagina les sirènes qui se mettaient à hurler, les chiens à aboyer et Kostos qui regardait la police l'arrêter et remonter les manches de sa chemise de nuit pour lui passer les menottes. Finalement, le pire était peut-être encore à venir.

Heureusement, la chambre d'amis était au rez-de-chaussée, parce qu'elle n'était vraiment pas douée pour l'escalade. Elle avait un très mauvais équilibre.

Les lumières étaient éteintes. Logique à presque trois heures du matin. Elle s'enfonça dans les buissons qui bordaient la maison et toqua doucement au carreau. Elle se sentait vraiment ridicule. Elle frappa encore. Et si elle réveillait toute la maison ? Comment expliquerait-elle ce qu'elle fabriquait là au milieu de la nuit ? Dans toute la communauté grecque de Washington, on chuchoterait que Lena Kaligaris était une maniaque sexuelle.

Elle l'entendit remuer avant de le voir apparaître. Son cœur se transforma en mitraillette folle, tirant dans tous les sens, incontrôlable. Lorsque Kostos la reconnut, il ouvrit la fenêtre.

Si en découvrant Lena en chemise de nuit et jean en train de frapper à sa fenêtre, il crut à une vision de cauchemar, il ne le laissa pas paraître. Enfin, il avait tout de même l'air surpris.

– Tu peux sortir ?

C'était les premiers mots qu'elle lui adressait

depuis qu'il était arrivé. Et encore, elle s'estimait déjà heureuse d'avoir eu assez de souffle pour les prononcer.

Il hocha la tête.

— Attends-moi. J'arrive.

Elle s'extirpa des buissons et perdit quelques lambeaux de sa chemise de nuit dans l'opération.

Lorsqu'il s'avança vers elle, son T-shirt blanc paraissait presque bleu à la lueur de la lune. Il avait enfilé un jean par-dessus son caleçon.

— Viens, lui dit-il.

Elle le suivit dans un petit coin du jardin, abrité par de grands arbres. Il s'assit et elle l'imita. Comme elle avait chaud d'avoir tant marché, elle retira son blouson. Au début, elle était à genoux, puis elle se laissa tomber dans l'herbe trempée de rosée pour s'asseoir en tailleur.

Envoûtée par la magie du ciel d'été, elle se sentait légère, insouciante. Elle n'avait plus si peur que ça, finalement.

Il la dévisageait avec attention, attendant visiblement qu'elle dise quelque chose. C'était quand même elle qui l'avait tiré de son lit au milieu de la nuit.

— Je voulais juste te parler, dit-elle d'une voix à peine plus forte qu'un murmure.

— Vas-y.

Elle mit un peu de temps à trouver ses mots et surtout à trouver le courage de les prononcer.

— Tu me manques, dit-elle en le regardant dans les yeux.

Elle voulait être honnête avec lui.

Il ne se détourna pas et la regarda droit dans les yeux lui aussi.

— Je regrette qu'on ait rompu, reprit-elle. Mais j'avais peur que tu me manques trop. J'avais peur que ce soit trop dur. J'étais déchirée. J'avais l'impression que ma vie ne m'appartenait plus véritablement et je voulais qu'elle redevienne comme avant.

Il hocha la tête.

— Je comprends.

Elle rassembla tout son courage pour poursuivre :

— Je sais que tu n'as plus les mêmes sentiments pour moi, maintenant…

Elle arracha un brin d'herbe et le frotta entre ses doigts.

— … Je n'attends plus rien de toi. Je voulais juste que tu saches tout ça parce que je n'avais pas été tout à fait honnête.

— Oh, Lena, soupira Kostos.

Il se laissa tomber dans l'herbe, les mains sur la figure.

Du coup, Lena n'avait pas d'autre choix que de regarder ses mains, au lieu de ses yeux. Elle baissa la tête. Peut-être qu'il ne voulait plus lui parler.

Mais il découvrit finalement son visage.

— Tu ne comprends vraiment rien, hein ? marmonna-t-il.

Les joues de Lena s'enflammèrent. Sa gorge se serra. Elle avait cru qu'il resterait gentil avec elle, quoi qu'il arrive. Maintenant, elle sentait son courage vaciller.

— Non, je ne comprends pas, reconnut-elle humblement, la tête baissée.

On sentait les larmes dans sa voix.

Il se releva et se tourna vers elle. Ils étaient face à face, à quelques centimètres l'un de l'autre. À sa grande surprise, il lui prit la main. Il avait l'air peiné de la voir comme ça.

— Je t'en prie, ne sois pas triste, Lena. Ne sois pas triste parce que tu crois que je ne t'aime pas.

Elle avait les larmes au bord des yeux… et elle ne savait pas si elle devait les laisser couler ou les ravaler.

— Je n'ai jamais cessé de t'aimer. Jamais. Tu n'as pas compris ça ?

— Mais… tu as arrêté de m'écrire. Et tu t'es trouvé une nouvelle petite amie.

Il lui lâcha la main. Elle aurait voulu qu'il la garde.

— Je n'ai pas de petite amie, qu'est-ce que tu racontes ? Je suis juste sorti avec une fille deux-trois fois parce que j'étais trop mal que tu m'aies quitté.

— Et puis tu es venu jusqu'ici sans même me prévenir.

Il eut un petit rire – plus pour lui-même que pour elle.

– Pourquoi crois-tu que je sois venu ?

Elle avait peur de la réponse. Les larmes ruisselaient maintenant sur ses joues.

– Je ne sais pas.

Il tendit la main vers elle. Effleura son poignet du bout du doigt. Puis caressa sa joue pour y prendre une larme.

– Pas parce que je veux faire carrière dans la pub, en tout cas.

Une partie de son cerveau carburait à cent à l'heure tandis que l'autre parvenait à rester calme et concentrée. Le sourire qu'elle réussit à dessiner sur ses lèvres menaçait à tout moment de s'évanouir.

– Pas non plus pour visiter le Smithsonian ?

Il se mit à rire. Vraiment cette fois. Elle aurait voulu qu'il lui caresse encore la joue. Les cheveux. L'oreille. Les orteils.

– Non plus, répondit-il.

– Mais pourquoi tu ne disais rien ?

– Qu'est-ce que j'aurais pu dire ?

– Que tu étais content de me voir ou que tu ne m'avais pas oubliée…

Il eut à nouveau ce petit rire désabusé.

– Je te connais, Lena. Je sais comment tu es.

Elle aurait aimé le savoir elle-même.

– Et je suis comment ?

– Si je m'approche trop, tu t'enfuis. Mais si

je reste tranquille, sans bouger, là, peut-être que, tout doucement, tu oseras t'approcher.

Ah bon ? Elle était vraiment comme ça ?

— Lena ?

— Oui ?

— Je suis content de te voir et je ne t'ai pas oubliée.

Il plaisantait mais cela la toucha quand même.

— Moi qui avais perdu tout espoir…

Il lui prit les deux mains et les serra contre son cœur.

— Ne perds jamais espoir.

Elle s'approcha tout doucement, se redressant sur ses genoux pour poser ses lèvres sur les siennes. Elle l'embrassa tendrement. Il poussa un petit grognement. Puis il la prit dans ses bras et l'embrassa passionnément. Il se laissa tomber en arrière en l'attirant contre lui.

Elle riait. Ils s'embrassèrent encore. Ils roulèrent dans l'herbe et s'embrassèrent encore, encore et encore… jusqu'à ce qu'un gamin à vélo passe pour livrer le journal du matin.

Le soleil levant rosissait le ciel quand Kostos l'aida à se relever.

— Je vais te raccompagner.

Et ils partirent, main dans la main. Il était pieds nus, son T-shirt couvert de brins d'herbe et les cheveux tout ébouriffés. Elle n'osait même pas imaginer de quoi elle avait l'air. Elle gloussa tout le long du chemin.

Juste avant d'arriver chez elle, il s'arrêta pour l'embrasser à nouveau. Puis il la laissa partir. Elle ne voulait pas partir.

— Je viens te voir demain, ma belle Lena, dit-il en lui effleurant le cou.

— Je t'aime.

— Je t'aime, répondit-il. Je n'ai jamais cessé de t'aimer.

Il la poussa doucement vers la porte.

Mais elle n'avait vraiment pas envie d'y aller. Elle ne voulait plus le quitter. C'était trop dur de se séparer.

Elle se retourna pour le regarder une dernière fois.

— Et je t'aimerai toujours, promit-il.

Bridget recula d'un pas pour admirer son œuvre : ce grenier avait une autre allure maintenant. Elle avait passé deux couches de peinture crème : la charpente et les murs en mat, les moulures en satiné. Et elle avait peint le plancher d'un beau vert, la couleur qu'avait la mer l'été dernier, sous le soleil de Bahia California.

Pour faire la surprise à Greta, elle avait même remonté un joli lit en fer forgé blanc qu'elle avait trouvé à la cave. Elle avait déniché un matelas convenable. Elle avait poncé un vieux bureau et l'avait peint de la même couleur crème que les moulures. Et, à l'occasion d'une petite visite au supermarché, elle avait acheté un couvre-lit en coton blanc et des rideaux en dentelle, simples et pas chers, mais jolis.

La touche finale était un gros bouquet d'hortensias qu'elle avait cueillis dans le jardin, profitant de l'absence de Greta. Elle les avait mis dans un pichet de verre qu'elle avait posé sur le bureau sur un carré de tissu bleu.

Mis à part le carton qui restait dans un coin, c'était parfait.

Elle dévala les escaliers.

– Hé, Greta !

La vieille dame était en train de passer l'aspirateur. Elle l'éteignit avec le pied.

– Qu'est-ce qu'il y a, ma grande ?

– Vous êtes prête ? demanda Bridget sans chercher à cacher son impatience.

– Pour quoi ? fit Greta, feignant l'ignorance.

– Vous voulez venir voir le grenier ?

Elle fit mine de s'étonner :

– Tu as déjà fini ?

– Allez-y, je vous suis, ordonna Bridget.

Sa grand-mère monta les deux étages lentement. Bridget remarqua sa peau toute plissée et les veines violettes marbrant ses mollets.

– Ta-ta-da ! s'écria-t-elle en passant devant elle pour ouvrir la porte d'un geste théâtral.

Greta se figea. Comme dans un film, elle porta la main à ses lèvres, bouche bée. Elle scruta la pièce pendant un long moment, dans les moindres détails.

Lorsqu'elle se retourna, Bridget vit qu'elle avait les larmes aux yeux.

– Tu as fait du beau travail, ma grande ! C'est magnifique !

Bridget ne s'était jamais sentie aussi fière.

– Ça rend bien, hein ?

– Tu t'es fait un joli petit nid, pas vrai ?

Elle hocha la tête. Elle n'avait pas vraiment vu les choses comme ça mais c'était vrai, finalement.

Greta sourit.

– J'avoue que, au début, je ne te voyais pas du tout en fée du logis.

– Moi non plus, reconnut Bridget. Faut voir l'état de ma chambre à la maison !

Elle se tut. Elle n'avait pas envie de parler de chez elle.

Heureusement, sa grand-mère n'embraya pas sur le sujet.

– Tu t'es vraiment donné du mal, ma grande, je te remercie.

Bridget haussa les épaules, modeste.

– Oh, c'est trois fois rien.

– C'est parfait : j'ai déjà trouvé quelqu'un à qui louer la chambre.

Bridget ne cacha pas sa déception. Elle n'avait pas pensé que quelqu'un emménagerait si vite et la jetterait dehors ! Greta en avait assez d'elle, alors ? Elle n'avait plus de travail à lui donner ? Vraiment ?

– Ah bon ? fit-elle en retenant ses larmes.

— Oui, toi.
— Moi ?

Sa grand-mère se mit à rire.

— Bien sûr, tu seras mieux ici que dans ton *Bed and Breakfast* miteux, non ?

— Oh que oui ! répondit Bridget, le cœur gonflé de joie.

— Alors ça marche. Va chercher tes bagages.

En entrant dans la cuisine, le lendemain matin, Carmen fut témoin d'une scène étonnante. Sa mère et la belle-fille de son père étaient assises face à face, en train de manger tranquillement leurs œufs pochés.

— B'jour, fit-elle en titubant.

Elle avait presque espéré que toute cette histoire avec Krista n'était qu'un rêve.

— Tu veux un œuf ? lui proposa sa mère.

Carmen secoua la tête.

— J'ai horreur des œufs pochés.

Krista s'arrêta brusquement de mâcher. Elle avait l'air de regretter de ne pas avoir pensé à détester les œufs pochés.

Carmen s'empressa alors d'ajouter :

— Enfin, j'aime ça, c'est bon pour les méninges. Mais ce matin, je n'en ai pas envie.

Ouh, là ! C'était compliqué d'être le modèle de quelqu'un. Surtout le matin.

— Tu as un baby-sitting aujourd'hui ? demanda Christina.

Carmen se versa un bol de céréales.

— Non, les Morgan sont partis à la mer hier, je ne travaille pas avant mardi.

Sa mère répondit par un vague hochement de tête. Visiblement, elle n'avait pas écouté la réponse, pas plus que sa propre question, d'ailleurs.

Alors qu'elle se levait pour reprendre du café, Carmen remarqua soudain comment elle était habillée. Elle portait une jupe grise plissée qu'elle avait déjà quand Carmen était à la maternelle. Christina avait des tenues plus ou moins potables, selon les goûts de sa fille. Mais cette jupe... c'était un véritable crime.

— Tu vas aller travailler comme ça ? demanda Carmen, sans même masquer la note d'incrédulité dans sa voix.

Elles avaient peut-être un peu négligé les tâches ménagères ces derniers temps mais, là, il fallait d'urgence songer à faire une machine !

Sa mère était extrêmement susceptible en ce moment, aussi ne fut-elle pas surprise de la voir disparaître dans sa chambre sans un mot.

Quelques minutes plus tard, en levant le nez de ses céréales, elle vit Krista qui fixait son œuf poché d'un œil méfiant et sa mère avec le même pantalon que la veille.

C'était pathétique. C'était affreux. Carmen se détestait. Et elle les détestait toutes les deux de l'avoir écoutée.

— Hé, j'ai une idée! s'écria-t-elle brusquement. À partir de maintenant, plus personne n'écoute ce que je dis, d'accord?

Lena resta au lit jusqu'à midi, toute seule avec son cœur au bord de l'explosion, à se repasser tout ce qui était arrivé au cours de la nuit. Elle voulait garder tout ça pour elle, comme souvent. Mais elle avait aussi envie de partager son bonheur, elle fut donc contente lorsque le téléphone sonna. C'était Bee.
— Devine quoi? demanda Lena de but en blanc.
— Quoi?
— Je savais, en fait.
— Tu savais quoi?
— Je savais ce que j'avais à faire.
— À propos de Kostos?
— Ouais. Et tu sais quoi?
— Quoi?
— Je l'ai fait.
Bridget se mit à crier :
— C'est vrai?!?
— Ouais.
— Raconte-moi.
Lena lui raconta tout. C'était difficile pour elle de mettre en mots ce qu'elle avait ressenti, tant c'était fort, intime, personnel... mais, en même temps, le fait de les raconter ancrait définitivement les événements de la nuit dans la réalité.

Bee se remit à crier une fois qu'elle eut fini :
– Oh, Lenny, je suis tellement fière de toi !
Lena sourit.
– Moi aussi. Je suis assez fière de moi.

Tiboudou : C, tu as eu Lena au téléphone aujourd'hui ? Elle avait l'air tellement surexcité que j'ai cru que c'était Effie ! Je suis contente pour elle. Mais un peu inquiète quand même. J'aimerais qu'elle reste notre Lenny. Une seule Effie, ça suffit.

Carmabelle : Oui, je l'ai eue. C'est dingue ! La magie du jean est de retour ! Bon, sauf avec moi. Qu'est-ce qui cloche chez moi, Tib ? Enfin, à part les trucs normaux…

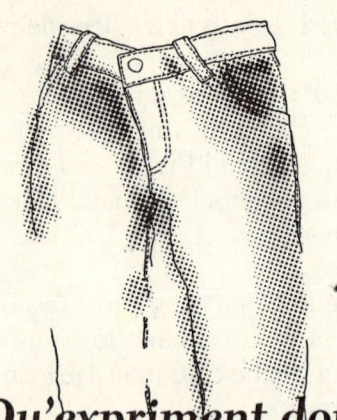

**Qu'expriment donc tes yeux ?
Plus que tous les mots que j'ai lus dans ma vie, il me semble.**

Walt Whitman

Quand faut y aller, faut y aller. Pas la peine d'essayer d'y échapper, se disait Tibby. Faut foncer, aller droit au cœur des choses. Sinon on risque de finir dans le mur et de rater complètement sa vie.

C'est ce qu'elle se répétait et elle y croyait. Elle glissa le Zip dans le lecteur.

Elle parcourut la liste de fichiers, sans parvenir à se rappeler à quoi ils correspondaient. Elle était très organisée mais on ne pouvait pas en dire autant de Bailey. Et, l'été dernier, Bailey était censée être son assistante ! Mais bon, il faut dire qu'elle avait douze ans. Tibby choisit un fichier au hasard et double-cliqua dessus. Il fallait bien commencer par quelque chose.

Une image apparut sur l'écran. C'était la séquence qu'elle avait tournée au drugstore, elle s'en souvenait comme si c'était hier. C'était ce jour-là qu'elle avait rencontré Brian.

La caméra partait d'une boule coco rose fluo pour zoomer sur l'homme qui tenait la caisse. Oui, c'était ça! Elle se rappelait qu'après, il se cachait le visage dans les mains en criant : «Pas de caméra, pas de caméra!» Tibby sourit malgré elle.

Puis la caméra changea d'angle et elle retint son souffle. Voilà... Tout son corps se raidit. C'était un gros plan sur le visage de Bailey. L'émotion déferla en elle comme un raz-de-marée. Ses yeux se remplirent de larmes. Sans réfléchir elle appuya sur «pause». L'image était moins nette, mais elle n'en était que plus frappante. Tibby se pencha jusqu'à ce que le bout de son nez touche l'écran. Elle se recula vivement, craignant presque que le visage de Bailey s'évanouisse. Mais il restait là, figé.

Bailey regardait Tibby par-dessus son épaule. Elle riait. Elle était là, tout près. Tout près.

Tibby ne l'avait pas revue depuis sa dernière nuit. Sa dernière nuit sur cette terre.

Elle avait revu son visage dans sa tête des millions de fois depuis mais, plus le temps passait, plus il devenait flou. Elle était heureuse de pouvoir revoir son vrai visage, ses yeux rieurs.

Beethoven égrenait ses notes joyeuses. Bailey riait.

Tibby se sentait submergée par l'émotion. Elle

pouvait rester là à pleurer pendant des heures si elle le voulait ou se rouler en boule sous son bureau. Mais elle pouvait aussi aller courir comme une folle sur le parking. Elle pouvait vivre sa vie comme elle le voulait. Elle pouvait se dépasser, faire des choses qu'elle croyait impossibles. Elle était en vie. Elle pouvait tout faire.

Pour une fois, Tibby avait foncé droit au cœur des choses. Et pour une fois, elle savait enfin où elle en était.

Sa mère était au bureau, Krista affalée sur le canapé-lit, les Morgan à la mer, Bee dans l'Alabama, Lena au travail, Tibby en Virginie... et Carmen était assise dans son placard.

Ce dressing était tellement plein à craquer qu'on pouvait à peine y entrer sous peine d'être enseveli sous les vieilleries. Carmen aimait acheter de nouvelles fringues, mais détestait jeter les vieilles. Elle aimait les débuts mais détestait les fins. Elle aimait l'ordre mais détestait ranger.

Et surtout, elle adorait les poupées. Elle en avait une collection qui ne pouvait appartenir qu'à la fille unique de parents rongés par la culpabilité.

Elle adorait les poupées, mais elle ne savait pas en prendre soin, constata-t-elle en tirant les trois cartons où elles étaient entassées, sous sa penderie. Elle y tenait beaucoup quand elle était petite. Elle avait continué à jouer avec très tard, bien plus tard que les autres filles. Mais tous ses efforts pour les laver, les coiffer, les maquiller et leur faire une beauté n'avaient pas eu l'effet espéré, bien au contraire : ces pauvres poupées paraissaient avoir fait la guerre, une guerre longue et cruelle.

Angelica, la brune au grain de beauté, avait une coupe en brosse depuis le jour où Carmen avait voulu friser ses cheveux en nylon avec un fer brûlant. Rosemarie, la rousse, avait deux yeux au beurre noir, vestiges du jour où elle avait voulu la maquiller avec un marqueur. Vanille, sa poupée noire préférée, portait d'affreux haillons qu'elle lui avait confectionnés avec amour en voulant imiter sa tante Rosa, très douée pour la couture. Oui, Carmen les avait aimées mais son amour les avait laissées affreusement mutilées.

— Carmen ?

Elle sursauta, laissant tomber Vanille. Elle plissa les yeux dans la pénombre.

— Désolé de t'avoir fait peur.

Carmen ramassa sa poupée et se redressa.

— Oh, mon Dieu, Paul ! Salut.

— Salut.

Il avait un énorme sac à dos de randonnée sur les épaules.

— Qui t'a ouvert ?

— Krista.

Carmen se mit immédiatement à mordiller son pouce nerveusement.

– Elle est réveillée ? Et ça va ? Elle ne m'en veut pas ?

– Elle mange un bol de corn flakes.

Cela répondait aux trois questions. Carmen avait toujours sa poupée à la main, elle la montra à Paul.

– Je te présente Vanille.

– Ah.

– J'étais en train de ranger mon placard.

Il hocha la tête.

– Comme tu peux le constater, je suis absolument surbookée en ce moment, j'ai tellement de choses à faire, de gens à voir…

Il mit un moment à comprendre qu'elle plaisantait.

– Tu l'as dit à ta mère ? lui demanda Carmen.

– Elle était au courant.

– Et tout va bien ? reprit-elle. Tu crois que ça va aller pour Krista ?

Il hocha à nouveau la tête. Il n'avait pas l'air vraiment inquiet.

– Et la fac, ça va ?

– Ça va.

Elle avait cru que le fait d'être à la fac le décoincerait un peu mais, apparemment, elle s'était trompée. Il devait être le seul du campus à ne jamais boire un verre.

– Et ton stage d'été ? Et le foot ? Ça va ?

Il acquiesça. Il était aussi doué pour la conversation que Carmen pour le silence.

Au bout d'un moment, il demanda enfin :
— Et toi ?

Elle soupira puis prit une profonde inspiration avant de répondre :

— C'est un peu galère en ce moment...

Elle agita la main dans les airs.

— ... Mon activité principale est de pourrir la vie de ma mère.

Paul la regarda avec ce regard si particulier qu'il lui réservait. Il semblait découvrir une étrange bestiole tout droit sortie d'un documentaire animalier.

Krista apparut alors derrière lui, dans l'encadrement de la porte. Elle avait le magazine de Carmen à la main. Elle l'agita plusieurs fois, comme un éventail. Elle n'avait pas du tout l'air embêtée que son frère soit là.

— Je vais chercher des milk-shakes, annonça-t-elle.

— OK, fit Carmen. Tu veux de l'argent ?

— Non, c'est bon, Carmenita.

Paul avait un petit sourire amusé aux lèvres. Krista commençait même à parler comme Carmen.

Quand elle fut partie, Carmen montra son lit du doigt.

— Assieds-toi.

Elle se percha sur son bureau, les pieds ballants.

Paul obéit. Il déplaça maladroitement une

pile de vêtements qui le gênait. Visiblement, il n'était pas très à l'aise, il ne devait pas avoir l'habitude de s'asseoir sur le lit d'une fille. Il s'installa, les pieds bien à plat, le dos bien droit. Elle était fière de le voir comme ça, tellement beau, grand et fort, avec ses longs cils bruns ourlant ses yeux bleu marine. Et le pire, c'était qu'il ne s'en rendait pas compte.

Carmen savait que ce n'était pas la peine d'attendre qu'il relance la conversation. Elle risquait d'attendre pendant une semaine.

– Dis, Paul, tu te souviens de David, le type dont je t'ai parlé dans mes mails ? Celui qui s'intéressait à ma mère ? Eh bien, il l'aimait vraiment. Il était même amoureux d'elle. Et elle aussi.

Elle le regarda droit dans les yeux.

– C'est dingue, hein ?

Paul haussa les épaules.

– Bon, bref…

Carmen posa ses talons sur son bureau et enroula ses bras autour de ses genoux.

– … C'est là que Carmen la peste entre en scène.

Paul l'écoutait patiemment. Ce n'était pas la première fois qu'elle lui racontait ce genre d'histoire.

– J'ai pété un plomb. Je ne sais pas pourquoi. Ma mère sortait tous les soirs. Elle s'habillait comme une ado. Elle m'a même emprunté le…

Enfin bref, j'avais l'impression que plus elle était heureuse… plus j'étais malheureuse.

Paul hocha la tête, compréhensif.

— Et un jour, j'ai… j'ai piqué ma crise. Je lui ai dit que je la détestais. Je lui ai dit des trucs horribles. J'ai tout gâché. Elle a rompu.

Paul ne cachait pas ses émotions. Il plissait les yeux, essayant de sonder l'insondable, essayant de toutes ses forces de comprendre l'incompréhensible Carmen.

C'était vraiment génial de pouvoir compter sur quelqu'un comme Paul. Il avait vu Carmen dans toute son horreur l'été dernier mais il ne l'avait pas laissée tomber. D'accord, il ne disait pas grand-chose mais, durant l'année, il était devenu l'un de ses plus proches amis. Il répondait à tous ses e-mails et n'oubliait jamais de la rappeler lorsqu'elle lui laissait un message. Il avait pourtant de gros soucis. Son père était tellement alcoolique que, depuis que Paul avait huit ans, il n'avait fait que des allers-retours entre les différents centres de désintoxication de Caroline du Sud. Avant qu'Al, le père de Carmen, n'épouse sa mère, c'était Paul qui avait pris soin d'elle et de sa sœur. Il était le seul homme de la maison. Et pourtant, il écoutait toujours Carmen avec attention, même lorsqu'elle râlait pour des bêtises. Jamais il ne prenait l'air horrifié, jamais il ne criait, jamais il ne lui disait de se taire.

— Tu étais jalouse, déclara-t-il finalement.
— Oui. Jalouse, égoïste et minable.

De grosses larmes inondèrent soudain ses yeux. Elles tombèrent sur cette pauvre Vanille qui gisait sur le sol à ses pieds. Carmen ne savait pas aimer. Elle aimait trop fort.

— Je ne voulais pas qu'elle soit heureuse sans moi, fit-elle d'une voix tremblante.

Sans un bruit, Paul vint s'asseoir tout près d'elle sur le bureau.

— Elle ne serait jamais heureuse sans toi.

Carmen avait voulu dire qu'elle n'acceptait pas que sa mère soit heureuse si elle-même ne l'était pas. Mais alors que les mots de Paul résonnaient dans sa tête, elle se demanda s'il n'avait pas saisi quelque chose qui lui échappait.

Était-elle jalouse de sa mère ? Ou était-elle jalouse de David ?

Paul lui prit le bras. Carmen laissa libre cours à ses larmes. Ce n'était peut-être pas grand-chose mais, pour elle, c'était beaucoup.

Kostos vint la voir, mais pas au moment où elle s'y attendait. Elle l'avait attendu au petit déjeuner, au déjeuner et au dîner mais lorsqu'il vint, elle était déjà couchée. Elle entendit un gland cogner contre sa vitre.

Le cœur bondissant, elle courut à la fenêtre et le vit dans le jardin. Elle lui fit signe et dévala les escaliers, sortit de la maison aussi vite que ses pieds nus le lui permettaient. Elle se jeta pratiquement sur lui. Il fit semblant de tomber en arrière et l'entraîna avec lui dans sa chute.

— Chhhuuut, fit-il alors pour calmer son rire.

Ils cherchèrent un petit coin intime et se cachèrent sous l'épais feuillage du magnolia. Si ses parents la trouvaient là, avec un garçon, au beau milieu de la nuit, même la fascination qu'ils éprouvaient pour Kostos ne pourrait la sauver.

Elle était en chemise de nuit. Il avait une tenue plus correcte.

— J'ai rêvé de toi toute la journée, lui dit-elle.

— J'ai rêvé de toi toute l'année, répondit-il.

Et ils commencèrent à s'embrasser, lentement. Et cela leur suffit pendant un long long moment, jusqu'à ce qu'elle passe les mains sous son T-shirt. Il la laissa explorer son torse, ses bras, son dos, puis finalement il s'arracha à son étreinte.

— Il faut que j'y aille, soupira-t-il.

— Pourquoi ?

Il l'embrassa.

— Parce que je suis un gentleman. Et que je ne suis pas sûr de le rester longtemps encore.

— Mais peut-être que je ne veux pas que tu sois un gentleman avec moi, répliqua-t-elle, laissant parler son désir.

— Oh, Lena, fit-il d'une voix étouffée, comme s'il était sous l'eau. Il faut que j'y aille.

Il la regardait et, dans ses yeux, on voyait bien qu'il n'avait envie d'aller nulle part.

Il l'embrassa à nouveau puis s'écarta en disant :

— J'ai très très envie de faire certaines choses avec toi.

Elle acquiesça.

— Tu… tu n'as jamais fait ça avant ?

Elle secoua la tête. Tout à coup, elle eut peur qu'il la rejette à cause de cela.

— Raison de plus, dit-il, il faut qu'on prenne notre temps, c'est important, la première fois.

Elle fut touchée par tant de prévenance. Elle savait qu'il avait raison.

— Moi aussi, il m'arrive d'en avoir envie, avoua-t-elle.

Il la prit dans ses bras et la serra si fort qu'elle dut se retenir de crier.

— On a le temps. On fera tout ça des millions de fois et je serai l'homme le plus heureux du monde.

Ils s'embrassèrent encore et encore jusqu'à ce que, finalement, elle doive le laisser partir. Elle aurait voulu vivre sa vie entière en une nuit.

— Je dois m'en aller demain matin, annonça-t-il.

Instantanément, ses yeux se remplirent de larmes.

— Mais je reviendrai. Ne t'inquiète pas. Je ne pourrai pas rester loin de toi bien longtemps. Je reviens le week-end prochain, d'accord ?

— Je ne sais pas si je vais pouvoir attendre, dit-elle, la gorge serrée.

Il sourit et la serra encore une dernière fois dans ses bras.

— Où que tu sois, à n'importe quel moment, si tu penses à moi, tu peux être sûre que je pense à toi.

Billy accosta Bridget alors qu'elle se rendait à la quincaillerie acheter ce qu'il fallait pour réparer la porte du frigo de Greta. Elle s'était fixé pour mission d'arranger tout ce qui n'allait pas dans la maison : elle avait arraché les mauvaises herbes dans le jardin, rafistolé la table basse bancale, repeint le mur tout pelé à l'arrière de la maison. Bridget était dans la tenue qu'elle mettait pour courir, elle avait enturbanné ses cheveux dans un foulard et elle était d'humeur morose parce qu'elle s'inquiétait pour Lena.

— Tu n'es pas venue à l'entraînement, jeudi, remarqua Billy.

Elle le regarda, stupéfaite.

— Et alors ?

— D'habitude, tu viens toujours.

— Oui, mais j'avais d'autres choses à faire, rétorqua-t-elle.

Billy eut l'air vexé.

— Comme quoi ?

Elle voulait répliquer sur le même ton, en continuant à faire sa mauvaise tête, mais soudain Billy se mit à rire. Il avait le même rire que lorsqu'il avait sept ans. Un rire qui le secouait tout entier. Un rire contagieux. Elle adorait l'entendre. Elle se mit à rire elle aussi.

– Hé, je t'offre un milk-shake, si tu veux, proposa-t-il.

Il ne la draguait pas, mais sa proposition venait du fond du cœur, ça se sentait.

Ils traversèrent la rue pour s'installer à une terrasse, à l'ombre. Il commanda un milk-shake à la menthe et elle une limonade.

– Tu sais quoi ?
– Quoi ? demanda-t-elle.
– J'ai l'impression de te connaître.
– Ah oui ?
– Ouais, d'où tu viens, déjà ?
– De Washington.
– Et pourquoi tu es venue jusqu'ici ?
– C'est ici que je passais mes vacances quand j'étais petite, expliqua-t-elle, espérant qu'il allait lui demander des détails.

Mais il ne demanda rien de plus. Il n'avait même pas écouté la fin de sa réponse parce que, juste à ce moment-là, deux filles s'étaient arrêtées devant eux. Il y en avait une châtain avec de gros seins, et une petite blonde qui portait un pantalon très très taille basse. Bridget les avait déjà vues au terrain de foot. Pendant qu'elles flirtaient avec Billy, tout en sourires et en chichis, Bridget en profita pour refaire ses lacets.

— Désolé, fit-il lorsqu'elles furent parties. J'ai été dingue de cette fille pendant toute une année.

Le cœur de Bridget se serra. Elle se rappelait le temps où elle était la fille dont les garçons étaient dingues, pas celle à qui ils ouvraient leur cœur.

— Laquelle ? demanda-t-elle.

— Lisa, la blonde. J'adore les blondes.

Instinctivement, elle toucha ses cheveux multicolores, empaquetés dans leur bandana. La serveuse leur apporta leurs verres.

— Comment ça se fait que tu t'y connaisses autant en foot ?

— J'y ai beaucoup joué, expliqua-t-elle en mâchouillant le bout de sa paille.

— Tu étais douée ?

— Plutôt, dit-elle sans lâcher sa paille.

Il hocha la tête.

— Tu viens au match, samedi, hein ?

Elle haussa les épaules, rien que pour lui donner une leçon.

— Tu as intérêt à être là ! fit-il, paniqué. On est trop mal si tu viens pas.

Elle sourit, flattée. Il n'était pas dingue d'elle, mais c'était déjà ça.

— Bon, bon, d'accord.

— Tu imagines, m'man ? Krista a emmené sa mère chez Roxie pour le brunch, expliqua Carmen entre deux bouchées de gaufre.

Al et Lydia étaient arrivés la veille au soir à Washington pour faire la paix avec Krista et la ramener à la maison.

Christina sourit. Ce n'était que l'ombre d'un sourire mais c'était déjà un miracle comparé à l'expression qu'elle arborait ces dernières semaines. Roxie, le rendez-vous des drag-queens, était un bar célèbre du quartier d'Adams Morgan. Lorsque Krista avait entendu Tibby en parler, elle avait ouvert de grands yeux fascinés. Et elle avait décidé d'y emmener sa mère. Carmen était fière de sa petite protégée. Elle se rendait à l'ennemi, certes, mais pas sans se battre.

— Et Al y est allé aussi ? demanda Christina.

— Non, elles se font une petite sortie mère-fille avant de rentrer à Charleston demain.

Elle hocha la tête, pensive.

— Je l'aime bien, Krista.

Carmen fourra la moitié de sa gaufre dans sa bouche et eut toutes les peines du monde à l'avaler.

— Oui, elle est mignonne. Elle est sympa. Alors, tu viens ce soir ?

Sa mère reprit aussitôt son air lointain, elle semblait obligée de prendre du recul pour supporter tout ça.

— Mm, je pense.

Les couples mariés ont tous un style à eux. Eh bien, les couples divorcés aussi. Les parents de Carmen étaient adeptes du «divorce à l'amiable ». Ce qui signifiait que, si Al et Lydia allaient au restaurant avec Carmen, Al était aussi censé inviter Christina pour qu'elle fasse connaissance avec son dernier modèle de femme et Christina était censée accepter.

— Ça va aller avec Lydia ?

Christina réfléchit un instant, mordillant sa fourchette vide.

— Mm.

— C'est vrai ?

Sa mère était stoïque. Courageuse. Carmen devait être une enfant adoptée.

Elle eut l'impression qu'elle allait ajouter quelque chose mais elle répéta simplement :

— Mm.

Ces derniers temps, elles n'allaient jamais au fond des choses toutes les deux. Elles restaient en surface.

Carmen aurait voulu que sa mère lui en donne plus, beaucoup plus, mais elle n'osait pas insister. Elle ne le méritait pas.

Elle avait sûrement mangé et dormi mais elle ne se rappelait pas vraiment quoi ni quand.

Tibby avait perdu toute notion du temps et de l'espace. Elle ne se rappelait même pas être allée aux toilettes. Elle avait beaucoup de vidéos à visionner, surtout maintenant qu'elle avait appelé Mme Graffman pour qu'elle lui prête quelques cassettes. Elle devait donc rester très concentrée pour ne rien oublier et ne rien abîmer.

En cours de route, elle s'était vite rendu compte que le documentaire qu'elle avait filmé l'an dernier ne lui servirait pas à grand-chose. Les plus belles images étaient dans les chutes. L'installation du matériel, les bouts d'essais : Bailey qui préparait une prise de vues ou qui l'interrompait, Bailey qui essayait de fabriquer une perche avec un manche à balai…

Tibby aimait aussi quand Bailey était derrière la caméra. Elle était remarquablement patiente. À l'inverse de Tibby, elle n'essayait pas de tout modeler pour raconter une histoire. Elle ne forçait pas son interlocuteur à dire ce qu'elle voulait qu'il dise.

Tibby avait tout de même réussi à filmer un truc pas mal, c'était l'interview de Bailey. Elle était assise devant la fenêtre, auréolée de lumière, comme un ange, avec le jean magique qui tombait en accordéon sur ses pieds. On apercevait même Mimi qui dormait, dans le fond. Tibby était fascinée par l'expression de Bailey, toujours si pure, si franche, si courageuse.

Aujourd'hui, elle travaillait sur la bande-son. C'était assez facile car elle avait décidé de ne passer que Beethoven durant tout le film. Mais lorsqu'elle réécouta le morceau, elle fut déçue par ce qu'elle entendit.

Elle s'affala sur sa chaise. Elle avait la tête qui

tournait. Elle manquait de sommeil. Il ne lui restait que quatre jours avant le festival.

Sans Brian qui sifflait, ce morceau n'était plus le même. C'était ça, l'art. Pas Kafka sur fond de Pizza Hut. Mais les douces modulations de Brian qui sifflait.

***Il fit de l'univers
un grand chemin d'herbe
Pour ses pas vagabonds.***

W. B. Yeats

Traduction d'Yves Bonnefoy

C'était décidément l'été des dîners les plus inattendus. Carmen était assise entre Lydia et Krista, Christina entre Al et Paul.

Carmen redoutait tant les silences pénibles qu'elle avait préparé une liste de sujets de discussion :

Les films de l'été
Les suites, bonne idée ou échec assuré ?
Le pop-corn : une tragédie pour la ligne, une tragédie pour le film ? (permettra à maman de ramener sa science en matière de calories)

La crème solaire (sujet idéal pour les mères)
SPF, qu'est-ce que ça veut dire ?
Le pire coup de soleil de votre vie (ne pas monopoliser le débat, laisser papa raconter pour la énième fois son histoire de voilier aux Bahamas)

La couche d'ozone (accord familial total : il faut la protéger et ne pas faire de trous dedans)

Les transports aériens
Les conditions de vol ont-elles empiré récemment ? (les adultes déblatéreront le temps qu'ils voudront)

Et si la situation est vraiment désespérée : la chirurgie esthétique

Mais, bizarrement, le papier resta dans sa poche. La conversation débuta tranquillement, toute seule : Lydia décrivit leur brunch chez Roxie et, à la grande surprise de Carmen, réussit à en rire. Ce qui fit aussi rire Christina. Un vrai petit miracle.

Puis Krista leur raconta qu'elle avait erré pendant trois heures et vingt-deux minutes, perdue dans le métro de Washington. Ce qui permit à Al de se lancer dans une description de toutes les lignes et correspondances du réseau de transports washingtonien. Il sortit même son plan pour illustrer ses propos.

Et de là, on ne sait comment, ils en arrivèrent à la fois où Al et Christina s'étaient perdus en ramenant de la maternité la petite Carmen fraîchement venue au monde. Elle connaissait cette histoire par cœur mais, en principe, elle ne l'aimait pas trop parce que ce qui faisait rire les gens, c'était les moments où Carmen se mettait à hurler ou à vomir. Pourtant, ce soir-là, elle écouta avec plaisir ses parents se relayer pour la raconter, avec beaucoup d'humour et de tendresse. Lydia riait et acquiesçait quand il le fallait. Al lui prit la main pour qu'elle sache que, maintenant, c'était elle qu'il aimait.

Il commanda du vin en faisant son drôle d'accent italien. En tripotant les perles de son collier, Krista chuchota gentiment quelque chose à l'oreille de sa mère. Lydia insista pour que Christina goûte sa «fabuleuse» salade de maïs et homard.

Carmen se sentait bien dans cette ambiance chaleureuse, avec tous ces visages rieurs, animés, autour d'elle. C'était sa famille, si bizarre soit-elle. Elle était passée d'un trio bancal à un sextuor carrément agité.

Paul la regarda. «Tout va bien», semblait-il dire.

Elle sourit. Le bonus, c'est que, dans l'affaire, elle avait hérité de Paul. Paul, qui était la gentillesse et la patience incarnées.

Elle repensa au jour où elle avait vu Lydia, Krista et Paul pour la première fois, l'été dernier. Elle était furieuse contre son père. Elle avait cru que tout était fini alors qu'en fait il s'agissait d'un nouveau départ.

Elle regarda sa mère, qui faisait face à la situation avec grâce. Al et Lydia étaient en couple,

Christina était seule mais elle faisait toujours face avec grâce. En tant que mère seule avec son enfant et travaillant à temps complet. En tant que femme au cœur brisé.

Sa mère aussi méritait un nouveau départ.

Ce soir-là, quand le téléphone sonna à neuf heures et quart, Lena se jeta dessus. Le téléphone pouvait être son meilleur ami comme son pire ennemi, mais elle ne savait jamais auquel des deux elle allait avoir affaire avant de décrocher.

— Allô ? fit-elle sans parvenir à masquer son enthousiasme.

— Salut.

C'était son meilleur ami.

— Kostos.

Comme elle aimait ce nom. Rien que le prononcer, elle aimait.

— Où es-tu ?

— À la station de métro.

Son estomac amorça un looping. Elle se força à respirer, à ralentir, à se calmer.

— Où ça ?

— Ici, à Washington.

— Non ? («Oh, oui, oui, oui !») C'est vrai ? fit-elle d'une voix étranglée.

— Si. Tu peux venir me chercher ?

— Oui. Oui, j'arrive. Il faut juste que j'invente une excuse pour mes parents.

Il se mit à rire.
— Je suis à la sortie Wisconsin Avenue.
— OK. À tout de suite.
C'était presque trop beau : en plus, elle avait encore le jean magique. Elle l'enfila et mentit allégrement à sa mère en lui disant qu'elle allait manger une glace avec Carmen. Puis elle monta dans la voiture, bénissant ses parents qui la lui laissaient quand elle le voulait.

Il l'attendait à la sortie du métro, silhouette solidement campée sur ses deux pieds. Ce n'était pas un rêve ni une blague. Elle baissa la vitre passager pour qu'il voie que c'était elle. À peine monté dans la voiture, il se mit à l'embrasser à pleine bouche, en tenant sa nuque entre ses mains.

— Je n'en pouvais plus d'être loin de toi, lui dit-il dans un souffle. J'ai pris le train juste en sortant du travail.

Il l'embrassa encore et encore, jusqu'au moment où elle se rappela qu'elle était au volant d'une voiture sur une grande artère de Washington. Elle leva la tête, en transe, essayant de fixer son attention sur les feux qui défilaient.

— Où va-t-on ?

Il ne la quittait pas des yeux. Il s'en fichait.

— Tu crois qu'on devrait faire autre chose que s'embrasser ? Des trucs comme font les couples, comme aller au restaurant, par exemple. Tu as faim ? demanda-t-elle.

Mais tout son corps ne voulait que des baisers.

Il se mit à rire.

– Oui, j'ai faim et oui, je veux bien t'emmener au restaurant. Mais je n'ai pas envie de passer plus de cinq minutes sans pouvoir te toucher.

L'amour lui donna une soudaine inspiration.

– Je crois que j'ai une idée.

Elle s'arrêta dans un supermarché pour acheter de la pâte à cookies crue et un quart de litre de lait plus un paquet de biscuits fourrés à la fraise, menu qu'elle réservait aux grandes occasions. Même sous l'affreux éclairage au néon, ils trouvèrent plein d'occasions de se toucher : sa main posée sur sa taille, sa hanche collée contre la sienne, ses lèvres effleurant son cou.

Elle essaya de conduire aussi prudemment que possible en traversant les bois de Rock Creek Parkway. Elle longea la rivière Potomac et, soudain, les silhouettes blanches des monuments de marbre se dressèrent autour d'eux comme les ruines d'une cité antique. La route était toute à eux. L'eau scintillante réfléchissait les pâles arches des ponts, c'était beau à couper le souffle.

Pour une fois, ils n'eurent aucun mal à se garer. Ils emportèrent leur butin dans un sac en papier et s'installèrent sur les immenses marches de pierre, levant leurs yeux respectueux vers le président Lincoln qui trônait sous les projecteurs dans son temple de marbre.

— Personne ne vient jamais à cette heure-ci, c'est pourtant le meilleur moment pour admirer les monuments, expliqua Lena en désignant l'esplanade déserte.

On pourrait penser que le regard solennel d'un président aurait de quoi refroidir n'importe quel amoureux, mais Lena n'était pas de cet avis. Ils mangèrent tout en s'embrassant, toujours plus fort, toujours plus passionnément. Elle picorait de petits bouts de pâte à cookies et il la regardait amoureusement dans son petit débardeur vert. Il suivait la ligne de ses épaules, de son cou, de sa bouche, en extase. De le voir si captivé par sa beauté lui faisait découvrir un plaisir jusque-là inconnu.

Lui donnait-elle autant de bonheur qu'il lui en donnait ? Était-ce seulement possible ? Elle se sentait si bien, si proche de lui qu'il devait certainement partager son bonheur, c'était obligé.

C'était une transition facile de passer du Grand Émancipateur aux étoiles qui brillaient au-dessus de sa statue[1]. Mais avec tous ces projecteurs, on ne les distinguait pas bien. Ils empruntèrent donc un petit sentier qui menait dans une clairière isolée et moins éclairée. Là, ils s'allongèrent dans l'herbe, entremêlant leurs jambes. C'était vraiment très aimable de la part du reste du monde de les laisser tous les deux en tête à tête.

---

[1]. Allusion à la bannière étoilée, drapeau américain.

Il faisait doux ce soir-là. Les épais feuillages d'été embaumaient l'air d'un doux parfum sucré. Même la poubelle débordant d'ordures dégageait une douce odeur.

Il est des nuits où les étoiles scintillent froidement là-haut, loin dans le ciel, et vous narguent, intouchables. Mais parfois, comme cette nuit-là, elles clignotent chaleureusement et vous font signe, donnant l'impression qu'elles vous connaissaient personnellement. Lena était contente que ce soit l'été, qu'ils puissent être ensemble dehors, à la belle étoile, sans toit pour étouffer leurs rêves.

Au début, seules leurs chevilles se touchaient. Puis leurs avant-bras et leurs mains. Et, brusquement, prise d'une soudaine impulsion, Lena se retrouva sur lui, tout contre lui.

— Je vais trop vite ? demanda-t-elle.
— Non.

Il avait répondu avec force, craignant peut-être qu'elle s'arrête.

— Oui et non. Trop vite et pas assez…

Sa poitrine se soulevait quand il riait.

— … mais ne t'arrête surtout pas.

Les mains de Lena effleurèrent son ventre.

— Tu ne voudrais pas faire une petite pause et recommencer à être un gentleman seulement demain ?

Doucement, il la fit rouler pour se retrouver au-dessus d'elle, appuyé sur ses mains pour ne pas l'écraser de son poids. Il enfouit son visage dans son cou.

– Pourquoi pas…

Ses mots étouffés lui chatouillaient l'oreille. Un petit frisson parcourut sa moelle épinière.

Savourant le moment présent et celui à venir, elle le regarda se pencher sur son ventre et l'embrasser tendrement. Il relevait doucement son T-shirt, dénudant petit à petit sa peau. Il couvrit son nombril de baisers puis remonta jusqu'à ses côtes. Délicieusement surprise, elle sentit qu'il détachait son soutien-gorge et faisait passer son débardeur par-dessus sa tête. Il la regardait avec la même vénération que lorsqu'il l'avait surprise dans le bosquet d'oliviers, l'été dernier. Mais, à l'époque, elle n'appartenait qu'à elle-même et elle avait sauvagement couvert sa nudité de ses mains. Ce soir, elle lui appartenait et elle laissait avec plaisir ses yeux parcourir son corps.

Sans attendre, elle lui retira son T-shirt. Et elle colla sa peau nue contre la sienne.

La mémoire joue parfois des tours et il lui arrive de mentir.

Mais cette nuit, au clair de lune, Kostos était aussi beau que lorsqu'elle l'avait vu se baigner au milieu des oliviers, aussi beau que dans tous les rêves qu'elle avait faits depuis. Toutes ces images lui revinrent d'un coup, comme une vague qui l'emportait, et elle repensa aux paroles d'une chanson qu'elle aimait :

All your life, you were only waiting for this moment to be free[1].

Carmen avait prévu de faire des cookies avec Jesse et Joe : ça, c'était le genre d'activité qu'une bonne baby-sitter proposait aux chérubins qu'elle gardait. En allant chez les Morgan, elle s'était même arrêtée pour acheter des pépites de chocolat et des M&M's. Elle se sentait l'âme d'une vraie Mary Poppins !

Mais maintenant qu'elle se retrouvait au cœur de l'action, c'était beaucoup moins drôle.

— Doucement, Jesse. Juste un petit coup, chéri, supplia-t-elle.

Il hocha la tête avant de fracasser l'œuf contre le bord du saladier. Des centaines d'éclats de coquille tombèrent dans la pâte. Il releva les yeux, cherchant son approbation.

— C'est bien, il faudrait faire juste un peu plus doucement. Peut-être que tu devrais me laisser casser le pro...

Trop tard : Jesse avait déjà écrabouillé l'œuf numéro deux.

— Rrraaaaaahhh ! hurla Joe en s'arc-boutant vers le paquet de M&M's.

— Joe, je sais que tu en voudrais un autre. Mais je ne crois pas que maman...

---

[1]. « Toute ta vie, tu n'attendais que ce moment pour prendre ta liberté. » Extrait de *Blackbird* des Beatles.

En général, les bébés sont maladroits, ils ne contrôlent pas leurs gestes mais, exceptionnellement, ils peuvent parfois faire preuve d'une précision stupéfiante. Généralement au moment où vous vous y attendez le moins. Sous les yeux ébahis de Carmen, le petit Joe se pencha en avant, tendit la main, la referma sur le paquet, en rafla une poignée puis renversa le tout si parfaitement que les petits bonbons multicolores tombèrent en pluie sur le sol de la cuisine.

— Oh-mon-dieu, murmura Carmen.

— Il faut bien mélanger, maintenant, hein ? demanda Jesse, tout excité, après avoir réduit les œufs en bouillie.

— Oui, mais on devrait peut-être essayer de…

Elle posa Joe par terre pour tenter de repêcher quelques morceaux de coquille dans la pâte. Mais quand le bébé voulut se mettre debout en s'accrochant à une chaise de cuisine, les bonbons se mirent à rouler sous ses pieds comme des billes Et il s'étala de tout son long.

— Oh, Joe ! marmonna Carmen.

Elle courut le ramasser en sautillant pour éviter d'écraser les M&M's.

— Tu veux jouer avec mon portable ? proposa-t-elle.

Et tant pis s'il appelait Singapour.

— Tiens, fit-elle en l'installant dans sa chaise haute.

Puis elle prit le balai pour tenter de nettoyer les dégâts.

— Je mélange bien, hein ? répéta Jesse, perché sur son tabouret.

— Mm, répondit vaguement Carmen.

Les gamins, c'est épuisant. Et dire qu'elle n'était là que depuis un quart d'heure !

En entendant Mme Morgan descendre les escaliers, elle fondit sur Joe pour effacer toute trace de bonbon de sa bouche et de ses mains.

Mme Morgan apparut à la porte de la cuisine, très élégante dans son tailleur. Carmen n'en revenait pas.

— Waouh ! siffla-t-elle. Vous êtes superbe !

— Merci, j'ai rendez-vous à la banque, expliqua-t-elle.

— Man-man ! Man-man ! se mit à crier Joe.

Il fit voler le portable à travers la pièce en tendant les bras vers sa mère.

« Non, non, ne faites pas ça ! » cria intérieurement Carmen. Elle aurait voulu avertir Mme Morgan mais les lois de l'univers attiraient irrésistiblement la mère vers son bébé.

Elle le prit dans ses bras.

— Maman ! Regarde ! s'écria Jesse.

— Oh, tu fais des cookies, mon chéri ? demanda-t-elle avec autant d'enthousiasme que s'il venait de remporter le prix Nobel de la paix.

— Oui ! confirma Jesse, ravi. Goûte ! Goûte !

Elle jeta un coup d'œil dans le saladier.

— Tiens, maman, c'est moi qui l'ai fait !

Alors que Mme Morgan hésitait à goûter, Carmen vit Joe enfouir son visage dans la poitrine de sa mère. Elle l'avait senti venir. Une fine traînée de morve s'étala sur le tissu noir. Bien en vue. Exactement comme si une limace était allée se promener sur le revers de son tailleur. Elle n'avait rien remarqué et Carmen n'eut pas le cœur de le lui dire.

Des images de sa propre mère lui revinrent : elle revoyait la belle jupe de gabardine sur laquelle elle avait saigné du nez, la veste en tweed où elle avait renversé du vernis à ongles (bleu !).

— Maman, c'est bon ! assura Jesse en lui tendant la cuillère.

Elle examina les petits bouts de coquille qui parsemaient le mélange, toujours le même sourire enthousiaste aux lèvres.

— Ça sera encore meilleur quand ce sera cuit, remarqua-t-elle.

— Allez ! supplia Jesse. C'est moi qui l'ai fait !

Mme Morgan se pencha pour tremper le bout de sa langue dans la pâte.

Elle hocha la tête.

— Oh, Jesse, c'est délicieux ! J'ai hâte de pouvoir manger les cookies.

Carmen la regardait, stupéfaite. Elle aurait sûrement été incapable de goûter ce mélange infâme… Et sa mère, l'aurait-elle fait ? Elle connaissait la réponse. Oui, Christina aurait goûté la pâte. D'ailleurs, elle l'avait souvent fait.

Carmen comprit alors ce que c'était qu'être mère. Mme Morgan n'avait pas goûté la tambouille de Jesse parce qu'elle en avait envie, mais tout simplement parce qu'elle aimait son fils. Et finalement, c'était plutôt rassurant de savoir ça.

Lennyk162 : Carmen, où es-tu ? Ton téléphone a un problème, j'ai essayé de te joindre toute la journée, ça ne répond pas. Il FAUT que je te parle.
Carmabelle : Mon portable est mort. J'arrive !

Tibby appela Brian chez lui, chose qu'elle ne faisait jamais. Elle tomba sur le répondeur. Ils avaient laissé le message préenregistré, un peu comme ces gens qui achètent un sous-verre et laissent l'image qui se trouve dedans au lieu de mettre une photo à eux.

Elle s'éclaircit la gorge.

— Euh, j'espère que je ne me suis pas trompée de numéro... Brian, c'est Tibby. Tu pourrais m'appeler à Williamston ? J'ai vraiment besoin de te parler.

Elle raccrocha puis resta un moment à tapoter nerveusement sur son bureau. Pourquoi la rappellerait-il vu la façon dont elle l'avait traité ? Si elle était à sa place, elle ne se rappellerait pas. Ou alors juste pour se traiter de grosse naze.

À nouveau, elle composa le numéro. À nouveau, elle entendit le message du répondeur.

— Euh… Brian ? C'est encore Tibby. Euh… je voulais juste te dire… enfin, je tenais à te dire que j'étais vraiment désolée. Pire que ça, même. J'ai honte. Je…

En voyant son reflet dans la vitre, Tibby réalisa soudain qu'elle était en train d'ouvrir son cœur à un répondeur-enregistreur qui n'avait même pas de message personnalisé. Elle devenait folle. Elle manquait de sommeil, c'était pour ça. Et si elle avait fait un faux numéro ? Et si la mère ou le beau-père de Brian tombait sur son message ? Elle raccrocha brutalement.

Mais… une minute ! Qu'est-ce qu'elle venait de faire ? Alors, comme ça, elle était trop lâche pour lui présenter des excuses complètes, après ce qu'elle lui avait fait ? Elle se permettait de raccrocher au beau milieu ? Elle se préoccupait plus de savoir ce que ses parents allaient penser que de lui montrer qu'elle tenait à lui ?

Tibby regarda ses pieds. Elle portait ses chaussons-éléphants. Et un bas de pyjama écossais sur un maillot une pièce parce que tout le reste était sale. Elle avait aussi noué une serviette sur ses épaules parce que la clim était trop forte dans les chambres. Elle n'avait pas pris de douche ni mis le nez dehors depuis plusieurs jours. Quelle dignité s'efforçait-elle de préserver, là ?

Elle refit le numéro.

– Brian?... Euh, oui, c'est encore Tibby. Je voulais te dire que j'étais désolée. Tellement désolée que je ne trouve même pas les mots... Je voudrais pouvoir te présenter mes excuses en personne. Et euh... je voulais aussi te dire que euh... mon film – un nouveau, hein, pas l'ancien – était projeté samedi à trois heures à l'auditorium. Je sais que tu ne voudras pas venir.

Elle fit une pause pour reprendre son souffle. Un vrai moulin à paroles!

– Moi, si j'étais à ta place, je sais que je n'aurais pas envie de venir. Mais enfin, si tu venais, ça me toucherait vraiment beaucoup.

Elle raccrocha. C'était trop bizarre, hein? Ils allaient vouloir la faire interner en entendant ça, non?

Elle fit le numéro une dernière fois.

– Et encore désolée d'avoir appelé autant de fois, dit-elle précipitamment avant de vite raccrocher.

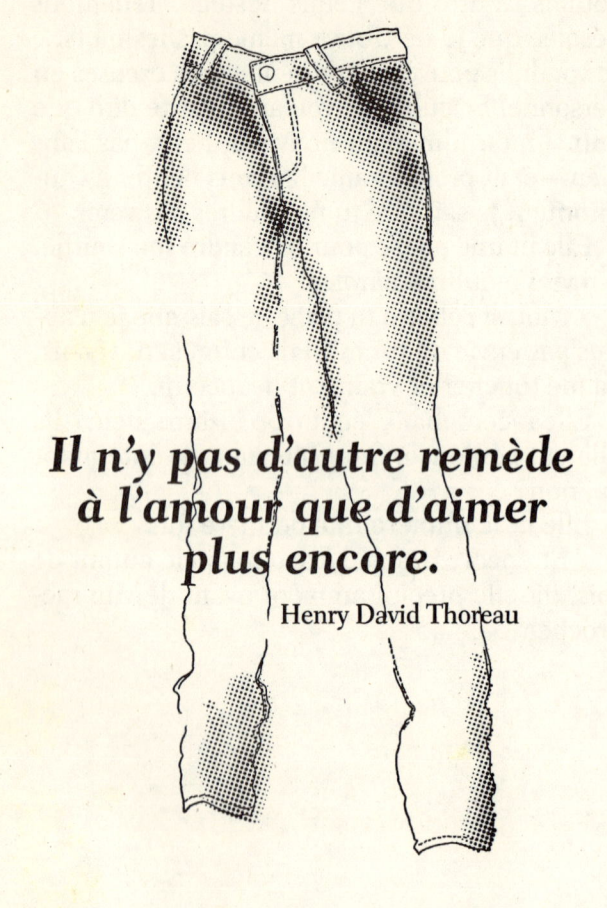

*Il n'y pas d'autre remède
à l'amour que d'aimer
plus encore.*

Henry David Thoreau

Le vendredi soir, Bridget courut plus de dix kilomètres pour descendre à ce coude de la rivière où se trouvait la maison de Billy autrefois. Il habitait peut-être toujours là.

Son corps changeait, elle le sentait. Elle n'avait pas tout à fait retrouvé son apparence normale, mais presque. Ses jambes et son ventre s'étaient remusclés. Ses cheveux étaient redevenus blonds. Pour courir toute seule, elle avait retiré sa casquette. Ouf! Quel plaisir de laisser ses cheveux respirer dans l'air chaud du soir.

Elle passa chez Greta pour prendre son ballon et fila au terrain de foot. C'était devenu un rituel pour elle, de taper dans le ballon tous les soirs à la lueur des trois réverbères.

– Gilda!

En se retournant, elle vit Billy venir vers elle. Il devait certainement se rendre à une fête où il n'y avait que des petites blondes à pantalon taille basse, comme il les aimait tant.

— Salut, fit-elle, un peu essoufflée.

Heureusement qu'elle avait pensé à remettre sa caquette en arrivant en ville.

— Je croyais que tu ne jouais plus.

— J'ai recommencé.

— Oh...

Il la regarda. Regarda le ballon. Il aimait autant le foot qu'elle.

— On se fait un petit match à deux ? proposa-t-il.

Elle sourit.

— OK.

Rien de tel qu'un bon adversaire pour faire monter l'adrénaline dans ses veines. Elle trouva son rythme pour dribbler, gardant le ballon toujours devant elle. Elle feinta à gauche, tira à droite et marqua. Elle entendit Billy grogner dans son dos :

— Un coup de chance !

Et ils recommencèrent.

Elle se retrouvait comme au bon vieux temps des Honey Bees. Elle avait toujours eu la capacité d'être excellente quand elle le voulait vraiment et, ce soir-là, elle réussit à marquer cinq fois de suite sans laisser une seule chance à Billy.

Haletant, il se laissa tomber par terre au milieu du terrain et enfouit son visage dans ses mains. Puis il se mit à crier dans la nuit :

— C'est pas possible, bon sang !

Bridget s'efforçait de cacher sa joie. Elle s'assit à côté de lui et lui dit gentiment :

— Tu es en jean, c'est normal, c'est pas pratique pour jouer.

Il découvrit ses yeux pour la dévisager. Il avait le même air effaré que quelques semaines auparavant. Il la regarda en plissant les yeux.

— Qui es-tu ?

Elle haussa les épaules.

— Qu'est-ce que tu veux dire ?

— Je sais... en fait, je viens de jouer contre la sœur de Zidane, c'est ça ?

Elle sourit en secouant la tête.

— Mais je suis le meilleur joueur de l'équipe ! explosa-t-il.

Elle haussa de nouveau les épaules. Ce n'était pas la première fois qu'elle froissait l'ego d'un garçon sur un terrain de foot, mais elle ne savait jamais quoi dire.

— Tu me rappelles cette fille..., murmura-t-il en fixant la pelouse.

— Mm ?

— Elle s'appelait Bee et, quand j'avais sept ans, c'était ma meilleure amie. Elle me mettait aussi la pâtée, je devrais avoir l'habitude.

Ses yeux brillaient à ce souvenir. Il avait son petit amour-propre, mais il était beau joueur finalement. Elle avait envie de lui révéler son identité. Elle avait assez joué. Elle en avait marre de devoir porter cette casquette sans arrêt.

Elle remarqua qu'il était en train de regarder ses jambes. Elle n'était peut-être pas Miss Alabama, mais elle savait que ses jambes avaient repris une jolie ligne. Elles étaient musclées et bronzées, résultat de cinq semaines de jogging intensif et d'entraînements de foot nocturnes. Il n'avait plus l'air effrayé mais il n'avait pas le sourire non plus. En fait, il avait l'air plutôt mal à l'aise. Il s'éclaircit la gorge.

— Hum… Bon, je ferais mieux d'y aller. Tu seras là demain, à cinq heures, hein ? C'est l'avant-dernier match du championnat, tu sais.

Elle voulait lui donner une petite tape sur l'épaule, en bonne copine, mais son geste se transforma malgré elle en caresse. Elle reçut comme une légère décharge électrique en le touchant. Il regarda son épaule, puis Bridget. Là, il avait l'air carrément perdu.

— Je serai là, promit-elle.

En rentrant sans bruit chez Greta, elle aperçut la lueur bleue de la télévision dans le salon. Elle s'approcha sur la pointe des pieds pour lui souhaiter une bonne nuit, mais elle dormait déjà, la tête renversée sur le dossier du fauteuil. Le plateau avec les restes de son dîner était encore posé sur la table basse. Le vendredi, c'était plateau-télé. La gorge de Bridget se serra. Sa grand-mère menait une petite vie toute simple, dans son coin, sans éclats et sans heurts. Elle avait l'impression qu'elle ne pourrait jamais tenir dans une si petite vie.

Elle ne put s'empêcher de penser à Marly. Sa vie à elle n'avait jamais été petite ni simple. Avec Marly, c'était chaque jour une nouvelle aventure, un nouveau monde. Tout n'était qu'éclats et heurts, pour le meilleur ou pour le pire. N'y avait-il pas d'autre choix ? C'était soit mener la petite vie de Greta soit finir comme Marly ?

Debout dans ce salon où sa mère s'était pavanée avec ses centaines de petits amis et où sa grand-mère ronflait maintenant devant la télé, Bridget se demanda si tout ne se réduisait qu'à cela : mener une existence sinistre ou mourir en beauté ?

Tiboudou : Je suis contente pour Kostos et toi. Mais ne me dis pas que ça y est, vous l'avez fait ? Je ne pourrais pas encaisser ça maintenant.

Lennyk162 : Mais non, Tib, t'inquiète. J'en avais super envie pourtant. Ça pourrait arriver bientôt...

Il était tard. Carmen avait passé tout l'après-midi et toute la soirée chez les Kaligaris. Elle avait la tête farcie d'amour et de passion – grâce à Lena ! –, ça la faisait rêver... mais elle ne pouvait s'empêcher d'angoisser. Voilà encore une chose qui risquait de les séparer.

En arrivant chez elle, elle se sentait toute chose. Sa mère lui manquait même si, techniquement, elle était dans la chambre d'à côté.

Carmen enfila un grand T-shirt, se brossa les dents et vint se glisser dans le lit de sa mère. Cela restait, même si elles étaient en froid, l'endroit le plus chaud et douillet de l'univers. Christina se tourna sur le côté, appuyant sa tête sur son coude. Souvent, sa mère lui massait le dos mais, ce soir, Carmen gardait ses distances. Elle ne le méritait pas encore.

— Maman ?
— Oui ?
Carmen se mordilla le pouce.
— J'ai quelque chose à te dire…
— Vas-y.
Elle se doutait probablement de ce qui allait suivre.
— Tu te souviens de ce dimanche, quand tu as cru que David ne t'avait pas appelée de la journée ?
— Oui…
— En fait, il avait appelé. J'ai rembobiné son message et il a été effacé par erreur. J'aurais dû te le dire, je sais.

D'après l'expression de sa mère, elle comprit qu'elle était en colère, mais elle avait pris du recul.

— C'est minable d'avoir fait ça, Carmen.
— Je sais, je suis désolée. Et je suis désolée de

t'avoir dit toutes ces horreurs. Je suis désolée de t'avoir rendue malheureuse.

Sa mère hocha la tête.

— Je suis désolée d'avoir tout gâché entre David et toi. Je regrette.

Les yeux de Carmen s'emplirent de larmes.

— … Je ne sais pas pourquoi j'ai fait ça.

Christina ne disait toujours rien. Elle savait qu'il suffisait de laisser parler sa fille pour que la vérité sorte d'elle-même.

— Bon, d'accord, si, je sais. J'avais peur que ça nous sépare. Que ce soit la fin de notre petite vie à deux.

Sa mère tendit la main et lui caressa les cheveux.

— Tu as fait des erreurs, mais tu n'es pas la seule. Moi aussi. J'ai voulu aller trop vite. Je me suis laissé emporter.

Elle ne quittait pas le visage de sa fille des yeux.

— Mais écoute-moi bien, *nena*, rien ne nous séparera jamais.

Une larme coula le long de l'avant-bras de Carmen et s'écrasa sur le matelas.

— Je peux te poser une question ? demanda-t-elle.

— Bien sûr.

— Est-ce que tu attendais ça depuis longtemps ? De rencontrer quelqu'un, je veux dire ? Est-ce que tout le temps où on n'était rien que toutes les deux, tu te sentais seule ?

— Oh, non. Non, non, affirma Christina.
Elle lui caressa la tête comme lorsqu'elle était petite.
— J'ai toujours été très heureuse d'être ta mère.
Carmen sentit son menton trembler.
— C'est vrai ?
— Rien n'aurait pu me rendre plus heureuse.
Carmen esquissa un sourire.
— Et moi, je suis heureuse d'être ta fille.
Elles roulèrent toutes les deux sur le dos et regardèrent le plafond.
— Maman, qu'est-ce que tu voudrais maintenant ?
Christina réfléchit un moment.
— C'était merveilleux de tomber amoureuse mais ça m'a fait peur, c'était trop rapide, trop fort. Je ne sais pas si je voudrais que ça recommence.
— Mmm…
Carmen fixait les fissures des moulures en plâtre.
— Et toi, ma puce ? Qu'est-ce que tu voudrais ?
— Eh bien…
Carmen leva les bras et les entortilla dans les airs. Elle examina ses mains.
— Voyons… Je voudrais que tu me laisses tranquille, mais sans m'ignorer. Je voudrais te manquer lorsque je partirai à la fac, mais sans que tu sois triste. Je voudrais que tu restes comme ça, mais pas que tu te sentes seule ou abandonnée.

J'aimerais que ce soit moi qui parte et pas toi. C'est pas juste, hein ?

Christina haussa les épaules.

— Tu es la fille, moi la mère. Ce n'est pas censé être juste.

Elle se mit à rire.

— Tu ne m'as jamais aidée à changer tes couches, tu sais !

Carmen riait aussi.

— Oh, et encore une chose…

Carmen roula sur le côté pour regarder sa mère bien en face.

— … je voudrais que tu sois heureuse.

Elle se tut, laissant ses mots les pénétrer. Puis elle se blottit contre sa mère pour qu'elle lui masse le dos.

Bee,
Je t'envoie ce jean plein d'amour et de surprises.
En ce moment, je vis sur une autre planète. Je sais que tu me comprends, Bee. Pas parce que tu as déjà fait ça avec un garçon (même si, maintenant, ça ne me semble plus aussi impensable…).
Mais parce que tu sais par expérience que, lorsqu'on vit un bonheur intense, on s'expose en même temps à une souffrance immense. C'est trop intense, c'est trop de bonheur, ça me fait peur.
Mais tu es là avec moi, Bee. Oh, comme j'aimerais être aussi courageuse que toi.
Bisous, *Lena*

Avant, la séparation et le manque la faisaient souffrir, désormais, ils lui étaient carrément insupportables. Kostos occupait tous ses rêves, ses fantasmes, ses pensées et rendait chaque heure qui passait encore plus longue, encore plus pesante.

Elle ne vivait plus dans l'instant présent, elle ne vivait que pour le moment où ils se retrouveraient. C'était ce qu'elle avait voulu à tout prix éviter. Mais, elle s'en rendait compte maintenant, c'était le prix de l'amour.

Lorsqu'il l'avait appelée lundi, elle avait caressé le téléphone (si, si!). Elle aurait pu l'écouter respirer pendant une heure, tout plutôt que de raccrocher.

Lorsqu'il l'avait appelée mardi, elle avait gloussé pendant une heure et demie, au point qu'elle se demandait si la vraie Lena n'était pas ligotée quelque part dans un placard avec du Scotch sur la bouche.

Il ne l'avait pas appelée mercredi et, lorsqu'il l'avait appelée le vendredi, il avait une drôle de voix, tellement éteinte qu'elle l'avait à peine reconnue.

— J'ai peur de ne pas pouvoir venir ce week-end.

Soudain, la tête lui tourna.

— Pourquoi? demanda-t-elle.

— Je… je vais sans doute devoir repartir.

– Repartir où ?
– En Grèce.
Elle resta bouche bée.
– Ton *bapi* va bien ?
Il ne répondit pas tout de suite.
– Oui... Je pense que ça va.
– Mais alors pourquoi tu t'en vas ? Qu'est-ce qui se passe ?

Elle criait trop fort. Elle se jetait sur lui comme un chat sur un cafard. Mais elle ne pouvait pas se retenir.

– J'ai un problème à régler, déclara-t-il lentement. Je t'expliquerai quand j'en saurai plus.

Il voulait couper court à ses questions.

– Mais c'est grave ? Ça va aller ?
– J'espère.

Son cerveau échafaudait toutes sortes d'hypothèses, cherchant une explication qui ne serait pas trop dévastatrice pour elle.

– Il faut que je raccroche, je regrette, dit-il.
« Ne pars pas ! » avait-elle envie de crier.
– Je t'aime, Lena.
– Salut, fit-elle.
Il n'y avait rien d'autre à dire.

Il ne pouvait pas retourner en Grèce ! Elle en mourrait ! Quand le reverrait-elle ? La seule chose qui lui avait permis de tenir, c'était de se dire que son supplice prendrait fin vendredi.

Elle détestait tout ça. L'incertitude. L'impuissance. Elle avait l'impression qu'il venait de creuser un fossé béant au beau milieu de la route prévisible de sa vie. Encore quelques mètres seulement, et elle se retrouverait au bord du vide.

Sa sœur apparut à la porte de sa chambre. Elle était en baskets.

— Ça va ? lui demanda-t-elle.

Lena secoua la tête. Elle ferma les yeux dans un effort désespéré pour empêcher les larmes de couler.

Effie s'approcha d'elle.

— Qu'est-ce qui se passe ?

Lena haussa les épaules. Elle alla chercher sa voix loin, loin, quelque part au niveau de ses chaussettes.

— Je crois que c'est encore plus dur d'être aimée que de ne pas l'être.

— Vos petits-enfants venaient souvent avant ? demanda Bridget, toujours à l'abri de sa casquette.

Sa grand-mère avala sa bouchée de toast avant de répondre :

— Oh, oui. Ils sont venus en vacances tous les étés jusqu'à leurs sept ans. Et moi, je montais passer six semaines chez eux chaque hiver.

— Pourquoi avez-vous arrêté ?

— Parce que Marly ne voulait plus que je vienne.

— Et pour quelle raison, à votre avis ?

Greta soupira.

– Ça commençait à ne plus aller. Je crois qu'elle ne voulait laisser personne se mêler de sa vie, surtout pas moi. J'avais certaines idées sur l'éducation des enfants mais ni elle ni Franz ne voulaient rien entendre.

Bridget hocha la tête.

– C'est dommage.

Greta s'agita sur sa chaise.

– Oh, oui, ma grande, tu ne crois pas si bien dire. Marly adorait ses enfants mais elle n'allait vraiment pas bien. Elle se recouchait à midi, après leur avoir fait à manger, et j'imagine que, lorsqu'ils ont eu huit ou neuf ans, elle se recouchait même après le petit déjeuner. Elle pouvait être en train d'étendre le linge et, tout à coup, elle n'en pouvait plus, alors elle le laissait dans la machine pendant des jours jusqu'à ce que Franz s'en aperçoive.

Bridget appuya sa joue sur sa main.

La cuisine s'assombrissait au fur et à mesure que le ciel se chargeait de nuages. Elle se rappelait cette période où sa mère passait ses journées au lit. Où elle s'énervait parce qu'elle n'arrivait pas à lui attacher ses sandales ou à lui démêler les cheveux. Bridget avait appris à faire attention à ne pas salir ses affaires parce qu'elle ne savait jamais si elle aurait quelque chose de propre à mettre le lendemain.

– Mais pourquoi ont-ils arrêté de venir ici ? Les enfants, je veux dire.

Greta posa ses coudes sur la table.

— Honnêtement, je pense que c'est parce que j'ai eu quelques mots avec Franz. Comme je savais que Marly n'allait pas bien, je m'inquiétais beaucoup pour elle. Mais Franz ne voyait pas les choses comme moi. Je lui ai dit qu'elle avait besoin de se faire aider par un médecin, mais il a refusé. Je lui ai dit qu'elle avait besoin de prendre des médicaments, mais il n'était pas d'accord. Il était en colère après moi alors il n'a plus voulu que je voie les enfants. Il m'a demandé d'arrêter de téléphoner. De laisser Marly tranquille. Mais je ne pouvais pas.

Bridget remarqua que les lèvres de sa grand-mère tremblaient. Elle lui tapota la main machinalement.

— En fin de compte, j'avais raison de m'inquiéter parce que…

Bridget se leva si brusquement qu'elle faillit renverser sa chaise au passage.

— J'ai un truc urgent à faire là-haut. Désolée, Greta. Ça vient de me revenir. Il faut que j'y aille.

Elle monta les escaliers comme une flèche, sans se retourner. Dans le grenier, la première chose qu'elle vit, c'était le carton. Celui qu'elle avait mis de côté. Elle se voyait dans la peau de Pandore. Ce carton était comme un trou noir béant entre elle et son enfance et, quand elle l'ouvrirait, elle tomberait dedans et mourrait.

Elle s'allongea sur son lit pour écouter l'orage qui approchait.

Elle s'endormit un moment et, lorsqu'elle se réveilla, elle avait toujours les yeux fixés sur ce carton. Le ciel devenait de plus en plus noir.

Elle regarda le vent agiter les rideaux de dentelle. Le ciel gris semblait se refléter sur le sol et lui donner sa couleur. Elle aimait cette pièce. Elle s'y sentait chez elle. Mais il y avait toujours ce carton... Elle glissa un œil dehors pour contempler le paysage agité.

Puis elle s'agenouilla près du carton et l'ouvrit. C'était le moment d'en finir. Elle voulait se prouver qu'il n'y avait pas de quoi avoir peur tout compte fait. Et puis si elle ne le faisait pas maintenant quand le ferait-elle ? Il fallait qu'elle aille jusqu'au bout de l'histoire.

Sur le dessus, il n'y avait que des photos de la jolie petite famille. Marly et Franz avec leurs deux bébés blonds. Dans la voiture, au zoo et tout le tintouin. Celles où on voyait ses grands-parents l'intéressaient davantage. Bridget sur les épaules de son grand-père, éblouie par le soleil. Toute barbouillée de glace à l'orange, donnant la main à sa grand-mère. Elle sourit en découvrant la photo de l'équipe des Honey Bees. Elle avait les cheveux tout courts comme un garçon et tenait Billy Kline par le cou, très viril.

Au milieu du carton, elle retrouva des dessins

d'elle et de Perry, et une pile de BD de son frère dans un état proche de la désintégration.

En dessous, il y avait des photos que Marly avait dû envoyer à sa mère quand ils ne venaient déjà plus en Alabama. Les photos de classe du CE2 au CM2 où Perry et Bridget posaient, raides comme des balais. Une photo à mourir de rire des quatre filles juste avant leur entrée en sixième : Tibby avait un grand trou sur le devant où il lui manquait encore plusieurs dents, Bridget étrennait la Rolls des appareils dentaires avec bagues et petits élastiques sur les côtés, Carmen s'était aplati les cheveux à la Jennifer Aniston (atroce!), quant à Lena, elle était normale, c'était Lena, quoi!

Mais la dernière photo était triste. D'après la date imprimée au dos, Bridget savait qu'elle avait été prise quatre mois avant la mort de sa mère. Elle avait dû l'envoyer à Greta pour lui prouver qu'elle allait très bien, mais, si on la regardait rien qu'une minute, l'illusion se dissipait. Marly était trop maigre. Sa peau n'avait pas dû voir la lumière du jour depuis des semaines. Elle était assise sur un banc, dans un parc, complètement figée, on aurait dit qu'elle posait en studio. Son sourire paraissait tout fragile, atrophié, comme si ses lèvres avaient perdu l'habitude de sourire.

Bridget avait admiré la belle, l'éblouissante Marly, mais c'était de cette femme qu'elle se souvenait.

Elle se leva, pleine d'énergie. Elle avait besoin de bouger. Le ciel était si noir qu'on se serait cru en pleine nuit. Elle voulut allumer la lumière mais elle ne marchait pas. L'orage avait fait sauter les plombs.

Bridget descendit pour voir si Greta n'avait besoin de rien. À sa grande surprise, elle la trouva dans un coin de la cuisine, une lampe de poche à la main.

— Ça va ? s'inquiéta-t-elle.

Le visage de Greta était luisant de sueur.

— Mon taux de sucre est trop haut. Et je n'arrive pas à me faire mon injection dans le noir.

Bien sûr, Bridget accourut à son secours.

— Je vais vous tenir la lampe, proposa-t-elle.

Retenant son souffle, elle regarda sa grand-mère positionner la seringue et planter l'aiguille dans sa veine. Soudain, la lumière vacilla et partit dans toutes les directions. La main de Bridget tremblait tellement qu'elle laissa tomber la lampe par terre. Tout son corps était agité de secousses.

— Pardon, s'excusa-t-elle. Je vais la ramasser.

Mais elle perdit l'équilibre et s'écroula à genoux au milieu de la pièce.

— C'est bon, ma grande. Je l'ai, la rassura Greta.

Sa voix paraissait venir de loin, si loin… Bridget essaya de se relever mais sa tête ne voulait pas, ses yeux ne voulaient pas. Tout tournait, tout était flou. Paniquée, elle voulait à tout prix se redresser. Elle réussit à atteindre la porte et à sortir dans la cour. Elle entendait sa grand-mère qui l'appelait, mais elle ne comprenait pas ce qu'elle disait.

Elle continua à marcher. Droit devant.

Elle marcha sous la pluie battante jusqu'à la rivière, puis elle la longea, suivant son chemin habituel. Mais elle n'allait pas assez vite, elle se mit à courir. La rivière était haute, l'eau battait les berges.

Bridget sentait les larmes couler sur ses joues et se mêler aux gouttes de pluie. Sous les trombes d'eau, elle pensa soudain à son coupe-vent qui l'avait abandonnée pour traverser tout le pays en car, roulé en boule sous un siège.

Elle courut, courut et, quand elle ne put plus courir, elle se laissa tomber par terre, elle se laissa rattraper. Là, allongée dans la boue, elle laissa les souvenirs la submerger, parce qu'elle ne pouvait plus lutter.

Il y avait sa mère avec une aiguille plantée dans sa peau blanc bleuté. Ses cheveux longs et blonds en éventail sur le sol. Et son visage qui restait fixe malgré les cris, tous ces cris. C'était Bridget qui criait. Elle criait mais le visage de sa mère ne bougeait pas, elle avait beau la secouer de toutes ses forces. Alors elle continua à crier, crier jusqu'à ce que quelqu'un vienne la chercher.

C'était ça, l'histoire. C'était ainsi qu'elle se terminait.

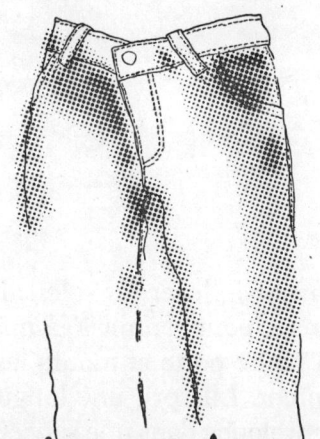

Un pigeon, c'est pareil qu'une colombe. Le saviez-vous ?

Bridget Vreeland

Un peu avant le lever du soleil, Bridget se prit par la main pour rentrer à la maison. Elle entra par la petite porte et monta les escaliers mécaniquement. Elle prit une longue douche brûlante, s'enveloppa dans une serviette, prit un peigne sur l'étagère et redescendit dans la cuisine. Elle se versa un grand verre d'eau et s'assit à la table dans le noir.

Elle était épuisée. Elle était hébétée. Comme morte et ressuscitée.

Elle entendit des pas dans les escaliers. Sa grand-mère la rejoignit dans la cuisine. Elle s'installa en face d'elle. Sans rien dire.

Au bout d'un moment, Greta prit le peigne sur la table et se leva. Elle passa derrière elle et se mit à démêler ses cheveux mouillés, doucement, lentement, avec application. Bridget laissa aller sa tête contre la poitrine de sa grand-mère, en se rappelant toutes les fois où

Greta avait fait cela avant, lentement, patiemment.

Elle ferma les yeux et laissa revenir à sa mémoire tous les souvenirs qu'elle avait dans cette cuisine. Sa grand-mère qui lui préparait un bol de céréales tard le soir alors qu'elle était censée être couchée, qui lui versait une cuillerée de sirop pour soigner sa bronchite, qui lui apprenait à jouer au gin-rummy, en regardant ailleurs quand elle trichait.

Le temps que les cheveux de Bridget soient bien lisses et bien peignés, le soleil s'était levé, révélant l'éclat de ses mèches dorées et soyeuses. Greta lui déposa un baiser sur le sommet du crâne.

– Tu sais qui je suis, pas vrai ? demanda Bridget d'une toute petite voix.

Elle sentit que Greta hochait la tête.

– Tu le sais depuis longtemps ?

Nouveau hochement de tête.

– Depuis le début ?

– Pas le tout premier jour, répondit Greta pour ne pas lui donner l'impression que son plan avait complètement échoué. Tu es ma petite abeille, Bee. C'est normal que je t'aie reconnue.

Bridget réfléchit un moment. C'était vrai.

– Même avec les cheveux bruns ?

– Tu es restée la même, peu importe la couleur de tes cheveux.

– Pourtant tu n'as rien dit…

Greta haussa les épaules avec un grand soupir.
— Je me suis dit que j'allais te suivre. Aller à ton rythme.

C'était extraordinaire · elle savait intuitivement ce dont Bridget avait besoin. Et cela avait toujours été ainsi.

Lorsque Bridget se glissa dans son lit, toute propre et bien peignée, une douce sensation de bien-être l'envahit. En venant ici, elle avait dû affronter le souvenir d'une mère incapable de l'aimer, mais avait aussi trouvé une grand-mère douce et aimante.

On était mi-août. Lena se levait le matin et se couchait le soir. Parfois, entre les deux, elle allait travailler. Il lui arrivait aussi de manger. Quand elle voyait Carmen, elle la laissait faire la conversation. Elle avait échangé quelques mots avec Tibby. Et le jour où Bee avait appelé, elle n'était pas là. Lena aimait faire partager son bonheur mais, quand ça n'allait pas, elle préférait le garder pour elle.

Kostos était reparti en Grèce. Sans explication. Lorsqu'elle lui avait demandé si elle y était pour quelque chose, il s'était énervé. Pour la première fois depuis des jours et des jours, il avait perdu son ton neutre, abattu.

— Mais non. Bien sûr que non. Tu n'y es pour rien, Lena. Tu es la meilleure chose qui me soit arrivée dans la vie, avait-il ajouté d'une voix chargée d'émotion. Tu n'as rien fait de mal, rassure-toi. Ne pense jamais ce genre de choses.

Bizarrement, ça ne la rassurait pas du tout.

Il avait promis de lui écrire tout le temps et de lui téléphoner quand il le pourrait. Elle savait qu'il ne l'appellerait pas souvent. Ça coûtait une fortune et c'était ses grands-parents qui payaient. Et puis là-bas, à Oia, pas question de communiquer par mail.

Il ne restait donc que les bonnes vieilles lettres, comme avant. Mais le délai entre l'envoi et la réponse... pour elle, c'était une torture pire que tout ce que Kafka lui-même aurait pu imaginer.

« Je ne sais pas si je pourrai supporter de revivre ça », se répétait-elle souvent. Mais avait-elle seulement le choix? Cesser de l'aimer? Ne plus y penser? Se détacher? Ne plus se dire chaque seconde qu'elle voudrait être auprès de lui? Impossible. Elle avait déjà essayé, mais maintenant elle était allée bien trop loin pour faire demi-tour.

— Ça va, Lena? lui demanda sa mère un matin, au petit déjeuner.

Non, pas du tout!

— Oui, oui, très bien.

— Tu as une petite mine. J'aimerais que tu me dises ce qui se passe.

Lena aurait aimé pouvoir le lui dire. Mais ça aussi, c'était impossible. Depuis bien longtemps, et surtout depuis «l'affaire Eugene», elles vivaient à des milliers d'années-lumière l'une de l'autre, elles avaient perdu le contact. Ç'aurait été si simple si sa mère avait pu la serrer dans ses bras et tout arranger.

Carmabelle : Salut, Tib. J'ai croisé Brian aujourd'hui. Il était à vélo, j'ai failli le renverser. C'est dingue ce qu'il a changé. Il est trop beau. Sans rire.
Tiboudou : Tu blagues… ou tu t'es trompée.
Carmabelle : Non, je te jure.
Tiboudou : Impossible.

Bridget avait besoin de courir. Vite, loin. Elle était restée des jours et des jours à la maison à traîner, les chaussons de sa grand-mère aux pieds, à boire de la limonade maison et à se laisser masser le dos. Cela faisait tellement longtemps qu'elle n'avait pas eu quelqu'un pour la chouchouter comme une mère.
En principe, quand elle dormait douze heures d'affilée, c'est qu'elle allait mal. Mais, en ce moment, elle faisait de beaux rêves et profitait de ses nuits pour se reconstruire, se retrouver.
Elle se lava vigoureusement les cheveux, quatre fois de suite, et vit les derniers restes de teinture marron s'écouler avec l'eau de rinçage. En sortant de la douche, elle mit ses baskets.
Il faisait un peu plus frais que d'habitude, elle trouva aussitôt un souffle régulier. Elle avait

l'impression d'être légère, légère, d'avoir enfin retiré la lourde couverture noire qui l'étouffait.

La rivière était encore haute après la nuit d'orage. Comme elle patinait un peu dans la boue, Bee ralentit sans toutefois casser son rythme. Elle aurait pu courir des milliers de kilomètres mais elle décida de faire demi-tour au bout de huit. Les arbres aux branches vertes et touffues se penchaient lourdement au-dessus de la rivière. Avec leurs grandes feuilles, les magnolias montaient haut dans le ciel. Une épaisse couche de mousse semblait recouvrir la moindre pierre, le moindre rocher.

– Hé, ho!

– Hé, ho! cria de nouveau la voix avant que Bridget réalise que c'était elle qu'on interpellait.

Elle ralentit et se retourna à demi.

C'était Billy. Il était un peu plus haut et lui faisait signe. Ah, oui. En se hissant sur la pointe des pieds, elle apercevait sa maison de là où elle était.

Il vint vers elle. Il avait l'air surpris de la voir comme ça.

Portant la main à sa tête, elle s'aperçut qu'elle n'avait pas sa casquette. Bah, à quoi bon?

– Tu… tu as changé, remarqua-t-il en la regardant attentivement. Tu as fait une teinture?

– Non… disons plutôt que j'ai enlevé la teinture.

Il avait l'air perplexe.
— C'est leur couleur naturelle.
Elle vit dans ses yeux qu'il cherchait à comprendre, que quelque chose lui échappait...
— Tu me connais, Billy, avoua-t-elle.
— Oui, hein, c'est bien ce que je me disais...
— Je ne m'appelle pas Gilda.
— Non ?
— Non.
Il se creusait la tête, ça se voyait.
— Et je ne suis pas la sœur de Zidane, précisa-t-elle.
Il rigola. L'observa encore un peu.
— Tu t'appelles Bee, déclara-t-il finalement.
— Gagné !
Il sourit, complètement stupéfait, ravi, abasourdi par la nouvelle.
— Dieu merci, il n'y a quand même pas deux filles capables de me mettre la pâtée au foot dans cette ville !
— Non, juste une.
Il se frappa le front.
— Je savais bien que tu me disais quelque chose.
— Moi, je t'ai reconnu tout de suite.
— Ouais, mais je n'ai pas changé de nom, moi.
— Non, tu n'as pas changé du tout.
— Et toi...
Il la dévisagea.
— ... toi non plus.
— C'est fou, hein, dit-elle, tout émerveillée.

Ils se mirent à marcher ensemble le long de la rivière.

Il lui jetait des regards furtifs.

– Pourquoi tu as pris un faux nom ?

C'était une bonne question. Mais elle ne savait plus trop quelle était la réponse.

– Ma mère est morte, tu le savais ?

D'accord, ce n'était pas une réponse. Mais elle avait envie qu'il le sache.

Il hocha la tête.

– Oui, il y a eu un service funèbre célébré en sa mémoire ici. Je pensais que tu allais venir, je me souviens.

– Je n'étais pas au courant. Sinon je serais venue.

Il hocha de nouveau la tête. Elle laissait de nombreuses questions en suspens, mais les gens n'osent pas insister quand votre mère est morte.

– J'ai beaucoup pensé à toi.

Elle vit dans ses yeux qu'il était sincère.

– J'étais triste pour toi. Enfin, pour ta mère, quoi.

– Je sais, fit-elle vivement.

Il lui frôla la main alors qu'ils marchaient. Jusque-là, ils n'avaient parlé que de foot et, maintenant, il l'écoutait sérieusement, cherchant à savoir qui elle était, ce qu'elle était.

Après un instant de silence, elle reprit :

– J'avais envie de revenir, de revoir cet endroit. De revoir Greta et de comprendre ce qui était arrivé à ma mère mais… mais sans trop m'impliquer, je crois.

Il semblait trouver ça normal. Enfin, c'était l'impression qu'il donnait.

— Maintenant, je suis prête à assumer, ajouta-t-elle.

Elle aimait la façon dont il la regardait, avec attention. Mais il était temps de changer de sujet.

— Alors z'avez mis la pâtée à Decatur ?

Elle n'avait plus besoin de se cacher, elle pouvait laisser revenir son vieil accent.

— On a perdu.

— Oh. Dommage. Vous avez dû prendre la saucée samedi.

— On a joué dimanche… et perdu trois à un. Les gars disent que c'est parce que t'étais pas là.

Bridget sourit. Cette explication lui plaisait bien.

— Je leur ai dit que j'allais te proposer de devenir notre entraîneur officiel.

— Je veux bien, mais juste pour le plaisir, rien d'officiel.

— OK, mais tu ne manques plus un match, alors ? Et tu viens à tous les entraînements. Le week-end prochain, c'est la finale du championnat.

— Promis.

Au bout du sentier, ils partirent chacun dans

une direction différente. Il lui prit la main alors qu'elle s'éloignait. Il la serra, doucement, juste une fois, et la relâcha.

— Content de te revoir, Bee.

Il fallait qu'elle sorte de cette chambre ! Cela faisait trois jours que Tibby n'avait pas vu la lumière du jour et qu'elle se nourrissait exclusivement de céréales – sans lait, elle n'en avait plus. Et elle avait vidé la dernière des petites boîtes qu'elle avait piquées à la cafétéria. Elle n'avait pas forcément besoin de se laver ni de se changer ni de se coiffer, mais il fallait bien qu'elle mange.

Elle traversait le hall de son bâtiment, plongée dans ses pensées (son film, toujours), quand elle tomba sur Brian. Enfin, elle lui rentra dedans pour être exact.

— Brian ! s'écria-t-elle lorsqu'elle se rendit compte que c'était bien lui et non son imagination qui lui jouait des tours.

Il sourit. Il allait la serrer dans ses bras mais se dégonfla alors c'est elle qui le fit.

— Je suis tellement, tellement contente de te voir.

— J'ai bien eu tes messages.

Elle fit la grimace.

— Tous, précisa-t-il.

— Désolée.

— C'est bon.

Elle le dévisagea en souriant.

— Hé, mais qu'est-ce que tu as fait de tes lunettes ?

En posant la question, elle réalisa que Carmen avait raison. Si elle se forçait à être objective, elle était bien obligée de constater que Brian était tout à fait présentable. Elle fut prise d'une soudaine angoisse.

— Tu n'as pas mis des lentilles, quand même ?

Et si, brusquement, Brian était devenu superficiel, creux, prétentieux ? Où irait le monde ?

Il la regarda comme si elle avait perdu la tête.

— Non, elles sont cassées.

Il haussa les épaules.

— Mais je vois quand même.

Tibby se mit à rire. Elle était tellement soulagée qu'ils soient de nouveau amis.

— Viens à la cafétéria avec moi, proposa-t-elle. Je te ferai entrer en douce.

— OK.

Tibby aperçut Cora à l'entrée du bâtiment. Elle fut d'abord tentée de se cacher lâchement, de faire comme si elle ne l'avait pas vue. Elles ne s'étaient pas adressé la parole depuis plus d'une semaine. Tibby était sûre qu'Alex lui avait répété tout son petit discours.

Cora était sur son trente et un dans sa jupe en cuir. Tibby portait son éternel bas de pyjama écossais. Son débardeur était constellé de taches d'encre.

Brian lança un coup d'œil inquiet à Tibby. Cora baissa les yeux, préférant visiblement faire comme si elle ne les avait pas vus.

Mais Tibby se méprisait d'être aussi lâche.

Elle l'interpella :

— Hé, Cora ! Je n'avais pas pris le temps de te présenter mon ami Brian. Cora, je te présente Brian. Mon ami Brian.

Cora était prise au piège. Elle balaya le hall du regard. Elle ne voulait certainement pas qu'on la voie en train de discuter avec une fille en pyjama. Tibby se surprit à regretter que Brian n'ait pas l'air aussi ridicule qu'elle. Cora leur adressa un petit sourire crispé et contourna Tibby pour aller prendre l'ascenseur.

À la cafétéria, Tibby avait l'intention de présenter Brian à tous les gens qu'elle connaissait. Mais, manque de chance, le choix se réduisait à Vanessa. Elle accepta de manger avec eux et promit de montrer ses peluches à Brian en remontant.

— Il est super mignon, glissa-t-elle à Tibby quand Brian se leva pour aller leur chercher du jus d'orange.

Ma chère Lena,
C'est très dur pour moi de devoir t'écrire cela mais je me retrouve dans une situation impossible. Je préfère attendre de savoir comment le problème va se régler avant de t'en parler. Désolé

de faire durer le suspense. Je sais que ce n'est pas facile pour toi non plus.

Je t'en prie, supporte-moi encore quelque temps.

Kostos

Sous sa signature un peu guindée, il avait ajouté quelque chose, plus tard, sûrement, car l'encre avait une couleur légèrement différente et l'écriture était plus lâche, comme s'il avait bu.

Je t'aime, Lena, avait-il gribouillé tout en bas. *Je ne pourrais jamais cesser de t'aimer, même si j'essayais.*

Elle examina ces mots avec une étrange impression de détachement. De quoi pouvait-il s'agir ? Elle avait passé tant d'heures à tenter de comprendre… sans parvenir à échafauder une hypothèse plausible.

Il disait qu'il l'aimait. Même si elle n'était pas très douée pour manier cette notion et qu'elle s'en méfiait plus que tout, elle le croyait. Mais pourquoi parlait-il d'essayer de ne plus l'aimer ? Comme s'il s'y efforçait en ce moment même. Mais pourquoi ? Qu'avait-il pu arriver pour qu'il veuille cesser de l'aimer ?

Son *bapi* avait peut-être fait une rechute. Ce serait terrible mais elle ne voyait pas en quoi ça les obligerait à se séparer. S'il devait rester à Oia, très bien. Elle se débrouillerait pour le rejoindre là-bas l'été prochain. Peut-être même avant, aux vacances de Noël.

Lena avait l'impression d'être un petit caillou tombant dans un puits. Elle tombait, tombait sans rien pour se raccrocher. Elle se doutait que le choc serait rude à l'arrivée. Mais le suspense devient monotone à la longue.

Elle attendait, attendait... tombait, tombait.

La lettre suivante était encore pire.

Chère Lena,
Nous ne pouvons pas rester ensemble. Ce n'est plus possible. Je suis désolé. Un jour, je t'expliquerai tout et j'espère que tu me pardonneras.
Kostos

Voilà, elle avait touché le fond. Elle l'avait même pris en pleine tête mais elle ne comprenait toujours pas pourquoi. Elle était là, au fond du puits, tendant le cou pour voir là-haut. Il devait bien y avoir un petit point de lumière quelque part, mais où ?

Pools of sorrow, waves of joy[1]

**John Lennon
& Paul McCartney**

1. «Mares de chagrin, vagues de joie», extrait de *Across the Universe*.

– Allô, David ?
– Lui-même. À qui ai-je l'honneur ?
– Carmen Lowell, vous savez, la fille de Christina…

Silence.

– Ah, bonjour, Carmen. Que puis-je pour toi ?

Il était sur ses gardes – très professionnel. Il savait que Carmen n'avait pas exactement joué les Cupidon entre Christina et lui.

– Je voudrais vous demander une faveur…
– OK…

Son «OK» avait l'accent chaleureux d'un «Tu peux toujours rêver!».

– J'aimerais que vous passiez prendre ma mère ce soir à sept heures pour l'emmener chez Toscana. La réservation est au nom de Christina.

– Parce que, maintenant, tu es son assistante personnelle? répliqua-t-il.

Il avait bien le droit d'être un peu caustique,

c'était de bonne guerre. En plus, elle appréciait vraiment qu'il ne la prenne pas de haut.

— Non, rétorqua-t-elle, mais, comme j'ai largement contribué à tout gâcher entre vous, je me sens le devoir d'essayer de réparer les dégâts.

Nouveau silence.

— Tu es sérieuse ?

Il avait peur de la croire.

— On ne peut plus sérieuse.

— Et ta mère a envie de me voir, tu crois ? demanda-t-il d'une voix pleine d'espoir.

Il avait perdu son ton professionnel.

— Vous êtes bête ou quoi ? Bien sûr que oui.

En fait, elle n'avait pas encore vérifié cette information auprès de sa mère.

— Et vous, vous avez envie de la revoir ?

— Oh que oui ! lâcha-t-il en soupirant.

— Vous lui manquez.

Carmen n'en revenait pas. C'était elle qui disait ça ? Mais, finalement, jouer les marieuses se révélait beaucoup plus amusant que de jouer les briseuses de ménage.

— Elle me manque aussi.

— Bon. Amusez-vous bien tous les deux.

— Oh que oui.

— Et... David ?

— Oui ?

— Désolée.

— C'est bon, Carmen.

Tiboudou : Tu as eu Lena récemment ? Elle m'inquiète sérieux.
Carmabelle : Ça fait deux jours que j'essaie de la joindre par téléphone et par e-mail. Moi aussi, elle m'inquiète.

Lena était assise sous un rayonnage de chemisiers, toute seule, au fond du magasin. Elle aurait dû faire semblant de s'affairer, mais aujourd'hui elle en était incapable. Elle se recroquevilla un peu plus. Elle était en train de perdre les pédales. Progressivement.

La première étape, c'était d'avoir un comportement bizarre, la deuxième, de ne plus rien en avoir à faire.

Aujourd'hui, elle avait eu Carmen et Tibby au téléphone. Deux fois chacune. Elle leur en voulait de ne pas trouver les mots pour la réconforter. Mais peut-être que rien ne pouvait la réconforter.

Elle passa la main sur ses mollets qui piquaient. Puis s'acharna sur l'ongle de son petit orteil presque au point de l'arracher. La douleur était la seule chose qui lui convenait dans ce bas monde.

Une dame traversa le magasin avec un tas de vêtements empilés sur le bras. Lena la regarda choisir une cabine.

« C'est ça, faites vos courses. Moi, je ne bouge pas. »

Elle écouta la dame s'agiter, s'énerver et se

cogner dans la petite chambre de torture que le rideau ne fermait pas complètement. C'était une occupation comme une autre. Lena ferma les yeux et pencha la tête.

Elle entendit toussoter.

— Excusez-moi ? demanda une voix timide. Vous trouvez que ça me va ?

Lena releva les yeux. Elle avait complètement oublié la dame et ses essayages. Mais elle était maintenant plantée devant elle, pieds nus sur la moquette. Elle avait enfilé une robe en soie lavée grise qui pendait tristement, toute lâche, sur sa frêle carrure. Ses traits étaient creusés, sa peau aussi fine que de la cellophane. Seules les veines bleues de ses mains et de son cou avaient un peu d'éclat.

Mais la couleur de la robe faisait ressortir ses grands yeux bleu-gris. Le résultat n'était pas terrible, mais c'était sûrement mieux que tout ce qu'elle aurait pu essayer d'autre.

Lena leva les yeux de la robe pour se concentrer sur son visage. Jusque-là, elle n'avait pas réussi à nommer l'expression si particulière qu'elle retrouvait chez de nombreuses femmes qui entraient dans cette boutique. D'accord, elle ne s'était pas donné beaucoup de mal pour l'analyser. Mais maintenant cela lui sautait aux yeux : c'était le manque, c'était l'espoir. Elles venaient chercher la preuve, si infime soit-elle, qu'elles valaient quelque chose.

Et chez cette femme, c'était criant. Soudain, Lena sut qui c'était : Mme Graffman, la mère de Bailey. Elles ne s'étaient jamais rencontrées, mais Lena en avait tellement entendu parler qu'elle avait l'impression de la connaître. Elle avait perdu sa fille, sa fille unique. Elle n'était plus la mère de personne. Elle avait perdu beaucoup plus que Lena ne pourrait jamais imaginer.

Lena regarda le visage de Mme Graffman. Elle vit ce dont elle avait besoin et ne détourna pas les yeux. Elle se leva.

– Cette robe… je trouve qu'elle vous va à ravir.

Les mots s'envolèrent, légers comme l'air. Jamais mensonge n'avait paru aussi sincère.

Un après-midi, en rentrant de son jogging quotidien, Bridget trouva un paquet qui l'attendait. Elle le déchira là, tout de suite, sur la table de la cuisine.

Le jean ! Jean magique II, le retour ! Le cœur battant, elle monta les marches quatre à quatre, arracha ses vêtements et sauta dans la douche. Règle n° 1, il est interdit de laver le jean. Elle n'allait quand même pas l'enfiler juste après avoir couru plus de quinze kilomètres sous le soleil d'Alabama.

Elle s'essuya, mit ses sous-vêtements et le déplia. « Sois gentil, sois à ma taille, cette fois », le supplia-t-elle. Elle l'enfila et le ferma d'un seul mouvement, sans problème. Aaaahhh ! Trop bien.

Elle fit une petite danse de triomphe dans le grenier puis dévala les escaliers, sortit et continua à sautiller autour de la maison.

— Yeeeeeeeessss! cria-t-elle aux nuages.

C'était trop bien de se sentir de nouveau aussi bien.

Elle posa les mains sur ses cuisses pour entrer en contact avec Carmen, Lena et Tibby et leur envoyer tout son amour.

« Me revoilà! avait-elle envie de hurler pour qu'elles entendent. Ça va aller maintenant. »

Greta lui jeta un regard perplexe alors qu'elle remontait comme une fusée au grenier.

Le contenu du dernier carton était encore entassé dans un coin. Maintenant, Bridget était prête à s'en débarrasser pour en finir une bonne fois pour toutes. Elle prit le carton pour tout remettre dedans mais, soudain, elle se figea. Dans le fond, il y avait un carré de papier jauni qu'elle n'avait pas encore remarqué. Brusquement refroidie, elle tendit la main pour le prendre. C'était une photo retournée. Elle se promit que, quoi que ce soit, ça n'entamerait pas sa bonne humeur.

C'était la photo d'une fille d'environ seize ans, assise sur les marches du lycée de Burgess. Elle était sublime avec son grand sourire à demi caché par son rideau de cheveux blonds. Au début, Bridget crut qu'il s'agissait de sa mère. Mais, en y regardant de plus près, elle n'en était plus si sûre. La photo était trop vieille. Et puis cette fille n'avait pas la même expression…

Bridget redescendit les escaliers comme un ouragan.

— Hé, Grand-Mère !

— Je suis dehors, cria Greta.

Elle était en train d'arroser le jardinet à l'arrière de la maison.

Bridget lui fourra la photo sous le nez.

— C'est qui, ça ?

Greta y jeta un bref coup d'œil.

— C'est moi.

— C'est toi ?

— Si je te le dis.

Bridget la réexamina.

— Tu étais belle, Grand-Mère.

— Ça a l'air de te surprendre, fit-elle, l'air faussement offensé.

— Non. Enfin si. Un peu.

Greta lui arrosa les pieds. Bridget se mit à sautiller en riant.

Puis elle regarda à nouveau la photo.

— Tu avais les mêmes cheveux.

Sa grand-mère pencha la tête sur le côté.

— De qui crois-tu les avoir hérités, miss ? demanda-t-elle, amusée.

Mais Bridget était sérieuse.

— J'ai toujours cru que je tenais tout de ma mère. Et je pensais que ça voulait dire que j'étais comme elle.

Greta avait bien compris où elle voulait en venir.

— Tu lui ressembles par certains côtés — les meilleurs…

— Comme quoi ?

— Tu as sa vivacité. Son courage. Et sa beauté, il n'y a aucun doute là-dessus.

— Tu crois ?

Pour la première fois de sa vie, Bridget avait besoin d'être rassurée sur ce point.

— Bien sûr. Tu auras beau te teindre les cheveux de toutes les couleurs de l'arc-en-ciel, tu es belle.

Bridget apprécia sa réponse.

Greta coupa l'eau et laissa tomber le tuyau dans le massif de fleurs.

— Mais tu es aussi très différente d'elle.

— En quoi ? demanda Bridget.

Sa grand-mère réfléchit.

— Je vais te donner un exemple. Tu vois comme tu as refait ce grenier. Tu as tout déblayé et, jour après jour, tu as tout rangé, tout redécoré. Ça m'a fait chaud au cœur de voir le mal que tu te donnais. Quelle patience, Bee ! Ta mère, paix à son âme, ne pouvait rester concentrée sur la même chose plus d'une heure ou deux.

Bridget se souvenait en effet que sa mère se lassait très vite. D'un livre, d'une station de radio, de ses enfants. Elle n'avait aucune patience.

— Elle abandonnait trop facilement, hein ?

Elle eut l'impression que sa grand-mère allait se mettre à pleurer.

— Oui, ma grande. Mais pas toi. Tu n'abandonnes pas.

— Grand-Mère, je peux la garder, cette photo ?

Parmi les centaines de vieilleries qu'elle avait triées dans ce grenier, elle avait choisi cette image parce qu'elle représentait l'espoir. Et c'était ça qu'elle voulait garder.

Carmabelle : Allez, Lenita. Réponds-moi, s'il te plaît. Lena ? Bon, j'arrive.
Lennyk162 : Pas maintenant. Je t'appelle plus tard, OK ?

Dans le lointain, du fond de son puits, Lena entendit frapper à sa porte. Encore et encore.

Avant qu'elle réalise que c'était à sa porte qu'on frappait. Et qu'elle était censée répondre.

Elle s'éclaircit la gorge.

— Qui est-ce ?

— Lenny, c'est moi. Je peux entrer ?

C'était la voix de Carmen. Douce. Familière. Mais elle venait de si loin...

— Pas maintenant, réussit-elle à répondre.

— Allez, Lenita. Il faut que je te parle.

Lena ferma les yeux.

— Peut-être plus tard.

La porte s'ouvrit quand même. Carmen fonça droit sur le lit où Lena était roulée en boule.

— Oh, Lenny !

Lena se força à se redresser. Elle avait l'impression que ses os pesaient une tonne. Elle mit la main devant ses yeux mais Carmen était là, juste à côté. À quoi bon se cacher ?

Son amie la prit dans ses bras et la serra.

Lena laissa aller sa tête dans son cou, s'abandonnant à l'indicible réconfort de sa peau chaude.

— Lenita, Lenita, murmura Carmen en la berçant.

Et Lena se mit à pleurer.

Elle pleurait, secouée de sanglots. Elle pleurait, et Carmen pleurait avec elle.

Au bout d'un moment, Lena s'aperçut qu'elle n'était plus au fond du puits, mais bien là, avec Carmen.

— Marque-le ! Vas-y, Rusty ! cria Bridget.

Vêtue du jean magique, elle faisait les cent pas le long du terrain, aboyant des ordres et distribuant des encouragements, comme tout entraîneur qui se respecte. Ses cheveux lâchés rayonnaient sur ses épaules, mais ses joueurs n'en avaient rien à faire. Ce qu'ils aimaient chez elle, c'était son don pour le foot. Son sens de la stratégie. À la mi-temps, les onze gars se regroupèrent, tout yeux et tout oreilles, autour de la grande prêtresse du foot.

Greta était installée quelques mètres plus loin sur une chaise pliante, elle souriait et secouait la tête, un œil sur le match, et l'autre sur ses mots croisés.

— Corey, il faut que tu mettes la gomme, t'es pas en train de cueillir des pâquerettes, bon sang! Rusty, t'éloigne pas trop de Billy. Je sais que tu cours vite mais c'est pas une raison. Si t'es pas dans l'axe, ça sert à rien. Bon, leur milieu de terrain droit n'en peut plus et y a personne de valable pour le remplacer. Ce sera à ce moment-là qu'il faudra frapper, OK?

Elle réorganisa un peu l'équipe puis la renvoya sur le terrain.

Au bout de huit minutes de jeu, le milieu de terrain de Mooresville fut envoyé sur le banc de touche et remplacé par un gars qui, d'habitude, jouait gardien de but — il avait au moins vingt kilos de trop. Bridget sut que c'était dans la poche.

Et en effet, ils gagnèrent haut la main.

Billy se jeta sur elle pour la prendre dans ses bras et la soulever de terre.

— Bravo, coach!

Ils tournaient tous autour d'elle, criant, chantant, dansant.

— Bon, faut pas prendre la grosse tête, les gars!

En disant cela, elle se rendit compte qu'elle détestait les coachs qui jouaient les rabat-joie. Elle se reprit :

— Allez-y, prenez la grosse tête si vous voulez. Ceux d'Athens, on va les écraser quatre-zéro.

Quatre-zéro, c'était un peu optimiste. Mais Burgess remporta encore le match... et s'assura une place en finale pour le lendemain !

Ils devaient affronter l'équipe de Tuscumbia. Bridget se leva de bonne heure et remit le jean magique pour une nouvelle journée de folie. Elle descendit petit-déjeuner avec son bloc-notes à la main et présenta ses stratégies complexes à sa grand-mère, qui essayait d'avoir l'air intéressé mais continuait à lire du coin de l'œil son article dans *Mon jardin, ma maison*.

À neuf heures tapantes, Billy sonna à la porte. Il était livide.

— On est morts.

— Hein ?

— Corey Parks s'est cassé à Corpus Christi avec sa copine hier soir.

— Non !?

— Si. Elle a menacé de le quitter s'il ne l'emmenait pas au bord de la mer, t'imagines ?

Bridget fit la grimace.

— Oh, non !

Elle secoua la tête.

— Je savais qu'il fallait s'en méfier, de ce mec-là. Tu te souviens quand il a fait semblant d'avoir une entorse au genou pour être dispensé de match et pouvoir aller à Disneyland ?

— On avait six ans à l'époque, Bee, souligna Billy.

Mais elle ne voulut pas en démordre.

– Ouais, ben, moi, je dis que les gens ne changent pas...

Lorsqu'ils se retrouvèrent sur le terrain une demi-heure plus tard, avec les deux équipes face à face et les supporters de deux villes qui criaient de chaque côté, la situation ne s'était pas arrangée. Bridget regardait son banc de touche, abattue. Le seul remplaçant valable était parti pour la fac d'Auburn deux jours plus tôt. Seb Molina boitait et il refusait de porter son maillot. Jason Murphy souffrait d'asthme et Bridget avait peur qu'il tombe raide mort si elle lui demandait de jouer par cette chaleur. Elle aurait encore préféré passer un maillot à Greta et la faire entrer sur le terrain.

Avec Billy, ils faisaient les cent pas, tentant de trouver une solution. Mais il n'y en avait pas.

Ils regardèrent leur banc de touche, désespérément dégarni.

– C'est mort, soupira Billy.

Un coup de sifflet annonça le début du match. Accablée, Bridget vit ses joueurs entrer sur le terrain, ses dix joueurs.

Tuscumbia marqua quatre buts d'affilée puis en resta là – sûrement par pitié pour eux – jusqu'à la fin de la première mi-temps. La plupart des supporters de Burgess les sifflaient ou, pire, étaient déjà partis.

Bridget ne savait pas quoi dire. Il leur manquait

un joueur, toute la stratégie du monde n'y changerait rien.

— C'est la honte, marmonna Rusty.

L'équipe retourna sur le terrain en traînant les pieds. L'arbitre était prêt à siffler la reprise quand Billy cria quelque chose à Bridget.

— Hein? Quoi? fit-elle en approchant.

Il répéta en agitant les bras comme un fou.

— Quoi? Je comprends rien à ce que tu racontes.

— Honey Bees! hurla-t-il. Je dis «Honey Bees».

Finalement, cela fit tilt. Il lui faisait signe de venir sur le terrain.

Bridget éclata de rire et, sans réfléchir, elle le rejoignit en courant.

Perplexes, les autres la regardaient, plantée au milieu du terrain avec son jean et ses baskets.

— C'est notre remplaçante, cria Billy à l'arbitre.

Marty Ginn, arbitre à ses heures perdues, se trouvait également être le propriétaire de la pharmacie de Burgess.

— Jason a une crise d'asthme, ajouta Billy, sachant très bien que cela faisait dix-huit ans que Marty voyait passer ses ordonnances de Ventoline.

L'arbitre-pharmacien hocha la tête.

— OK.

Il se tourna vers l'équipe adverse.

— Vous y voyez un inconvénient?

Au contraire, le capitaine de Tuscumbia avait

l'air de trouver tout ça très drôle. Ce match était déjà un véritable délire, on pouvait bien faire entrer une fille avec un jean bizarre sur le terrain !

Il hocha la tête en haussant les épaules, l'air de dire : « C'est quoi le prochain sketch ? »

L'arbitre siffla la reprise.

Bridget commença par courir, tranquille, pour s'échauffer un peu. Elle suivit l'action à distance, jusqu'à ce qu'elle sente l'adrénaline monter dans ses veines. Ça y était, ses yeux, sa tête, ses jambes étaient en phase. Elle pouvait passer à l'attaque. Elle subtilisa facilement le ballon à l'avant de Tuscumbia et fila en dribblant.

Neuf mois sans jouer... et elle n'avait pas perdu la main. En plus, elle portait le jean magique. Ce n'était pas la tenue idéale pour disputer un match, d'accord, mais ça lui donnait une énergie incroyable. Et voilà Greta qui s'était levée de sa chaise et qui criait comme une folle pour l'encourager. Ça non plus, ce n'était pas mauvais pour le moral.

Bridget courait, tirait, jouait... elle était dans son élément. Elle jouait généreusement. Elle aida Rusty à marquer. Puis Gary Lee. Et Billy – deux fois. Elle préparait le coup et leur offrait le but sur un plateau. Elle jouait au père Noël. Puis le match devint de plus en plus serré, l'équipe adverse hurlait, c'était les dernières minutes de jeu... Elle se garda le dernier but pour elle. Il ne fallait pas la prendre pour Mère Teresa non plus !

Carma,
Je sais que tu as besoin du jean, alors le voilà en express ! Je t'ai laissé quelques brins d'herbe du terrain de foot dans la poche arrière. Une petite bouffée de campagne pour ma Carmenita.
Le jean a déployé toute sa magie. Je suis tellement heureuse ! Mais je ne vais pas te raconter tout ça maintenant, ni au téléphone, je veux te le dire quand on se verra en chair et en os. Je reviens bientôt. J'ai trouvé tout ce que j'étais venue chercher ici.
Plein de bisous,
Bee

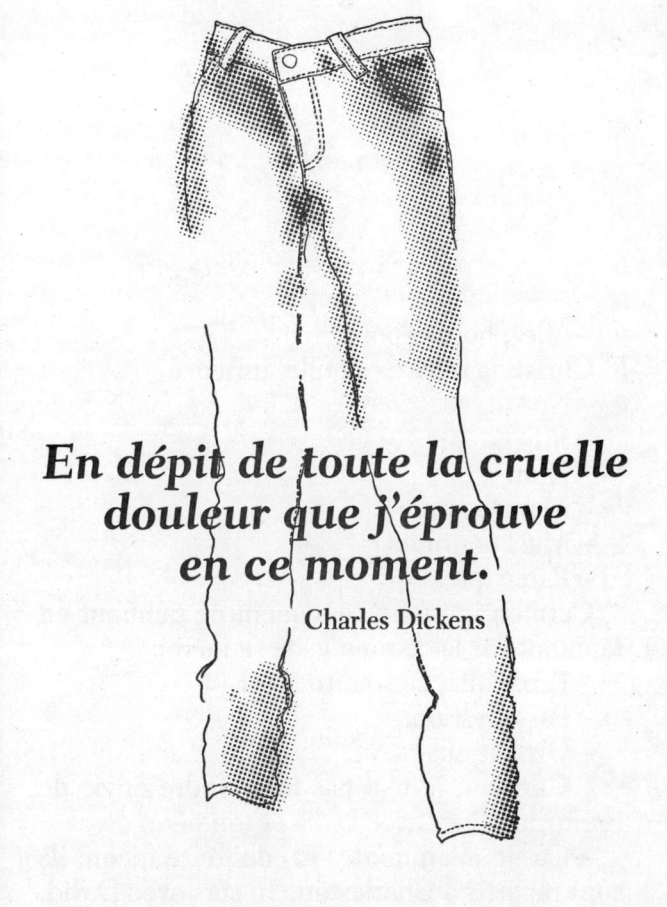

En dépit de toute la cruelle douleur que j'éprouve en ce moment.

Charles Dickens

Traduction de Sylvère Monod, Éditions Gallimard.

— Allez, hop, debout !

Christina regarda sa fille, furieuse.

— Non.
— Si !
— Non.
— Mamaaaannn !
— Mais pourquoi ?
— Parce que...

Carmen imita un roulement de tambour en tapotant sur la commode de sa mère.

— Parce que, ce soir, tu sors !
— Pas question.
— Oh que si.

Carmen, je n'ai pas la moindre envie de retourner dîner avec Lydia et ton père.

— Ça, je m'en doute. Et, de toute façon, ils sont repartis à Charleston. Tu sors avec David.

Ha ! ha !

Christina se redressa comme un ressort. Elle avait rougi rien qu'en entendant prononcer son nom. Elle s'efforça de prendre l'air énervé et demanda sèchement :

— Et depuis quand ?

— Depuis que je l'ai appelé pour tout organiser, expliqua Carmen.

Elle ouvrit le placard de sa mère pour passer en revue ses tenues.

— Tu n'as quand même pas fait ça ?

— Et si !

— Carmen Lucille ! Tu n'as pas à fourrer ton nez là-dedans !

— Tu lui manques, maman. Et il te manque aussi, c'est clair. Ça te rend triste. Vas-y. Sois heureuse.

Christina empila les coussins sur ses genoux.

— Ce n'est peut-être pas si facile que ça.

Carmen pointa le doigt vers la salle de bains.

— Et peut-être que si.

Sa mère hésitait. C'était évident, elle mourait d'envie d'y aller. Mais elle s'efforçait d'agir en adulte raisonnable et sensée. Et Carmen lui en était reconnaissante.

— Je ne te dis pas de foncer comme une folle, maman. Je ne te dis même pas de reprendre les choses là où vous les avez laissées. Je te dis juste de sortir dîner avec l'homme qui t'aime.

Christina s'assit au bord du lit, les pieds ballants. Le plan fonctionnait.

– Vas-y ce soir et tu peux arrêter de sortir avec lui ensuite si tu n'en as pas envie.

Carmen savait qu'il n'y avait aucun risque, mais bon.

Sa mère prit le chemin de la douche.

– Attends !

Carmen fila dans sa chambre et revint avec le jean magique.

– Tiens, maman.

Les yeux de Christina se brouillèrent. Elle serra les lèvres.

– Quoi ? demanda-t-elle dans un souffle même si elle avait très bien compris.

– Je veux que tu le mettes ce soir.

– Oh, *nena* !

Elle prit Carmen dans ses bras et la serra fort contre elle. Carmen s'aperçut alors qu'en levant le menton, elle pouvait le poser sur la tête de sa mère. C'était un peu triste.

Quand Christina s'écarta, Carmen sentit des larmes dans son cou.

– Non, ma puce, je ne préfère pas. Si je reprends cette histoire, je veux le faire en adulte, cette fois.

– OK.

Carmen comprenait.

– Mais… ma puce ?

– Oui ?

– Ça me touche beaucoup que tu me le proposes, fit sa mère d'une voix tremblante.

Carmen hocha la tête. Elle lui prit la main et l'embrassa.

— Allez, maman. Va te doucher et te préparer. Dépêche-toi!

Elle retourna dans sa chambre en lançant par-dessus son épaule :

— Je vais chercher mon appareil photo avant que David arrive!

Carmabelle : Tibou, je t'apporterai le jean quand je viendrai pour la projection. J'ai hâte de te voir.

Tibby savait qu'elle croyait vraiment en la magie du jean, elle ne l'aurait pas mis aujourd'hui sinon, surtout après ce qui s'était passé la dernière fois qu'elle l'avait porté. Pour elle, ce jean, c'était une histoire de cœur brodé tout de travers, c'était apprendre à jauger les gens et aussi être capable de changer d'avis. Elle pouvait se surprendre elle-même, c'est ce que disait Bailey.

En entrant dans l'auditorium, elle toucha le petit cœur brodé du bout des doigts. Elle avait l'impression de sentir son vrai cœur battre dans tout son corps, juste sous sa peau. Comme si sa vieille carcasse ne la protégeait plus.

En apercevant le petit groupe de gens qui l'attendaient au fond de la salle, elle eut l'impression qu'elle était morte. C'était la fin du monde et tous les gens qu'elle avait déçus ou blessés étaient venus pour lui donner une seconde chance.

Son père et sa mère étaient là. Brian aussi. Lena, Carmen. M. et Mme Graffman. Même Vanessa était venue. «Je veux tous vous mériter», pensa-t-elle.

Son film passait en premier. Il s'ouvrait sur Bailey devant la fenêtre, tout auréolée de soleil, sur fond de Beethoven. Puis on voyait défiler Duncan Howe dans les rayons de chez Wallman, Margaret à sa caisse du Cinérama, et Brian au drugstore. Elle avait entrecoupé ces séquences d'images qu'elle avait prises dans les vidéos de la famille Graffman. Bailey qui faisait ses premiers pas, Bailey qui courait après un papillon dans le jardin, et – c'est là que ça devenait dur – Bailey à six ans, pleine d'entrain, avec une casquette de base-ball et pas un cheveu en dessous. Tibby avait gardé l'interview pour la fin. Bailey parlait en regardant la caméra bien en face, recevant autant qu'elle donnait.

La dernière image était un plan fixe pris au drugstore. Celui où Bailey regardait Tibby par-dessus son épaule en riant. L'image devint petit à petit légèrement floue et passa au noir et blanc. Et elle resta là sur l'écran, tandis que la musique continuait.

Brian, qui était assis à côté d'elle, se tourna pour lui prendre la main. Elle la serra. Elle s'aperçut alors qu'il sifflait la mélodie de Beethoven, mais si doucement qu'elle était probablement la seule à l'entendre.

La musique s'arrêta enfin et le visage de Bailey s'évanouit dans l'obscurité, laissant un grand vide sur l'écran.

Mme Graffman avait posé sa tête sur l'épaule de son mari. La mère de Tibby prit la main de sa fille d'un côté et celle de Carmen de l'autre. Lena se tenait toute raide. Ils laissaient tous les larmes couler sur leurs joues.

Dehors, dans la lumière éblouissante du soleil, les parents de Tibby la serrèrent dans leurs bras. Sa mère lui dit qu'elle était fière d'elle. Carmen et Lena l'embrassèrent. Elles n'arrêtaient pas de la féliciter. Brian avait les larmes aux yeux. Tibby fut surprise de voir Alex venir à sa rencontre. Elle se prépara à encaisser son commentaire, de toute façon, elle était bien au-dessus de tout ça maintenant.

– Bien joué, lui dit-il.

Il avait l'air perplexe. Son compliment était presque une question. Il la dévisagea comme s'il ne la connaissait pas. Ce qui, en un sens, était vrai. Alors que maintenant Tibby, elle, savait qui il était réellement.

Pour les Grecs, c'est faire insulte aux dieux antiques que de penser savoir quand ça ne peut pas être pire. Faites cette erreur et les dieux se chargeront de vous prouver que vous avez tort.

Une semaine avait passé depuis que Lena avait reçu la lettre apocalyptique de Kostos, lorsque Mamita téléphona d'Oia. Bapi avait eu une crise cardiaque. Il était à l'hôpital de Fira. Il n'allait pas bien du tout.

Le père de Lena, en bon avocat américain, demanda à parler aux médecins, cria, tempêta et insista pour que Bapi soit transféré en hélicoptère à l'hôpital universitaire d'Athènes. On lui répondit que Bapi était trop faible pour être transporté.

Lena eut juste le temps de laisser un message à Tibby et Carmen puis d'appeler chez Basia pour demander à finir une semaine plus tôt. Elle était en train de faire ses bagages en vitesse lorsqu'elle se souvint du jean. Elle devait normalement le recevoir aujourd'hui. Mais l'après-midi touchait presque à sa fin et il n'était toujours pas arrivé. Qui l'avait eu en dernier ? Il avait tourné si vite ces dernières semaines qu'elle n'avait pas bien suivi ses allées et venues. Et son vol pour New York décollait dans deux heures ! Malgré la panique ambiante, toute son angoisse se concentra sur le jean : elle ne pouvait pas partir sans, c'était impossible !

Tandis que le reste de la famille s'affairait dans toute la maison, elle restait postée à la porte d'entrée, guettant l'arrivée du facteur. Elle finit par aller chercher sa valise au dernier moment, traînant les pieds.

— Allez, tu viens, Lena ! cria sa mère de la voiture alors qu'elle s'arrêtait au beau milieu du trottoir, espérant encore que le jean allait apparaître comme par magie.

Mais elle dut partir sans. Mauvais signe, hein ?

Ils décollèrent donc direction New York et, le lendemain matin, prirent un vol direct pour Athènes. Tandis que le 747 survolait l'océan Atlantique, Lena gardait les yeux rivés sur le dos du fauteuil, devant elle. Et il s'en passait des choses sur ce tissu bleu ; les images défilaient : Bapi et ses bras tout ridés, accoudé à la fenêtre le soir de la fête de l'Assomption, l'an dernier ; Bapi qui mastiquait ses Rice Krispies en silence ; Bapi et ses chaussures en plastique beige ; Bapi qui la regardait peindre pendant des heures. Si bizarre que cela puisse paraître, l'été dernier, Lena avait trouvé son âme sœur en la personne d'un papy grec de quatre-vingt-deux ans.

M. Kaligaris griffonnait sur son bloc-notes. Effie s'était endormie sur son épaule. Mme Kaligaris était assise à côté de Lena, l'air sinistre.

À un moment, entre le premier et le deuxième film, leurs regards sinistres se croisèrent et elles se dévisagèrent sinistrement.

« J'aimerais tant qu'on puisse s'entraider, pensa Lena. J'aimerais que tu te confies à moi pour que je puisse me confier à toi. » Finalement, il aurait mieux valu que ce soit sa mère, son âme sœur, plutôt que Bapi, qui était en train de mourir. Elle se mit à pleurer. Elle se recroquevilla dans son siège, tournant le dos à sa mère, s'abandonna aux sanglots, épaules hoquetantes, respiration haletante. Elle se moucha bruyamment dans une serviette en papier. Elle pleura sur son sort, elle pleura pour Bapi, Kostos et Mamita. Elle pleura pour son père. Elle pleura à cause de ce jean, qui n'était pas arrivé à temps. Et elle repleura un peu sur son sort.

Et pourtant, lorsque le commandant de bord ordonna à l'équipage de se préparer à l'atterrissage et que Lena vit la terre de ses ancêtres apparaître sous ses yeux dans toute sa beauté, elle sentit comme un frisson au creux de son ventre. Au fond, malgré les circonstances tragiques, son cœur naïf bondissait à l'idée de revoir Kostos.

Bee,
J'aimerais avoir un autre moyen de te contacter car je meurs d'envie de te parler, là, maintenant. Vraiment. Je viens d'apprendre que le grand-père de Lena avait eu une crise cardiaque. Toute la famille est partie pour la Grèce hier. Après tout ce qu'elle a déjà enduré, je trouve ça terrible. Je voulais juste être sûre que tu étais au courant.
Bisous,
Tibby

Lena commençait à croire que ce qu'on redoutait le plus était forcément ce qui finissait par arriver.

Lorsque, après une rude montée dans les hauteurs de l'île de Santorin, ils arrivèrent à Oia dans leur voiture de location et virent Mamita debout sur le seuil, devant la porte couleur jaune d'œuf, ses craintes furent confirmées.

Mamita était vêtue de noir de la tête aux pieds et elle avait les traits tirés. Lena laissa échapper un petit cri. Son père sauta de la voiture pour aller serrer sa mère dans ses bras. Lena la vit hocher la tête et se mettre à pleurer. Ils savaient tous ce que cela signifiait.

Effie passa un bras autour des épaules de sa sœur. Les larmes de Lena répondirent immédiatement à l'appel. Elle avait tellement pleuré, ces derniers temps, qu'elle commençait à avoir soif. Ses cheveux se mêlèrent à ceux d'Effie et, enlacées, les deux sœurs pleurèrent en chœur. Puis ils serrèrent tous Mamita dans leurs bras, l'un après l'autre.

Quand ce fut le tour de Lena, sa grand-mère poussa un gémissement et s'effondra presque sur elle.

— Ma belle Lena, sanglota-t-elle dans son cou, qu'est-ce qui nous arrrrrive ?

L'enterrement devait avoir lieu le lendemain matin. Lorsque Lena se réveilla, elle regarda l'aube naissante sur la Caldeira, gris foncé et rose. La vue de sa chambre, qu'elle partageait maintenant avec Effie, fit revenir les souvenirs de l'été dernier avec tant d'intensité qu'elle aurait pu les toucher. Elle se revoyait en train de faire le portrait de Kostos, à cet endroit exact.

À la fois angoissée et impatiente de le revoir, elle se prépara avec plus de soin que d'habitude. Elle enfila une tunique noire en voile de coton transparent sur un débardeur emprunté à Effie. Elle décida de porter ses boucles d'oreilles en perles, lissa ses cheveux au séchoir et les laissa lâchés sur ses épaules, ce qui était très rare. Elle mit même un peu d'eye-liner et de mascara. Elle savait qu'un soupçon de maquillage soulignait dramatiquement ses yeux vert amande. C'était pour cela qu'elle n'en mettait presque jamais.

Lena avait toujours choisi le look passe partout : des vêtements tout simples, sans rien d'extraordinaire, très peu de maquillage et de bijoux, les cheveux attachés en queue-de-cheval basse ou en chignon. Depuis qu'elle était petite, sa mère lui répétait que sa beauté était un don mais, pour Lena, c'était plutôt un cadeau empoisonné, genre cheval de Troie.

Elle avait l'impression que sa beauté l'exposait à tous les regards, et ça la mettait très mal à l'aise. Elle était le centre de l'attention pour de mauvaises raisons. Sa beauté était trop évidente pour lui attirer des sentiments honnêtes. Elle se sentait lésée : Effie, avec son grand nez, avait le droit d'être passionnée, drôle, généreuse, entière et libre. Lena, avec son petit nez parfait, avait juste le droit d'être belle. Elle passait tout son temps à s'assurer qu'aucun de ceux qui l'entouraient ne s'intéressait à elle pour son apparence. Et elle évitait les autres.

Et pourtant, aujourd'hui, elle avait décidé de mettre en valeur ce don. Aujourd'hui, le vide que laissait Bapi dans son cœur, le manque qu'y avait créé Kostos la poussaient à bout : elle était prête à tout.

– Mon Dieu! s'exclama sa sœur en la voyant descendre les escaliers. Mais... où est passée Lena?

– Ligotée dans le placard.

Impressionnée, Effie l'admira un instant.

– Le pauvre Kostos va tomber raide, affirma-t-elle.

Et voilà, une fois de plus, sa petite sœur avait lu dans son cœur comme dans un livre ouvert.

En regardant le lino marron moucheté de blanc, Tibby se rappela comme cette chambre lui avait semblé petite et déprimante le jour de son arrivée, il y avait deux mois. Maintenant, le sol était couvert de linge sale qu'elle fourrait sans états d'âme dans un grand sac-poubelle. Sur son lit étaient empilées toutes les cassettes vidéo qu'elle avait utilisées pour son film. Sur son bureau trônait le portable avec lequel elle avait travaillé si dur cet été. Même si ses parents avaient essayé de l'acheter en lui offrant cet iBook flambant neuf, elle avait fini par s'y attacher. Au-dessus de la commode, il y avait ce plan de sa chambre qu'elle avait dessiné quand elle avait onze ans et qui lui avait en quelque sorte tenu compagnie. Elle avait aussi affiché le certificat qui annonçait que son film avait remporté le premier prix du stage d'études cinématographiques d'été et un mot de félicitations de Mme Bagley, sa prof d'écriture de scénarios. Sur la table de nuit, elle avait posé la grenouille que Vanessa avait fabriquée pour Nicky. Elle rangea soigneusement toutes ces choses une à une dans sa valise, en souriant.

Enfin, elle détacha la photo qu'elle avait scotchée sur la porte. Bailey à l'hôpital, peu de temps avant sa mort. Mme Graffman la lui avait donnée le jour de la projection.

Tibby adorait cette photo, mais c'était tellement dur de la regarder... Elle aurait été tentée de la glisser bien à plat entre deux livres, tout en haut de sa bibliothèque, et de ne plus y toucher. Mais elle se promit de ne jamais faire ça. Elle se promit de toujours l'afficher dans sa chambre, où qu'elle soit. Parce que Bailey avait compris ce qui était important dans la vie. Et, quand Tibby la regardait, elle était obligée de regarder la réalité en face.

L'amour, c'est une moto-neige fonçant à travers la toundra qui fait soudain un tonneau et se retourne sur vous. Il fait nuit noire. Les belettes des neiges arrivent..

Matt Groening

La messe en mémoire de Bapi avait lieu dans l'adorable petite église blanchie à la chaux où Lena était souvent venue l'été dernier. L'office était bien évidemment en grec, même l'éloge funèbre de son père, laissant Lena seule avec ses souvenirs et ses réflexions.

Elle tenait la main de Mamita, tout en essayant d'apercevoir Kostos. Il devait être affreusement triste, c'était sûr. Alors qu'elle n'avait eu la chance d'apprécier Bapi que le temps d'un été, Kostos le connaissait depuis toujours. Elle avait toujours admiré comme il savait s'y prendre pour lui donner un coup de main en s'arrangeant toujours pour que le vieil homme se sente respecté, jamais diminué ni dépossédé de son rôle d'homme.

Lena aurait aimé partager cet instant avec lui. C'était l'une des rares personnes à savoir à quel point Bapi comptait pour elle. Peu importe ce qui s'était passé entre eux, ils pouvaient tout de même se soutenir aujourd'hui, non ?

Vers la fin de la messe, Lena le repéra enfin. Il était de l'autre côté de l'allée, tout à fait à l'autre bout, vêtu de noir et à moitié caché par son grand-père. Se demandait-il lui aussi où elle était ? Voilà qu'ils se retrouvaient tous les deux dans cette église minuscule sur cette toute petite île en un jour pareil, c'était sûr, il devait la chercher aussi. Non ?

Lena et sa famille fermaient le cortège funèbre. Ils suivirent le prêtre jusqu'au cimetière où le village tout entier s'était réuni pour présenter ses condoléances à Mamita, la veuve. Ce devait être terrible, pensa Lena, après s'être réveillée Mme Kaligaris des milliers et des milliers de matins, brusquement, aujourd'hui, de se réveiller veuve.

Ce n'est qu'alors qu'elle put voir Kostos distinctement, et lui de même, présuma-t-elle. Elle fut frappée par sa posture raide, guindée. D'habitude, autour de lui, l'air semblait bourdonner de vie mais, là, il paraissait figé. Ses sourcils étaient tellement froncés qu'elle apercevait à peine ses yeux.

Bizarrement, au premier coup d'œil, Lena n'avait pas remarqué la jeune femme qui était cramponnée à son coude. Elle devait avoir dans les vingt ans. Elle avait les cheveux blonds méchés et son tailleur noir lui donnait un teint jaunâtre. Lena ne se rappelait pas l'avoir déjà vue.

Son cœur se mit à battre à coups sourds dans sa poitrine. Elle se doutait bien que cette femme n'était pas une cousine ou une amie de la famille. Ça se voyait. Lena resta plantée là, espérant que Kostos lèverait les yeux vers elle, lui ferait un signe quelconque, mais en vain. Elle attendait à côté de sa grand-mère, embrassant des gens, serrant des mains, hochant la tête à des témoignages de sympathie auxquels elle ne comprenait pas un mot.

Alors que ses grands-parents étaient venus parmi les premiers embrasser Mamita, Kostos attendit la toute fin de la cérémonie. Le ciel s'était couvert et le cimetière s'était déjà vidé lorsqu'il s'approcha, la jeune femme blonde toujours agrippée à lui.

Kostos serra maladroitement Mamita dans ses bras, mais ils n'échangèrent pas un mot. La jeune femme lui déposa timidement un baiser sur la joue. Lena dévisagea l'inconnue, qui fit de même. Elle s'attendait à ce qu'on les présente mais Mamita garda les lèvres serrées. Lena ne comprenait pas, tout ça était bizarre, bien trop bizarre.

Le prêtre qui avait officié durant toute la cérémonie sembla sentir le malaise. Avec les quelques mots d'anglais qu'il connaissait, il tenta de le dissiper :

– Kostos, tu dois connaître le fils et la belle-fille de Mme Kaligaris, qui viennent d'Amérique, fit-il en montrant les parents de Lena, qui discutaient quelques mètres plus loin. Et sa petite-fille, Lena?... Et toi, Lena, tu connais Kostos et sa jeune épouse?

Son épouse.

Le mot bourdonna aux oreilles de Lena comme un moustique menaçant, prêt à piquer. Il piqua.

Elle leva les yeux vers Kostos qui, enfin, baissa les yeux vers elle. Quand leurs regards se croisèrent, la vision de Lena se brouilla.

Elle s'écroula par terre, le front sur les genoux. Elle sentit vaguement les mains inquiètes de sa mère se poser sur son dos. Dans le lointain, elle vit Kostos quitter enfin sa raideur guindée pour se pencher vers elle, paniqué. Son instinct de survie la forçait à rester consciente. Quel soulagement cela aurait été, pourtant, de sombrer de l'autre côté.

La chambre n'était pas assez grande pour contenir sa douleur. La maison non plus. En sortant discrètement pour grimper la colline dans la nuit noire, Lena se demandait même si le ciel serait assez grand.

Elle marchait pieds nus sur la route poussiéreuse, sans savoir vraiment où elle allait. Arrivée au sommet où s'étendait un immense plateau, machinalement, elle prit la direction du petit bosquet d'oliviers. C'était leur endroit, à elle et à Kostos. Mais il devait l'avoir oublié, comme il avait oublié tout ce qu'ils avaient partagé, elle y compris. Toutes sortes de choses pointues et pleines d'épines piquaient ses tendres pieds de citadine, mais elle ne les sentait même pas.

Lorsqu'elle arriva à l'oliveraie, elle se précipita sur les petites olives, qu'elle retrouvait comme des enfants qu'elle n'avait pas vus depuis longtemps. Elle grimpa sur les rochers et s'assit au bord de la mare, qui s'était bien asséchée depuis l'été dernier. Toute l'île de Santorin était plus sèche, plus jaune que lorsqu'elle était venue l'an passé.

C'était là que tout avait commencé. Cela lui semblait normal de venir faire ses adieux à l'île ici. Avec une certaine émotion, elle baigna ses pieds malmenés dans la petite mare.

Soudain, elle entendit des pas dans son dos. Son cœur s'emballa, non parce qu'elle craignait qu'il s'agisse d'un dangereux maniaque ou d'une bête sauvage mais, au contraire, parce qu'elle savait parfaitement qui c'était.

Il s'assit à côté d'elle, remonta son pantalon noir et trempa ses pieds à côté des siens.

— Tu es marié, constata-t-elle platement.

Elle serra les mâchoires avant d'oser le regarder. Il avait l'air sincèrement affligé, ennuyé, désolé et blablabla. Et alors ?

— Elle est enceinte, dit-il.

Lena s'était pourtant bien préparée : elle avait décidé de prendre les choses de haut, avec de la distance. Mais, une fois de plus, il avait réussi à ruiner tous ses plans.

Elle le dévisagea, les yeux écarquillés.

Il hocha la tête.

— Elle s'appelle Mariana. Je suis sorti trois fois avec elle après que tu m'as largué. La deuxième, on a couché ensemble.

Lena se mordit les lèvres.

— Je suis un sale connard.

Elle ne l'avait jamais vu si amer. Elle le regarda tranquillement. Elle n'avait pas grand-chose à ajouter.

— Elle est enceinte. Par ma faute. J'assume mes responsabilités.

— Tu es sûr qu'il est…

Elle avait du mal à finir sa phrase.

— … qu'il est de toi ?

Il la regarda droit dans les yeux.

— On n'est pas en Amérique. Ici, tout se passe à l'ancienne. Je dois assumer, en gentleman.

Il avait tant de fois employé ce mot avec elle. Elle ne put s'empêcher de remarquer, avec un peu d'amertume, que tous ses efforts pour se comporter en gentleman ne l'avaient pas vraiment rendu heureux.

En regardant la surface de l'eau, elle se repassa les dernières semaines à la lueur de toutes ces révélations.

— Tu vas retourner à Londres avec elle ?

Il secoua la tête.

— Pas pour le moment. On va rester ici.

Lena savait à quel point cela devait lui coûter.

Il avait toujours voulu quitter cette petite île pour mener sa vie ailleurs, dans le vaste monde. C'était ce dont il avait toujours rêvé.

— Vous vivez ensemble ? demanda-t-elle.

— Pas encore. Elle cherche un appartement à Fira.

— Tu l'aimes ?

Kostos la regarda. Il ferma les yeux une ou deux minutes.

— Je ne pourrai jamais ressentir pour qui que ce soit ce que je ressens pour toi...

Il rouvrit les yeux.

— ... mais je vais faire ce que je peux.

Lena était au bord des larmes. Elle savait qu'elle ne pourrait pas tenir longtemps. La réalité la rattrapait, elle était sur ses talons, elle lui agrippait les poignets. Elle voulait partir avant de craquer.

Alors qu'elle se relevait, il lui prit la main et l'attira à lui. Avec un cri étouffé, il la serra contre sa poitrine, posa ses lèvres sur ses cheveux, la respiration rauque.

— Lena, si je t'ai brisé le cœur, sache que le mien est en miettes.

Il pleurait, elle l'entendait, mais elle ne voulait pas regarder.

— Je ferais n'importe quoi pour que les choses se passent autrement, mais je ne vois pas comment m'en sortir.

Elle laissa échapper un petit sanglot orphelin.

— Je me permets de dire ça maintenant et je ne le redirai plus. Ça va à l'encontre de l'engagement que je viens de prendre mais, Lena, il faut que tu le saches. Tout ce que je t'ai dit était vrai. Et ça l'est toujours. Je n'ai pas menti. Ce que je ressens est plus fort et plus sincère que tu ne pourras jamais l'imaginer. Je veux que tu t'en souviennes.

Son ton était désespéré. Il l'étreignit presque trop violemment.

— Tu t'en remettras, je le sais. Moi, tu me manqueras toute ma vie.

Elle se dégagea de son étreinte et s'écarta, détournant la tête.

— Je t'aime. Je t'aimerai toujours, affirma-t-il.

Exactement les mêmes mots que quelques semaines auparavant, sur le trottoir, devant chez elle.

La première fois, c'était une promesse de bonheur. Aujourd'hui, c'était une malédiction.

Elle se retourna et partit en courant.

Tibby avait dit OK pour la pédicure. Elle n'aurait jamais cru être du genre à se faire bichonner les pieds mais sa mère lui avait demandé de l'accompagner... et puis un massage gratuit, ça ne se refuse pas.

Quand elles se retrouvèrent assises côte à côte, les pieds dans des jacuzzis miniatures, elle réalisa que c'était la première fois depuis des mois qu'elle était seule avec sa mère. C'était peut-être ça, l'idée. Parfois il fallait peut-être suivre le mouvement pour obtenir ce qu'on voulait.

Sa mère choisit un vernis bordeaux. Tibby en prit un plus clair. Puis elle changea d'avis et se décida pour le bordeaux elle aussi.

— Je voulais te montrer quelque chose, chérie.

Sa mère tira une enveloppe de son sac.

Elle déplia le beau papier à lettres épais.

— C'est Ari qui m'a écrit.

Tibby se mordit les lèvres. Elle repensa à Lena et à toute cette histoire idiote.

— Sa lettre m'a émue jusqu'aux larmes, avoua Alice, les yeux humides. Avant de partir pour l'enterrement, en Grèce, elle m'a écrit pour s'excuser. Elle est vraiment adorable. Elle l'a toujours été, d'ailleurs.

Un air de nostalgie contagieuse passa sur son visage.

— Je me souviens quand tu allais au tennis avec Ari le mercredi, remarqua Tibby. Vous jouiez toutes les deux contre Marly et Christina, et vous vous arrangiez pour gagner à tour de rôle.

— Mais pas du tout, on ne faisait pas exprès, protesta Alice en riant.

— Alors c'était sans doute une coïncidence, fit Tibby en sachant très bien que c'était faux.

Les quatre filles passaient des heures à jouer dans le petit square, à côté du court de tennis où leurs mères frappaient la balle. « Il devait y avoir une balançoire et un truc pour grimper dessus, c'est tout », se rappela Tibby. Mais le camion du glacier s'arrêtait toujours juste devant et, c'était un rite, elles avaient chacune droit à leur glace.

— Je me demande si elle a continué à jouer, fit Alice plus pour elle-même que pour sa fille. Bon, bref…

Elle tira une photo de l'enveloppe.

— Voilà ce que je voulais te montrer.

— Ooooh !

Tibby la regarda, laissant le plaisir la réchauffer jusqu'au bout de ses orteils bordeaux.

— Génial ! s'écria-t-elle. S'il te plaît, je peux la garder, dis ?

Il existe une maladie très grave, pour ne pas dire mortelle, qu'on appelle l'endocardite : c'est une inflammation du cœur. L'arrière-grand-mère de Lena en était morte très jeune et Lena était persuadée qu'elle allait finir comme elle.

Elle resta au lit très tard, tout à sa douleur. Elle sentait son cœur gonfler, se contracter.

Vers l'heure du déjeuner, sa mère entra dans sa chambre sur la pointe des pieds, elle ôta ses escarpins et se glissa dans le lit à côté d'elle. Elle portait encore l'ensemble en soie bleu marine qu'elle avait pour l'enterrement. La résistance de Lena fondit. Elle avait l'impression de redevenir une petite fille de trois ans blottie là, dans les bras de sa mère. Lena reconnut l'odeur unique et inoubliable de sa maman. Elle se mit à pleurer à gros sanglots et laissa son nez couler comme une fontaine tandis que sa mère lui caressait doucement les cheveux et lui essuyait la figure. Elle s'endormit même peut-être un instant. Elle n'était plus vraiment consciente de ce qu'elle faisait.

Sa mère fit preuve d'une infinie patience. Elle ne dit pas un mot avant que la lumière ne change et que la fenêtre rosisse aux dernières lueurs du jour. Lorsque sa mère s'assit dans le lit, Lena remarqua qu'elle avait étalé plein de morve sur son plus beau tailleur.

— Est-ce que tu voudrais que je te parle un peu d'Eugene ? lui demanda-t-elle tout doucement.

Lena se redressa et hocha la tête. Dire qu'elle avait fait toute une histoire à propos d'Eugene au début de l'été et que, maintenant, elle se rappelait à peine pourquoi.

Ari tripota ses bagues un moment avant de se mettre à parler — son alliance, sa bague de fiançailles, ornée d'un diamant, l'émeraude de son quinzième anniversaire de mariage.

— Je l'ai rencontré à Athènes quand j'avais dix-sept ans, à l'église. Et je suis tombée follement amoureuse de lui.

Lena hocha de nouveau la tête.

— Il est parti faire ses études aux États-Unis. Tout près de la maison.

Nouveau hochement de tête.

— Moi, je suis restée à Athènes. Pendant quatre ans, il m'a manqué, chaque jour, chaque nuit. J'avais l'impression de ne vivre vraiment que durant les quelques semaines qu'on passait ensemble en été.

Lena comprenait tout à fait ce qu'elle voulait dire.

— Quand j'ai eu vingt et un ans, après avoir eu mon diplôme à Athènes, je suis partie le rejoindre aux États-Unis. Ma mère ne voulait pas, elle était furieuse après moi. Mais je suis partie quand même. J'ai trouvé un petit job de serveuse et j'ai attendu. Il était très occupé, il finissait ses études. Je prenais la moindre miette qu'il voulait bien me donner.

Sa mère leva les yeux et réfléchit un moment.

— Il m'a demandé de l'épouser et, bien sûr, j'ai dit oui. Il m'a offert une bague avec une petite perle que j'ai chérie comme une relique de saint. On a emménagé ensemble alors qu'on n'était pas encore mariés. Si ma mère l'avait su, elle en serait morte ! Trois mois plus tard, du jour au lendemain, Eugene est retourné en Grèce.

— Mm, fit Lena, compatissante.

— Son père lui avait coupé les vivres en disant qu'il ferait mieux de revenir au pays pour mettre ses coûteuses études à profit. Enfin, à l'époque, je ne le savais pas.

Lena recommença à hocher la tête.

— Pendant un an, je l'ai attendu. Il n'arrêtait pas de me promettre qu'il allait revenir, le mois prochain, puis le suivant. Je vivais dans un affreux petit studio, au-dessus d'une animalerie, sur Wisconsin Avenue. Je n'avais pas un sou, pas un ami. Et bon sang, qu'est-ce que ça puait là-dedans! J'ai souvent eu envie de rentrer à la maison. Mais je pensais qu'Eugene allait revenir, qu'on allait se marier comme prévu. En plus, je ne voulais surtout pas donner raison à ma mère.

Lena voyait bien ce qu'elle avait pu ressentir.

— À la rentrée, je me suis inscrite en maîtrise à l'université catholique. Le premier jour de cours, j'ai reçu un coup de fil de ma sœur. Elle m'a raconté ce que tout le monde savait déjà depuis des semaines. Eugene avait rencontré une autre fille. Il n'avait aucune intention de revenir.

Le menton de Lena se mit à trembler.

— Oh, ma pauvre, murmura-t-elle.

— J'ai arrêté les cours dès le premier jour. Je ne voulais plus sortir de mon lit.

Lena acquiesça. Ça lui semblait en effet la seule chose à faire.

— Heureusement, j'avais un très bon professeur à la fac. Ne me voyant pas revenir, elle m'a appelée chez moi. Et elle a réussi à me convaincre de reprendre les études.

– Mm, et alors ?

Lena sentait qu'elles arrivaient à la partie de l'histoire qu'elle connaissait.

– Le jour de Thanksgiving, j'ai rencontré ton père. Tu imagines, les deux pauvres Grecs paumés tout seuls devant leur pizza...

Lena sourit. Oui, elle la connaissait. Elle retrouvait avec plaisir l'histoire de la rencontre de ses parents, comme on enfile un vieux pull que l'on aime.

– Et vous vous êtes mariés quatre mois plus tard.

– Et oui !

Et pourtant, elle voyait le coup de foudre puis le mariage-éclair de ses parents sous un tout autre jour, plus sombre, maintenant qu'elle était au courant du reste.

– Mais, malheureusement, je n'en avais pas fini avec Eugene.

– Oh...

Lena sentit que les choses allaient se corser.

Sa mère réfléchit quelques minutes à la façon de présenter les événements.

Et finalement, elle déclara :

– Écoute, Lena, je vais te parler comme à une jeune femme de presque dix-sept ans et non comme à ma fille. Enfin, si tu veux bien.

Lena en avait envie plus que tout mais, en même temps, elle était un peu effrayée. L'envie l'emporta. Elle hocha la tête.

Ari souffla lentement avant de reprendre :

— Je pensais souvent à Eugene durant les premières années de notre mariage. J'aimais ton père, mais je ne croyais pas en cet amour.

Elle passa un doigt sur ses lèvres, le regard perdu au loin.

— J'avais honte de m'être engagée si vite avec un autre, j'imagine. Je me disais que nous étions ensemble à cause d'Eugene. Il était omniprésent. J'avais peur d'avoir transféré les sentiments que j'éprouvais pour lui sur ton père pour atténuer la douleur de la perte.

Lena retint un soupir. Sa mère avait suivi des études de psycho et, parfois, c'était un peu lourd.

— Peu avant ton premier anniversaire, Eugene m'a appelée de New York. Je n'avais pas entendu sa voix depuis quatre ans. Ça m'a bouleversée.

Lena commençait à se demander avec angoisse où tout cela menait.

— Il voulait que je vienne le voir.

Sa fille serra les dents. Elle avait pitié du pauvre bout de chou d'un an qu'elle était alors.

— Je me suis rongé les sangs pendant trois jours… et puis j'y suis allée. J'ai inventé une excuse pour ton père, je t'ai laissée chez Tina et Carmen et j'ai sauté dans un train.

— Oh, non, murmura Lena.

— Ton père n'est pas au courant et je préférerais franchement qu'il continue à l'ignorer.

Elle hocha la tête, à la fois enivrée et écœurée par cette révélation.

— Je l'ai rejoint à Central Park, en tripotant cette affreuse bague de fiançailles au fond de la poche de mon manteau. Sincèrement, à ce moment-là, je ne savais pas du tout quelle direction allait prendre ma vie.

Lena ferma les yeux.

— Les trois heures que nous avons passées à nous promener dans le parc ont vraisemblablement été les trois heures les plus profitables de mon existence…

Lena n'avait aucune envie d'entendre tout ça.

— … Parce que quand je suis partie pour vous retrouver, papa et toi, je savais que j'aimais vraiment ton père pour ce qu'il était et que je n'étais plus amoureuse d'Eugene.

Lena eut tout à coup l'impression qu'on lui ôtait un poids énorme.

— Alors… il ne s'est rien passé.

— Je l'ai embrassé. C'est tout.

— Oh.

Elle avait du mal à croire qu'elle était en train de discuter de ça avec sa mère.

— J'étais tellement contente de rentrer à la maison ce soir-là… Ah, je ne l'oublierai jamais.

Sa mère prit un ton amusé de conspiratrice :

— Je crois que c'est cette nuit-là que nous avons conçu Effie, papa et moi.

Lena avait maintenant très envie de revenir

à une relation mère-fille normale. Elle en avait assez des confidences.

— Bon, enfin bref, la suite, tu la connais.

Brusquement, Lena réalisa quelque chose de capital. Sa conception et ses premiers mois s'étaient déroulés sous le signe de l'angoisse et de la méfiance, tandis qu'Effie était l'enfant du bonheur parfait. Gloups.

— Et tu n'as plus jamais entendu parler d'Eugene? demanda-t-elle.

— Ça n'a pas été aussi simple. Il m'a appelée une demi-douzaine de fois dans les années qui ont suivi. En général, il était soûl. Ton père le hait profondément.

Ari soupira.

— C'est pour ça que Tina, Alice et…

Elle allait dire Marly mais s'était arrêtée.

— C'est pour ça que mes amies sont au courant, pour Eugene. Je redoutais qu'il m'appelle car, ensuite, cela dégénérait en dispute entre ton père et moi. Je n'ose toujours pas prononcer ce nom devant lui. Tu comprends pourquoi j'ai réagi comme ça quand tu en as parlé…

Lena acquiesça.

— Mais, pourtant, papa n'a pas à s'en faire, hein?

— Oh que non.

Ari secoua la tête.

— C'est un homme merveilleux et un excellent père. Eugene est un minable. Quand je repense au jour où il m'a quittée, je me dis que c'est la meilleure chose qui ait pu m'arriver.

Elle regarda sa fille d'un air plein de sous-entendus.

– J'aimerais que tu te souviennes toujours de ça, mon cœur.

Tiboudou : J'ai eu Lenny tout à l'heure. C'est l'horreur totale, cette histoire pourrie. Tu l'as eue, toi ?

Carmabelle : Je viens de raccrocher. Je ne sais même pas quoi dire. Pauvre, pauvre Lenita. Qu'est-ce qu'on peut faire pour elle ? Ne bouge pas, j'arrive.

Bridget savait qu'il était temps pour elle de rentrer. Maintenant qu'elle était au courant de ce qui était arrivé à Lena, elle voulait être auprès d'elle. Elle passa son dernier jour à Burgess avec Greta, sous la véranda. Elles suçotaient des glaçons et parlaient aménagements à venir de la maison, au lieu de se dire au revoir.

Et pourtant, trois heures sonnèrent. Bridget devait y aller.

Greta faisait bien attention. Elle ne voulait pas se mettre à pleurer.

Comme d'habitude, Bridget, elle, ne faisait pas attention. Elle dit ce qui lui passait par la tête :

– Tu sais quoi, Grand-Mère ? Si je n'avais pas

mes trois amies qui m'attendent à Washington, je resterais ici avec toi. Je me sens chez moi maintenant.

Et, bien entendu, Greta fondit en larmes. Et Bridget aussi.

— Tu vas me manquer, ma grande. Vraiment.

Bridget hocha la tête. Elle la serra dans ses bras, peut-être un peu trop fort.

— Tu m'amèneras ton frère quand tu viendras à Noël, promis ?

— Promis.

— N'oublie pas, lui glissa sa grand-mère à l'oreille juste au moment où elle la relâchait. N'oublie pas que je serai toujours là pour toi et que je t'aime.

Sur le trottoir, ses bagages à la main, Bridget se retourna pour regarder une dernière fois la maison. Elle lui avait semblé si banale quand elle était arrivée. Maintenant, elle la trouvait belle. Elle devinait la silhouette de Greta à la fenêtre. Sa grand-mère pleurait à chaudes larmes et elle ne voulait pas que Bridget la voie.

Elle aimait cette maison. Elle aimait Greta. Elle aimait Greta avec son loto du lundi, sa soirée-télé du vendredi et son déjeuner à midi pile tous les jours.

Bridget n'avait peut-être pas la maison accueillante qu'elle aurait voulue avec son père et Perry. Mais elle l'avait trouvée ici.

Lenny,

Je sais que tu es encore en Grèce, tu n'auras donc pas cette lettre tout de suite, mais je voudrais tellement pouvoir faire quelque chose pour toi. Alors j'essaie de me rapprocher de toi comme je peux.

Je suis vraiment désolée pour Bapi. Ce matin, quand j'ai appris la nouvelle, j'en ai pleuré. Tu es si forte, Lena, et tu as toujours été là pour moi quand j'avais besoin de toi. J'aimerais que ce soit l'inverse pour une fois.

Mille bisous,

Bee

C'était le quatrième et dernier jour que Lena passait en Grèce. Et deux événements d'importance se produisirent. Premièrement, sa grand-mère lui donna les affreuses chaussures en plastique beige de Bapi et, par on ne sait quel miracle, elles lui allaient parfaitement. Mamita regarda les immenses pieds de sa petite-fille, un peu éberluée. Elle ne s'attendait pas à ce qu'elle les porte, mais Lena était aux anges.

— J'allais les jeter, mais je me suis dit que tu voudrrrais peut-être les garrrder, ma belle.

— Tu as eu raison, Mamita. Merci, ça me fait très plaisir.

Et, deuxièmement, à la tombée de la nuit, Lena s'assit sur le petit muret devant la maison de sa grand-mère : elle voulait faire un tableau pour Bapi, qu'elle enterrerait à côté de sa tombe.

La pleine lune qui éclairait la Caldeira l'inspira. Elle étala plusieurs petits tas de peinture sur sa palette, puis les mélangea pour essayer de retrouver les couleurs de la nuit. C'était la première fois qu'elle peignait dans le noir... et sûrement la dernière parce que c'était carrément impossible.

Mais elle réussit à capter l'éclat des deux lunes : celle qui était dans le ciel, et sa jumelle qui scintillait à la surface de l'eau. Elles étaient en tout point semblables, dans la réalité comme dans son tableau.

Alors qu'elle mêlait encore les couleurs de sa palette, elle remarqua que Kostos était arrivé par-derrière et qu'il la regardait travailler.

Il était bien calme pour un homme qui avait gâché leurs vies à tous les deux.

– Nuit sans étoiles, dit-il après avoir étudié le tableau un long moment.

C'était drôle, c'était exactement le titre que Lena aurait voulu donner à son tableau, si elle avait osé. Mais ça paraissait un peu prétentieux de faire référence à son tableau préféré, *Nuit étoilée*. Elle ne pouvait comparer aucune de ses œuvres à celles de Van Gogh. Elle repensa à sa mère et à Eugene et se demanda si un jour elle penserait que Kostos était un minable. Elle en doutait.

– Bapi aimera beaucoup.

OK, elle en doutait encore plus.

Elle voulait à tout prix éviter de recommencer à pleurer… À la place, c'est son nez qui se mit à couler. Elle savait que c'était probablement la dernière fois qu'elle le voyait.

Elle se retourna pour le regarder passionnément, longuement, et s'imprégner de son visage une dernière fois.

La veille, elle étouffait de colère, de douleur, de peine, mais bizarrement plus maintenant.

– Au revoir, lui dit-elle.

Elle s'aperçut qu'il la dévisageait aussi passionnément qu'elle. Il buvait du regard ses yeux, ses cheveux, sa bouche, son cou, ses seins, son pantalon constellé de peinture, même les chaussures beiges de Bapi. Cela aurait été totalement déplacé si ça avait été leur première rencontre et non la dernière. Enfin, c'était assez déplacé, quand même.

– Tout ce que tu m'as dit hier…, commença-t-elle.

Il hocha la tête.

Elle s'éclaircit la gorge.

– C'est pareil pour moi.

Bravo, elle pouvait se féliciter : elle aurait eu du mal à faire moins poétique.

Il hocha encore la tête.

– Je ne t'oublierai jamais.

Elle marqua une pause.

— Enfin, si, j'espère que je t'oublierai quand même un peu…

Elle agita les orteils dans les chaussures en plastique de Bapi.

— … sinon ce serait trop dur.

Il avait les larmes aux yeux. Ses lèvres tremblaient.

Elle posa sa palette et son pinceau sur le muret. Puis elle se hissa sur la pointe des pieds, prit appui sur ses épaules et l'embrassa sur la joue. Enfin, peu importe l'endroit, c'était un baiser d'amour, pas d'amitié.

Mais ça pouvait peut-être encore passer. Il la serra dans ses bras, plus fort, plus intensément qu'il ne l'aurait dû. Il ne voulait plus la lâcher.

Peu après son départ, Effie apparut. Elle avait son walkman sur les oreilles et elle était curieusement échevelée.

— Bah, dis donc, qu'est-ce que tu pleures maintenant ! fit-elle remarquer. Toi qui ne versais jamais une larme !

Lena avait presque envie de rire.

— Et toi, tu as retrouvé ton serveur, pas vrai ?

Effie haussa les épaules, faussement gênée. Elle avait repris son amourette de l'été dernier là où elle l'avait laissée, comme si de rien n'était. Effie pouvait passer tout son temps dans les bras d'un garçon puis, au moment du départ, lui dire au revoir sans un regret.

Lena la dévisageait, admirative. Effie secouait

la tête au rythme de la chanson idiote qui résonnait dans ses écouteurs.

«Nous sommes tellement différentes, nous ne sommes vraiment pas douées pour les mêmes choses», pensa Lena. Elle était douée pour écrire des petits mots de remerciements, tandis qu'Effie, elle, était douée pour le bonheur.

> **On ne naît pas qu'une seule fois, mais chaque jour qui passe.**
>
> William Charles

Bridget avait tenu à porter seule ses sacs jusqu'à l'arrêt de car, à quatre cents mètres de là, mais, lorsque Billy surgit tout à coup à ses côtés et prit les deux plus lourds, elle ne lui en voulut pas.

– J'ai pas envie que tu partes, dit-il.
– Oui, mais on m'attend là-bas. On se reverra, t'inquiète.

Elle le regardait, là, sur le trottoir, avec ses deux sacs à la main. Elle non plus, elle n'avait pas envie de partir. Elle lui plaisait, elle en était sûre.

Elle l'observa, cherchant un signe trahissant cette attirance physique. C'était ce qu'elle voulait, non ? Elle s'aimait assez à nouveau pour se dire qu'elle méritait d'être désirée.

Mais elle n'était pas sûre... Était-ce vraiment ce qu'elle voulait ? Et si elle se mettait à le détester parce qu'il changeait sa façon de la regarder maintenant qu'elle était jolie et blonde?

Non, il ne la regardait pas comme une jolie blonde. Il la regardait comme si elle était Bee, la fille qu'il connaissait depuis tout petit. Il la regardait comme lorsqu'elle lui donnait des ordres sur le terrain de foot. Pas vrai?

Il posa sa main sur son poignet.

À moins que…

Elle avait toujours cru que Bee la petite fille de six ans et la Bee d'aujourd'hui étaient à des milliers de kilomètres l'une de l'autre, séparées par les tragédies qu'elle avait vécues. Elle pensait que la Bee qui était amie avec Billy et la Bee qu'il pourrait aimer bien plus qu'une amie étaient deux filles radicalement opposées. Mais, maintenant, elle n'en était plus si sûre.

Quand il l'embrassa à pleine bouche, un frisson la parcourut des pieds à la tête. Elle était au moins sûre d'une chose : elle aimait ça.

Soudain, elle eut une vision : la route de sa vie s'étendait sous ses pieds du passé au présent, ferme, solide, sans rupture, et continuait loin, loin devant, aussi loin que l'horizon.

C'était une drôle d'idée, d'accord. Mais Carmen aimait ce genre de coïncidences forcées. C'était un signe, en quelque sorte… Sa mère ressortait avec David, ils étaient heureux… et tout est bien qui finit bien. Carmen avait fait pénitence en passant ses journées à s'inquiéter pour Lena et à assister au bonheur radieux de sa mère. Il faut dire qu'elle avait le temps puisque les Morgan étaient partis passer les deux dernières semaines de l'été à la mer.

La semaine passée, Porter lui avait laissé deux messages pour l'inviter à une fête à Chevy Chase. Alors Carmen s'était dit que, maintenant qu'elle avait tout arrangé pour sa mère, elle pouvait peut-être s'intéresser à lui pour de bon.

Il eut l'air surpris lorsqu'elle l'appela pour lui demander si ça lui disait qu'ils se voient, comme ça, immédiatement. Mais il accepta et proposa même de l'emmener dîner chez Dizzy, ça voulait dire qu'il ne la détestait pas vraiment, alors. Ou alors, si, il la détestait vraiment et il avait secrètement prévu de lui laisser payer l'addition à la fin de la soirée. Il faudrait qu'elle pense à prendre vingt dollars de plus dans son portefeuille. Au cas où...

Elle remit le jean magique pour la première fois depuis cette soirée fatidique où Christina était tombée amoureuse de David et où elle, en revanche, n'était pas tombée amoureuse de Porter. Mais qui sait ? Avec le jean, cette soirée pourrait très bien être fatidique aussi.

Elle était en train de s'arracher un poil de sourcil mal placé quand le téléphone sonna.

D'après le numéro affiché, on l'appelait d'une cabine à Union Station.

— Allô ?
— Salut, c'est Paul.

Elle était pourtant persuadée que Paul était en ce moment même sur la route entre Charleston (où il avait passé deux semaines) et sa fac, à Philadelphie.

— Salut. Qu'est-ce que tu fabriques ici ?
— J'ai raté mon train.
— Oh, non. Qu'est-ce qui s'est passé ?
— Je me suis perdu dans le métro.

Carmen explosa de rire.

— Non, c'est pas vrai ?!
— Non.
— Oh...
— C'est un copain qui m'a emmené en voiture jusqu'à Washington et, là, j'ai raté mon train.
— Oh.

Carmen réfléchit. Cela voulait dire que Paul n'avait nulle part où dormir ce soir et qu'elle allait devoir s'occuper de lui.

— Mm...

Elle tapota le téléphone.

— Bon, on se retrouve devant chez Dizzy au coin de Wisconsin Avenue et de Woodley. Dès que tu peux. Tu as mangé ?
— Non.
— OK, à tout de suite.

Pauvre Porter. Ça promettait une fois de plus d'être un étrange dîner en amoureux... Une fille, deux garçons.

Carmen s'attaquait de nouveau à son poil rebelle, pince à épiler en main, lorsque le téléphone sonna. Encore.

— Oh là! s'écria-t-elle en jetant sa pince à épiler contre le mur.

L'appel venait de chez Lena. Elle était donc de retour? Carmen se jeta sur le combiné.

— Lena!
— Non, c'est Effie.

Elle chuchotait.

— Vous êtes rentrés?
— Ouais, il y a environ une heure.
— Comment va Lena?

Carmen sentait le sang battre à ses tempes. Lena était rentrée. Lena avait sûrement besoin d'elle. Bon, eh bien, restait à espérer que Paul et Porter s'amuseraient bien tous les deux au restaurant.

Effie répondit au bout d'un moment :

— Mmmm… Je ne sais pas.
— Elle marche? Elle parle?
— Oui et non.
— Comment ça?
— Oui, elle marche. Non, elle ne parle pas.
— Ouh, là! J'arrive.
— Non, vaut mieux que tu la sortes.
— Ah bon?
— Ouais, affirma Effie, elle a besoin de prendre l'air.
— Oooookay. Tu en es sûre?

Effie avait l'habitude de faire sa loi et Carmen aussi. Ça provoquait parfois des frictions.

— Mais oui, la moitié de sa chambre est couverte de lettres et l'autre de photos. Je te jure. On est partis en catastrophe, tu sais. Il faut que tu la sortes et que tu lui changes les idées pendant que je range. Genre en jetant tout ça à la poubelle. Ha, ha.

Carmen ne répondit pas. Mais, de toute façon, ça ne perturbait pas du tout Effie que ses blagues ne fassent rire personne.

— Tu as essayé d'appeler Tibby ? demanda Carmen.

— Elle n'est pas là.

— OK, Ef. Je passe la chercher dans un quart d'heure, annonça-t-elle avant de raccrocher brutalement.

Elle fit le tour de sa chambre en fourrant vite ses affaires dans son petit sac turquoise. Elle n'avait qu'à emmener Lena chez Dizzy aussi. C'était la seule solution.

Puisqu'il fallait la distraire, c'était l'idéal : ce dîner en amoureux à quatre promettait d'être vraiment distrayant.

Longtemps après, Carmen se repassa cette étrange soirée image par image. Elle voulait comprendre exactement ce qui s'était passé. Comment c'était arrivé. Pourquoi c'était arrivé. Si c'était vraiment arrivé.

Carmen tenait Lena par la main. Elle avait mis le jean. Lena, elle, portait un pantalon à taille coulissante et un T-shirt. De loin, on aurait dit un T-shirt blanc, tout ce qu'il y a de plus simple. Mais, en y regardant de plus près, on remarquait qu'une fine bande de dentelle soulignait le décolleté. Un T-shirt blanc, c'était tout à fait le style de Lena. Mais pas la dentelle.

Elle avait l'air toute mince. Les soucis creusaient son visage mais Carmen ne put s'empêcher de l'envier. Elle ouvrait de grands yeux lumineux qui paraissaient fixés au loin, dans le vague. Elle cligna des paupières et observa le restaurant autour d'elle comme un nouveau-né. Sa peau si fine semblait à vif. Et ses yeux paraissaient découvrir le monde comme s'ils n'avaient encore jamais rien vu. Carmen avait presque mauvaise conscience de la traîner dans un environnement aussi enfumé et bruyant. Ce n'était pas un endroit pour un nouveau-né.

Elle la fit asseoir dans l'entrée puis pénétra dans la salle et trouva Porter et Paul qui l'attendaient, chacun à une table. Elle s'approcha d'abord de Porter. Il se leva et l'accueillit avec un sourire.

– Salut !

Il l'avait embrassée sur la bouche, mais elle était trop préoccupée pour prendre le temps d'analyser son geste.

– Bonsoir. Euh…écoute, c'est un peu compliqué…

Elle fit une petite grimace d'excuse.

— J'ai un ami — enfin, c'est le fils de ma belle-mère, en fait — qui a manqué son train et, comme il n'a nulle part où aller ce soir, je lui ai proposé de dîner avec nous…

Elle posa un doigt hésitant sur son menton.

— … Ça ne te dérange pas trop ?

Il la regarda, l'air de dire : « Et qu'est-ce que ça changera si ça me dérange, de toute façon ? »

Carmen s'empressa de poursuivre :

— Et puis… Tu sais, mon amie Lena ? Tu la connais. Elle est rentrée de Grèce ce soir et bon… elle n'a pas la forme. Elle est même carrément dans un état catastrophique.

Elle baissa la voix.

— … Je ne peux pas la laisser toute seule, tu comprends. Alors je l'ai amenée aussi.

Elle haussa les épaules, l'air pitoyable.

— Désolée.

Porter hocha la tête. Il avait visiblement atteint le point de non-retour. Tout ce qu'elle pourrait dire ou faire maintenant ne pourrait pas l'atteindre davantage.

Entre-temps, Paul l'avait repérée. Elle alla à sa rencontre.

— Salut, viens, je vais te présenter.

Il la suivit.

— Porter, Paul. Paul, Porter, dit-elle à toute vitesse.

— B'soir, fit Porter en levant la paume comme un grand chef indien.

Puisqu'elle avait tout pris en main, autant continuer. Elle désigna la table que Porter avait choisie.

— Tu crois qu'on tiendra tous là ?

Il haussa les épaules.

— Sûrement.

— OK. Dans ce cas, asseyez-vous, je vais chercher Lena.

Paul avait l'air un peu perturbé qu'on l'oblige ainsi à sortir de sa coquille. Il n'était pas vraiment du genre sociable.

Il regrettait sans doute de ne pas être resté sur un banc, à la gare.

Assise là où Carmen l'avait laissée, Lena fixait ses mains, sans réaliser que le monde autour d'elle continuait à tourner.

— Lenny ?

Elle leva les yeux.

— Désolée de t'imposer ça ce soir, mais on va dîner avec deux garçons que tu ne connais pas.

Ce n'était pas la peine d'essayer d'enrober les choses. Si Lena voulait se rebeller, autant que ce soit tout de suite.

Mais au lieu de ramper sous une banquette, comme Carmen le craignait, Lena se leva et la suivit sans résistance. C'était encore plus inquiétant que si elle s'était mise à crier et à tempêter.

Elles se dirigeaient toutes les deux vers la

table quand… c'était là que tout avait commencé. Porter et Paul s'étaient assis du même côté, ils regardaient les filles approcher. C'était assez comique, en fait, ces deux grands gars l'un à côté de l'autre. Mais Carmen n'aurait pas su dire la tête que faisait Porter à ce moment-là parce qu'elle regardait Paul.

C'était là que le temps suspendait son vol, que le silence se faisait dans la pièce et que tout passait en noir et blanc. Il flottait une sorte de nostalgie dans l'air même si rien n'était encore arrivé.

Paul regardait Lena. Des millions de garçons avaient déjà regardé Lena, bien sûr, mais jamais comme ça.

C'était une des questions qui tracasseraient Carmen par la suite : le regard de Paul… Comment pouvait-on dire tant de choses en un seul regard ?

Porter se leva. Paul se leva. Ils s'assirent tous les quatre. Carmen dit deux ou trois trucs. Porter dit deux ou trois trucs. Le serveur arriva et dit deux ou trois trucs. Mais tout cela n'avait aucun sens, aucune importance comparé à ce qui était en train de se passer.

Paul et Lena, Lena et Paul. Ils ne se souriaient pas. Ils ne se parlaient pas non plus. Peut-être qu'ils ne se rendaient même pas compte de ce qui était en train de se produire, mais Carmen oui. Elle le sentait.

Soudain, au milieu de ce magnifique restaurant, une faille s'ouvrit. D'un côté, le monde, les serveurs et les gens normaux comme Carmen et Porter. De l'autre, Paul et Lena. Carmen n'osait même pas les regarder ni les écouter. Elle était restée sur l'autre rive.

– On se prend des *chicken wings* à deux? lui proposa poliment Porter.

Carmen en aurait pleuré.

Elle portait pourtant le jean magique. Un jean qui semait l'amour autour de lui! Mais pourquoi ça ne marchait jamais pour elle?

Elle n'était pas douée pour l'amour. Elle aimait trop fort.

L'imagination de Carmen s'emballait dangereusement. Le monde de Paul tournerait maintenant autour de Lena. Elle le voyait bien. Il n'en aurait plus rien à faire d'elle. Il n'écouterait plus patiemment les âneries qu'elle débiterait.

Et Lena? Et leur amitié? Et le pacte?

Carmen se demandait ce qu'elle allait devenir dans tout ça.

L'angoisse montait… elle remplissait son estomac d'acide, elle faisait des nœuds à ses intestins.

Chaque fois, c'était pareil. Elle se retrouvait spectatrice de l'amour, assise sur le banc de touche, si près… mais sans pouvoir l'atteindre. Elle était toujours perdante.

Elle repensait à sa mère. Ce soir, David était venu la chercher avec deux bouquets de roses à la main. Un pour Christina, un pour Carmen. Elle avait surtout apprécié le geste qui avait fait tellement plaisir à sa mère. David avait trouvé le mot qu'elle cherchait pour finir ses mots croisés (grand chien japonais, en cinq lettres, commençant par un a). Même si elle essayait de se contenir, sa mère était radieuse, rayonnante. Elle, elle avait gagné.

Là-bas, dans le monde de Paul et Lena, Paul chuchota quelque chose à Lena. Elle baissa les yeux, un peu gênée, mais, lorsqu'elle les releva, elle avait aux lèvres un sourire que Carmen ne lui avait jamais vu. Elle avait changé, sa Lenita.

Carmen aurait pu faire comme si de rien n'était. Ou bien essayer d'écrabouiller la menace naissante avant qu'elle ne prenne racine.

Ou alors elle pouvait se dire que Lena et Paul étaient deux des personnes auxquelles elle tenait le plus et qu'ils méritaient l'un et l'autre d'être aimés par quelqu'un de bien.

Brusquement, Carmen releva la tête.

— Lena ?

Lena dut parcourir plusieurs milliers de kilomètres pour la rejoindre.

— Oui ?

— Tu peux venir avec moi, juste une seconde ?

Ils la regardèrent tous les deux, se demandant visiblement comment elle pouvait avoir l'audace de les déranger ainsi.

— Juste une seconde, promis.

Dans les toilettes, Carmen déboutonna le jean. Elle le retira vite.

— Passe-moi ton pantalon et prends celui-là, OK?

— Mais... pourquoi? s'étonna Lena.

Le cœur de Carmen battait à tout rompre.

— Parce que cette soirée va être très importante pour toi.

Lena la regarda, affolée.

— Comment tu le sais?

Carmen posa la main sur son cœur.

— Je le sais, c'est tout.

Lena la fixait de ses grands yeux.

— Mais... importante, comment ça? Qu'est-ce que tu racontes?

Son amie pencha la tête sur le côté.

— Lenita, si tu ne le sais pas encore, tu vas bientôt comprendre. Mais après l'été atroce que tu as passé, ça risque de prendre un peu de temps.

Lena n'avait pas l'air de comprendre, en effet. Mais elle enfila le jean sans discuter. Il était vraiment magique : à ce moment précis, on aurait dit qu'il scintillait.

«Heureusement que c'est un pantalon à taille coulissante», se dit Carmen en enfilant vite le bas de Lena.

Elle était déjà partie retrouver Paul, flottant comme dans un rêve. En la regardant, Carmen sentit que c'était un de ces rares moments dans l'existence où le monde s'éclaire un peu. Mais elle était peut-être la seule à le remarquer.

«C'est comme ça, c'est la vie», pensa-t-elle.

Et elle sut qu'elle trouverait un moyen d'aimer l'amour quand elle le verrait.

Lena était dans son lit. Comme d'habitude, elle pensait à un garçon. Mais, ce soir, bizarrement, le garçon en question n'était pas le même que d'habitude. Celui-ci était plus grand et plus large d'épaules et avec des yeux… des yeux si sincères. Quand il la regardait, c'était comme s'il pouvait tout voir en elle, mais il ne prenait que ce qu'elle était prête à lui donner. Il n'était pas marié. Et il n'avait mis personne enceinte, autant qu'elle sache.

Sans trop comprendre comment, en l'espace de quatre-vingt-dix secondes environ, elle avait lâché le trapèze auquel elle se cramponnait pour en attraper un autre qui volait dans la direction opposée.

Depuis quand était-elle une reine de la voltige ? Comment était-elle passée d'ermite émotionnellement déficiente à trapéziste de haut vol ? Elle se faisait un peu peur.

Elle appela Tibby. Elle ne l'avait pas eue au téléphone depuis qu'elle était rentrée et elle avait envie de mettre des mots sur ce qu'elle ressentait.

— Il y a un truc qui cloche chez moi, Tib ! gémit-elle.

Elle ne savait pas vraiment si elle était heureuse ou triste. Là-haut, sur sa grande balançoire, les deux sentiments se confondaient dans leur intensité.

— Bah, qu'est-ce que t'as, Len ? lui demanda Tibby, toujours aussi douce.

— Je crois que j'ai cette maladie, là… quand on a le cœur qui gonfle.

— Eh bien, répondit Tibby avec philosophie, moi, je trouve qu'il vaut mieux un cœur gonflé qu'un cœur ratatiné.

Quand Carmen arriva chez elle après avoir déposé Lena, elle entendit le téléphone sonner. Elle décrocha dans la cuisine.

— Allô ?
— Salut, Carmen, c'est Porter.
— Salut, fit-elle, surprise.
— Écoute, j'abandonne. Je voulais juste que tu le saches. Chacun a ses limites.

Carmen avala sa salive. Elle avait l'étrange sensation que son cœur battait un peu n'importe où dans son corps.

— Hum… qu'est-ce que tu veux dire ? demanda-t-elle innocemment.

Elle ne voulait pas comprendre ce qu'il avait dit, cela ne voulait pas dire qu'elle n'avait pas compris.

Porter soupira.

— Je vais être honnête. J'étais raide amoureux

de toi depuis… disons, deux ans. J'étais vraiment fou à l'idée de sortir avec toi cet été. J'y croyais, je t'assure, mais… franchement, Carmen, tu pensais pouvoir me mener en bateau combien de temps encore ?

Porter marqua une pause, lui offrant la possibilité de se défendre, mais elle était tellement abasourdie qu'elle ne pouvait pas mettre sa langue en mouvement. Elle restait là, à pendouiller lamentablement dans sa bouche.

— Je n'ai pas compris quand tu m'as rappelé. Lorsqu'on est sortis ensemble la première fois, j'ai bien vu que ça ne collait pas, mais tu m'as quand même rappelé…

Il n'avait pas l'air en colère. Juste résigné.

— Enfin, bref, j'abandonne. Officiellement. Je ne peux pas jouer les idiots plus longtemps.

Bredouillante et bafouillante, Carmen commença à réaliser que Porter n'était pas le garçon qu'elle croyait. Avait-elle seulement réfléchi une seconde à ce qu'il pouvait bien être ? Elle l'avait jaugé de loin, pour voir s'il pouvait faire un petit ami potable, mais elle ne s'était jamais attardée sur ce qu'il pouvait penser ou ressentir. Elle avait encore moins envisagé qu'il pourrait exprimer ses pensées ou ses sentiments. C'était un garçon, un petit ami potentiel, un accessoire sympa, comme un joli sac à main.

Non ?

— Je sais que toute cette histoire avec ta mère

t'a perturbée, et je le comprends. Mais je pensais qu'une fois que ce serait arrangé on pourrait enfin sortir ensemble.

Non, résolument non.

Elle avait les joues en feu. Elle avait tellement foiré que c'en était presque risible.

— Porter ? fit-elle.

Même son nom ne sonnait plus pareil à ses oreilles, désormais. Ce garçon aurait pu être un ami. Elle pouvait lui parler, en copains.

— Ouais ?

— Je peux jouer les idiotes beaucoup plus longtemps que toi.

Il se mit à rire. Un rire un peu forcé cependant.

Ils n'avaient jamais ri ensemble. Il faut dire qu'elle ne lui en avait pas vraiment donné l'occasion.

— Je ne sais pas quoi dire pour ma défense, sauf que je n'avais pas réalisé que tu étais un être humain, avoua-t-elle.

— Tu pensais que j'étais quoi, alors ?

— Mon Dieu… je ne sais pas. Peut-être un pingouin ?

Il laissa échapper un petit rire, puis s'éclaircit la gorge.

— Je ne sais pas trop comment je dois le prendre…

— Mais je me trompais.

— Je ne suis pas un pingouin ?

– Non.
– Content de te l'entendre dire.
Elle poussa un long, long soupir.
– Je suis vraiment désolée.
Pourquoi se retrouvait-elle sans arrêt à devoir s'excuser platement ?
– Je te pardonne, dit-il d'un ton léger.
– Merci.
– Bonne continuation, Carmen.
Il avait une voix douce. Agréable.
– Merci, répondit-elle encore plus doucement.
Elle l'entendit raccrocher.
Elle avait eu ce qu'elle méritait, elle le savait. Mais le pire, c'est que, pour la première fois, elle se disait qu'elle aurait vraiment pu l'aimer.
Elle sourit faiblement en enfilant son pyjama rouge tout doux, celui qu'elle mettait quand elle était malade. Toute honteuse... mais pleine d'espoir en même temps.

Le lendemain, après une nuit de car, Bridget arriva à Bethesda. Mais elle ne rentra pas tout de suite chez elle. Elle fonça directement chez Lena. Elle serra Ari dans ses bras sans un mot et monta au premier.
Lena était encore au lit, dans son pyjama à olives vertes et noires.
En voyant débarquer Bridget, elle se redressa. Bridget poussa un petit cri et la plaqua prati-

quement au matelas en la serrant dans ses bras. Puis elle recula un peu pour mieux la regarder.

Elle s'attendait à trouver une Lena de tragédie, le visage ravagé par les larmes, mais non. C'était beaucoup plus compliqué que ça.

– Tu es au courant pour Bapi ?

Bridget hocha solennellement la tête.

– Tu es au courant pour Kostos ?

Re-hochement de tête.

– Je suis dans un sale état, hein ?

– Tu crois ? demanda doucement Bridget, en scrutant ses yeux avec attention.

Lena leva la tête vers le plafond.

– Je ne sais même plus ce que je suis.

Elle s'affala sur son lit et sourit en voyant Bee faire pareil.

– Je l'aimais tellement, dit-elle.

Elle ferma les yeux et se mit à pleurer. Elle ne savait même pas de qui elle parlait. Elle sentit les bras de Bee l'entourer.

– Je sais, fit-elle, caressante, je sais. Je suis désolée.

Quand Lena sortit la tête pour reprendre sa respiration, Bee avait l'air pensive.

– Tu as changé, Lenny.

Lena laissa échapper un petit rire entre deux sanglots. Elle effleura les belles mèches blondes de son amie.

– Et toi, tu es redevenue toi-même.

– En mieux, j'espère, commenta Bee.

Lena étendit ses grands pieds devant elle.
— Tu sais quoi ?
— Quoi ?
— Je me suis demandé, si j'avais le pouvoir d'effacer tout ce qui s'est passé cet été, est-ce que je le ferais ?
— Et alors ?
— Jusqu'à hier soir, j'aurais répondu oui. Pitié, que tout redevienne comme avant.

Bridget acquiesça.
— Et maintenant ?
— Je me dis qu'en fait non. Que je préfère peut-être comme c'est maintenant. Je suis peut-être mieux comme ça.

Lena se remit à pleurer. Avant, elle pleurait environ trois fois par an. Désormais, c'était plutôt trois fois avant même d'avoir pris son petit déjeuner. Était-ce vraiment un progrès ?

Elle s'allongea sur Bee, se laissa aller de tout son poids. Quel étrange retournement de situation. Maintenant, c'était Bee qui la soutenait.

Cet été, elle n'avait pas seulement appris à aimer, elle avait appris à se laisser aimer.

> *Que l'âge d'or commence.*
>
> Beck

Épilogue

Bee avait appelé Tibby et Carmen de chez Lena, et elles avaient rappliqué aussitôt, Carmen avec son sweat-shirt à l'envers et les chaussons de sa mère, Tibby carrément pieds nus. Elles n'avaient pas pu s'empêcher de crier, trop contentes de se retrouver.

Le soleil couchant glissait ses rayons roses par la fenêtre. Cela faisait maintenant plusieurs heures qu'elles n'étaient pas sorties de cette chambre. Elles avaient parlé, parlé, parlé, couchées toutes les quatre sur le lit de Lena. Carmen savait qu'aucune d'elles ne voulait briser la magie de cet instant… mais elles commençaient tout de même à avoir faim.

Tibby et Lena se décidèrent finalement à partir faire un raid dans la cuisine pour remonter des provisions. Mais elles revinrent au bout de quelques secondes.

– On a entendu des voix dans la cuisine, expliqua Tibby, avec de grands yeux brillant d'excitation.

— Venez voir, renchérit Lena, mais attention, pas de bruit !

Vu ce qu'elles avaient aux pieds, elles ne risquaient pas de faire de bruit, pensa fort justement Carmen. Tibby s'arrêta à la porte de la cuisine, sur le côté, et elles s'agglutinèrent derrière elle.

Carmen retint un petit cri en découvrant leurs trois mères assises autour de la table ronde. Elles avaient la tête baissée, parlaient à voix basse, confidentielle. Christina devait raconter une histoire drôle parce qu'Ari et Alice rigolaient. Ari se cachait les yeux, exactement comme Lena lorsqu'elle avait le fou rire.

Carmen remarqua aussi deux bouteilles de vin sur la table, l'une vide et l'autre à moitié pleine.

Cette scène mêlait tant d'émotions qu'elle ne parvenait pas à démêler la nostalgie de la joie. Ces femmes étaient là, à rire et à discuter comme des petites filles. Mais il y avait cette quatrième chaise, vide, où aurait dû s'asseoir Marly, où aurait pu s'asseoir Greta.

En se retournant, Carmen vit la même avalanche d'émotions passer sur le visage de ses amies. Elles devaient ressentir les mêmes choses et probablement des choses différentes aussi.

Sans un mot, elles suivirent Tibby dehors. Carmen ne pouvait s'empêcher de sourire. Sans oser se l'avouer, elle avait tellement souhaité que leurs mères redeviennent amies.

Toutes les quatre, elles s'allongèrent dans l'herbe, à regarder le soleil disparaître puis les étoiles apparaître, une à une. Finalement, le silence créait des liens encore plus forts que des milliers et des milliers de mots.

Ce soir-là, chez Gilda, l'ambiance était à la fois douce et amère. Elles se prirent la main pour improviser un hommage aux disparus. Marly, Bailey, Bapi. Tibby ajouta le père de Brian et Lena, Kostos. Il fallait qu'elle en fasse son deuil aussi. Bee voulut honorer la mémoire de son grand-père. Tibby pensait à Mimi mais elle n'osa pas le dire tout haut.

Après la mort, elles célébrèrent l'amour. Elles ouvrirent une bouteille de champagne que Tibby avait volée dans la cave de ses parents. Carmen proposa de boire au Grand Amour, mais ce n'était pas si simple. Lena voulait inclure Brian, mais Tibby refusa. Carmen voulait citer Paul, mais là, c'est Lena qui refusa.

Du coup, elles durent élargir leur toast à l'amour en général, ce qui augmentait considérablement le nombre de personnes concernées : Greta, Brian, Paul, Mamita, Effie, Krista, Billy. Carmen ajouta vertueusement David sur la liste.

Puis elles voulurent porter un toast à leurs mères. Les larmes aux yeux, Bee demanda si Marly pouvait entrer dans deux catégories. Bien sûr, elles étaient toutes d'accord. Puis elle demanda si Greta pouvait entrer dans deux catégories aussi. Et elles furent encore d'accord.

Tibby avait apporté une surprise. Avec précaution, elle sortit de son enveloppe la photo qu'Ari avait envoyée à sa mère et la plaça sur le jean, au milieu du cercle. Elles se penchèrent toutes pour mieux la voir.

Quatre jeunes femmes assises sur un mur de brique se tenaient par la taille ou par les épaules. Elles avaient les jambes repliées, comme pour se préparer à danser le french-cancan. Elles riaient. L'un d'elles avait une magnifique chevelure blonde. Celle d'à côté avait de belles boucles brunes et les yeux noirs – c'était celle qui souriait le plus. La troisième était pleine de taches de rousseur, les cheveux au vent. La dernière, brune aussi, avait un brushing bien lisse et un style très classique. Il s'agissait de quatre amies mais pas des filles. C'était leurs mères, il y a des années. Tibby remarqua avec plaisir qu'elles étaient toutes en jean.

Extrait du tome 3

Le troisième été

— OK, Bee avec Greta, Valia et Lena, ordonna Carmen, en poussant devant l'objectif une grand-mère égarée.

Bee et Lena entrelacèrent leurs jambes pour essayer de se faire tomber tandis que Carmen appuyait sur le déclencheur de son appareil numérique.

— Parfait… Effie et… euh, Perry. Et puis Katherine et Nicky, avec Tibby, Lena et Bee.

Lena lui lança un regard noir. Elle détestait les photos.

— Tu es payée pour faire ça ou quoi? bougonna-t-elle.

Carmen souleva ses cheveux, qui lui collaient dans le cou. La longue toge de satin noir ne laissait pas passer un souffle d'air. Elle ôta son mortier (franchement, quel nom pour un chapeau!) pour le coincer sous son bras.

— Serrez-vous un peu, s'il vous plaît! Je ne vois pas Perry.

Katherine, la petite sœur de Tibby, qui n'avait

que trois ans, poussa un hurlement. Nicky, son grand frère, lui avait marché sur le pied.

Carmen soupira. Elle n'y était pour rien si ses amies avaient des familles nombreuses. C'était le jour de la remise des diplômes, quand même ! Le grand jour. Elle ne voulait oublier personne. En tant que fille unique, elle tenait à profiter au maximum de ses frères et sœurs d'adoption.

— Il n'y a pas un poil d'ombre, fit remarquer d'un ton amer la grand-mère de Lena, Valia.

Ils se trouvaient sur un terrain de foot, Carmen imaginait mal un orme ou un chêne planté au beau milieu de la pelouse. En parlant de foot, elle se tourna justement vers la joyeuse bande de l'équipe du lycée. Les joueurs fraîchement diplômés étaient entourés de leurs familles et d'une foule d'admirateurs, formant l'un des nombreux groupes et clans disséminés sur le terrain brûlant — fidèle reflet de l'organisation sociale du lycée.

La grand-mère de Carmen, Carmen Senior (ou Seniora, comme l'appelait Tibby), jetait des regards assassins à Albert, son ancien gendre. Elle le tenait visiblement pour responsable de cette chaleur accablante. Carmen lisait dans les pensées de sa grand-mère : cet homme avait bien quitté sa fille, qui sait de quoi il était capable ?

— Maintenant tous ensemble pour la dernière, d'accord ?

La matinée avait été longue. Carmen sentait bien qu'elle les poussait à bout. Elle commençait elle-même à se taper sur les nerfs. Mais il fallait bien que quelqu'un se charge d'immortaliser ce grand jour, non ?

—Allez, c'est la dernière, promis !

Elle aligna les papas et leurs grands fistons dans le fond. Même le père de Lena — pas à cause de sa taille (Bee le dépassait d'au moins dix centimètres) —, mais parce que Carmen était pleine de délicatesse, bien qu'elle en doute parfois fortement.

Les grands-mères et les mères prirent place au deuxième rang : Valia, Carmen Senior, Felicia — l'antique arrière-grand-mère de Tibby qui ne savait pas où elle se trouvait — et Greta, qui arrangeait nerveusement ses cheveux permanentés. Puis venait Ari dans son éternel tailleur beige, Christina qui n'arrêtait pas de regarder David, son nouveau mari, par-dessus son épaule, la mère de Tibby (avec des traces de rouge à lèvres sur les dents) et enfin Lydia, la nouvelle femme d'Albert, qui, toujours soucieuse de bien faire, se demandait anxieusement si elle ne prenait pas trop de place.

Ensuite Carmen plaça les frères et sœurs. Effie eut l'air outragée de devoir se mettre à genoux avec Nicky et Katherine. Tibby réussit à convaincre Brian de venir sur la photo et l'installa au dernier rang.

Maintenant, c'était au tour des filles. Elles s'assirent devant, bras dessus, bras dessous, gros tas de polyester noir brûlant, laissant une place au milieu pour Carmen.

— OK, parfait! leur cria-t-elle. Attendez juste une seconde!

Elle courut chercher Mlle Collins et l'arracha de force à l'estrade. Même si elle l'avait envoyée mille fois dans le bureau du proviseur, Carmen savait que c'était la prof qui l'appréciait le plus.

— Voilà, mettez-vous ici, lui dit-elle en lui montrant le cadrage qu'elle voulait.

Carmen colla son œil au viseur. Elle voyait tout le monde. Ils étaient tous réunis dans le petit cadre — ses amis les plus chers, sa mère, sa belle-mère, son beau-père, son vrai père, sa grand-mère. Les mères de ses amies, leurs pères, toute leur famille qu'elle considérait pratiquement comme la sienne. Sa vie entière était rassemblée sous ses yeux, sa tribu, tout ce qui comptait pour elle.

En cet instant précieux, elles fêtaient l'aboutissement de leurs efforts, la réussite qu'elles n'auraient jamais atteinte l'une sans l'autre. C'était le point culminant de leur vie, ou tout du moins de la vie qu'elles avaient jusque-là partagée.

Carmen se jeta au milieu de ses amies. Elle poussa un cri de joie, vite repris en chœur. Elle avait l'impression de se fondre dans un tout, de chair et de sang – tous unis, les bras autour des épaules ou de la taille, joues contre joues, lisses ou ridées. Et là, elle éclata en sanglots – tant pis, elle aurait les yeux gonflés sur la photo.

L'auteur

ANN BRASHARES est née aux États-Unis. Elle passe son enfance dans le Maryland, avec ses trois frères, puis part étudier la philosophie à l'université Columbia, à New York.

Pour financer ses études, elle travaille un an dans une maison d'édition. Finalement, le métier d'éditrice lui plaît tant qu'elle ne le quitte plus. Très proche des auteurs, elle acquiert une bonne expérience de l'écriture. En 2001, elle décide à son tour de s'y consacrer. C'est ainsi qu'est né *Quatre filles et un jean*, son premier roman.

Aujourd'hui, Ann Brashares vit à Brooklyn avec son mari et ses trois enfants.

De son propre aveu, il y a un peu d'elle dans chacune des quatre héroïnes de son roman...

Et, à la quesion : «Votre livre contient-il un message?», elle se contente de répondre : «S'il en contient un, c'est le suivant : aimez-vous comme vous êtes et soyez fidèles à vos amis.»

Retrouvez Ann Brashares sur son site internet :
http://annbrashares.com/

Dans la collection Pôle fiction:

Juin 2010

Quatre filles et un jean, Ann Brashares

13 petites enveloppes bleues, Maureen Johnson

Felicidad, Jean Molla

Le Chaos en marche 1 - La Voix du couteau, Patrick Ness

Code Cool, Scott Westerfeld

Octobre 2010

Genesis, Bernard Beckett

Le Combat d'hiver, Jean-Claude Mourlevat

Mon nez, mon chat, l'amour et moi, Louise Rennison

L'amour est au bout de l'élastique, Louise Rennison

Novembre 2010

Cher inconnu, Berly Doherty

LBD - Une affaire de filles, Grace Dent

Le papier de cet ouvrage est composé de fibres naturelles, renouvelables, recyclables et fabriquées à partir de bois provenant de forêts plantées et cultivées expressément pour la fabrication de la pâte à papier.

Mise en pages : Maryline Gatepaille
Photo de couverture © Patrick Léger

ISBN : 978-2-07-055565-9
Loi n° 49-956 du 16 juillet 1949
sur les publications destinées à la jeunesse
Dépôt légal : juin 2010
N° d'édition : 123617 – N° d'impression · 100439
Imprimé en France par CPI Firmin Didot